秋雨物語

角川ホラー文庫
24381

目次

餓鬼の田 5
フーグ 29
白鳥の歌《スワン・ソング》 131
こっくりさん 223
解説 杉江松恋 325

餓鬼の田

谷口美晴《たにぐちみはる》は、眠い目を擦《こす》って、枕元の腕時計を見た。まだ午前五時すぎである。喉《のど》が渇いて、こんな明け方に目が醒《さ》めてしまったらしい。

同室の理恵《りえ》は、かすかな鼾《いびき》をかいて熟睡している。

昨晩は、ちょっと呑《の》みすぎてしまった。新愛《しんあい》化学工業の経理部では、毎年、春と秋の二回、社員旅行がある。今年の秋の旅行は、立山黒部《たてやまくろべ》アルペンルートになり、昨日は、新宿《しんじゅく》から特急あずさに乗り信濃大町《しなのおおまち》に向かい、路線バスとトロリーバスを乗り継いで黒部ダムを見学した。さらに、ケーブルカーとロープウェイ、それから再びトロリーバスに乗って立山まで上がり、紅葉の室堂平《むろどうだいら》を散策してから、弥陀ヶ原《みだがはら》に下りて一泊した。昼間のうちこそ、社会科見学を思わせる真面目くさった雰囲気だったが、夜は例によって大宴会になった。

美晴は、寂しいおじさんたちの間を回っては、順番にお酌してやったが、必ずご返杯が来るのには、閉口した。ほかの女子たちは、ほとんど先輩社員に気を遣わず、自分たちだけで話に興じていたため、負担は美晴一人に集中したが、同じ職場の人たちが楽しそうにしているのは、見ていて嫌なものではなかった。

美晴は、冷蔵庫から冷たい水を出して、コップに一杯注いで一息に飲み干した。窓から外の景色を眺めると、立山山系は厚い雲で覆われており、薄明の弥陀ヶ原には朝靄《あさもや》が漂っていた。東の空には、まだ明けの明星が浮かんでいるのが見える。窓を開け新鮮な空気を吸っていると、どこからか、けたたましい鳥の鳴き声が聞こえてきた。

そのとき、眼下に見覚えのある人の後ろ姿を見つけた。同じ課の青田好一《あおたよしかず》だった。ちょうどホテルの玄関から出てきたところらしかったが、白のTシャツに短パンというラフな恰好《かっこう》で、標高二千メートルの、それも早朝の高原では少し寒いのではと心配になる。ひょろりと痩《や》せて華奢《きゃしゃ》な体格だが、背筋はいつもぴんと伸びていた。

ホテルの横手には、弥陀ヶ原を巡る遊歩道の入り口があった。おそらく、美晴と同じように朝早く目が醒めてしまい、一人で散策するつもりなのだろう。

美晴は、鏡を見て、顔をチェックした。いつもすっぴんに近いので、それほど違和感はないはずだ。二十五歳の素肌は、深酒の翌朝でも、まだくたびれた様子は見せていない。

すばやくトレーナーを引っかけ、愛用のデジカメを持ってスニーカーを履くと、部屋を出て一階に下りた。

ホテルの玄関を出ると、青田は、遊歩道に入ってすぐの場所にいて、路傍に咲いている花をしげしげと眺めているところだった。貴重な高原植物が踏み荒らされないよう、散策する人は木の板を並べた通路から踏み出してはならないことになっているが、青田は、木道の端に立ち、ぎりぎりのところでバランスを取っている。一歩くらいは踏み出しても差し支えないのではと思うが、あくまでもルールを遵守しようとするところは、いかにも青田らしかった。

「おはようございます。何してるんですか?」

青田が、振り返る。

「ああ、谷口さん。おはよう。ずいぶん早いね」

「青田さんこそ。昨晩は、遅くまで宴会だったのに」

青田は、額にかかった前髪を掻《か》き上げた。シャイで、ちょっと寂しげな笑顔。

「僕は、一足先に抜けさせてもらったんだ。ああいう昭和っぽい雰囲気は、あんまり得意じゃないんだよ」

「実は、わたしもそうなんです」

美晴は、罪のない嘘をつくと、青田のそばに跳ねていく。薄明の中でぼんやりと浮き立って見える白い小花が群生した植物を、デジカメで撮影した。

「これ、猪独活《シシウド》でしょう? 可愛い。こんな小さな水溜《みずた》まりのまわりに咲くんですね」

「この水溜まりは、池塘《ちとう》っていうんだ。湿原の泥炭層にできる小さな池だよ」

青田は、ホテルが作っているらしいパンフレットを手渡してくれる。

「でも、チトウって、どこにもないですね」

「『ガキの田』って書いてあるのが、そうだよ」

「変な名前。子供たちが泥遊びでもするんですか?」

「いや、その『ガキ』っていうのは、実は、子供のことじゃないんだ。餓えた鬼……餓鬼道に転生した亡者だよ」

美晴の脳裏に、昔の絵双紙の、がりがりに痩せて腹だけが膨れた亡者の姿が浮かんだ。

「えー。何だか、怖いですね」

「怖いというよりは、哀しい話だけどね。謂《いわ》れを聞きたい？」

「ええ、ぜひ」

美晴は、昔から怪談やホラー映画が大好きだった。

「一口に餓鬼といっても、いろいろな種類があるみたいなんだけどね、前世の悪行の報いで、ひどい飢餓感に苦しんでるんだよ。それで、ここにある池塘を水田だと思って、何とか空腹を満たそうと田植えをするんだ」

青田は、湿原を見渡しながら語り出す。

「田植えですか？」

美晴は、『ガキの田』と呼ばれる池塘を見やった。そう言われれば、水田のようにも見える。餓鬼がせっせと苗を植えている姿を想像すると、何だかユーモラスな感じがした。

「でもね、その苗が実ることは、絶対にないんだ」

「どうしてですか？」

「餓鬼が一生懸命に植えるのは、本物の稲じゃないからだよ」

青田は、池塘のそばに生えている、細長い植物を指さした。先端には小さな褐色の花を付けている。

「深山蛍藺《ミヤマホタルイ》っていうイ草の仲間だよ。遠目には稲の苗に見えないこともないだろう？　だが、しょせんはイ草だからね。いくら待ったって、絶対に稲穂にはならない」

「……何だか、餓鬼がかわいそう。ひどい話ですねえ」

必死に食物を求めようとする餓鬼の努力は、徒労に終わるということなのだろう。美晴は、眉《まゆ》をひそめた。

「じゃあ、このあたりは、地獄っていうことなんですか？」

「昨日、室堂平で、立山信仰の話は聞いただろう？」

「そういえば、ガイドの方が言ってましたね。地獄谷とか、血の池とかありましたし」

「うん。ここ立山は、遠く平安時代から、八大地獄が存在すると信じられてきた場所なんだ。ミクリガ池は寒地獄に見立てられているし、浄土《じょうど》川には賽《さい》の河原だってある。立《たて》山曼荼羅《やままんだら》で、地獄絵図を見れば、よくわかるよ」

「こんなにきれいなところなのに、不思議ですね」

美晴は、弥陀ヶ原を見渡した。

「そうだね。……だけど、本当の地獄は、我々の住んでいる、この世界そのものだよ」

青田は、つぶやくように言った。厭世《えんせい》的な口調に美晴は驚いた。ふだんは感じなかったが、まじめすぎて、ちょっと鬱《うつ》的な部分があるのだろうか。

「ええと……戦争だとか、借金地獄みたいなことですか？」

「それもあるけどね。地獄は、地の底にあるんじゃないんだ。この世にあって、責めを負わなきゃならない人間ごとに個別に存在してるんだよ。ごくふつうに生きている人間のすぐそばで、誰にも気づかれずに、ひっそりと地獄に落とされている亡者たちがいるんだ」

　言っている意味は、今いちよくわからなかったが、青田の淡々とした口調には、どことなく不気味なものがあった。

「……最近は、悪い人が増えすぎて、天国はがらがらだけど、地獄は満員になってるっていう説がありますね。それで、亡者が仮釈放になって、娑婆《しゃば》に溢《あふ》れてるとか」

「仏典でも、餓鬼には、地獄のような地下世界に棲《す》んでいるものと、人間界にとどまるものの、二種類がいるとされているんだ。その中でも、さらに種類がたくさんあって、外見だけだと、ふつうの人間にしか見えないのもいるんだよ」

「じゃあ、もしかしたら、うちの会社にも紛れ込んでるかもしれませんね？」

　美晴は、冗談めかして言ったが、青田は、にこりともしなかった。

　しばらくの間、沈黙が続いた。板敷きの遊歩道は、一周が一時間の短いコースと、二時間の長いコースに分岐していた。二人は、何となく長いコースを選ぶ。

　弥陀ヶ原には一面に丈の短い草が生い茂っており、ところどころに、灌木《かんぼく》や茂みがあった。ガキの田と呼ばれる池塘も散在している。白い猪独活や赤褐色の吾亦紅《ワレモコウ》の花が咲き乱れており、黒褐色に橙色《だいだい》の帯と眼状紋がある紅日陰《ベニヒカゲ》という蝶《ちょう》が、ひらひらと可憐《かれん》に飛び回っていた。

「青田さんは、彼女はいないんですか？」

さりげなく訊《き》いたつもりだったが、緊張で心臓が高鳴った。

「いないよ」

青田は、眉間《みけん》にしわを寄せ、かすかに首を振りながら嘆息した。

「いやだー。そんな溜め息つかないでくださいよ」

美晴は、笑った。

「青田さんって、女子の間では、とってもミステリアスだっていう評判なんですよ。だって、誰かと付き合ってるような雰囲気もないですし」

青田は、片頬に寂しげな笑みを刻んだまま、歩き続ける。

「実は、一部でゲイって説まで出てて……。あ、ごめんなさい。でも、それだけ関心が高い、裏返しだと思ってくださいね。そうしたらですね、この前の金曜日、理恵が偶然見ちゃったんですよ！」

美晴は、言葉を溜めると、青田を睨《にら》む真似をした。青田は無言だった。

「青田さん、合コンに参加してたでしょう？　それも、双葉《ふたば》銀行の女子行員たちと！」

青田は、かすかに動揺したようだった。

「みんな、大ブーイングですよ！　青田さんって、うちの女子とは、いっさいプライベートな付き合いはしないじゃないですか？　わたしたちじゃだめなのに、双葉銀行の子たちだったらいいんですか？」

　青田は、ちらりと美晴を見た。薄いトレーナーを着ている胸に視線を感じて、美晴は、少しくすぐったい感じがした。さりげないデザインだが、肩から胸にかけてのブルーのラインが、乳房の曲線を強調している。よく癒《いや》し系と言われる美晴にとっては、母性を感じさせる豊かな胸は、最大のチャームポイントだった。

「タンタライズだな」

　青田が小さな声で呻《うめ》いたのを、美晴は聞き逃さなかった。

「何のことですか？」

「ああ……ギリシャ神話でね。タンタロスっていう王がいたんだが、傲慢《ごうまん》な振る舞いで神々の怒りを買って、罰を受けたんだ。タンタロスは果物の木から吊《つる》され、首まで水に浸《つ》かってるんだけど、喉が渇いて水を飲もうとすると、さっと水が引いてしまう。腹が減って果物を食べようとすると、果物は遠ざかってしまう。ここから、人を苦しめることを英語でタンタライズと言うんだ」

「へえー」

　でも、どうして今、その言葉を思い出したのだろう。

「神は、とてつもなく残酷で、執念深い」

　青田は、薄青い空を仰いだ。

「同じギリシャ神話に登場するシジフォスは、山の頂まで大岩を運ぶという苦行を命ぜられ、ようやく岩が山頂に達しようとすると、岩は必ず谷底へ転げ落ちる。賽の河原だってそうだ。子供たちが石を積み上げて仏塔を完成させそうになると、鬼が現れて崩してしまうんだよ」

「まるで、経理の仕事みたいですね。当初予算のときだって、せっかく終わったと思ったら、偉い人が出てきて変な横槍《よこやり》を入れて、また最初からやり直しになっちゃったじゃないですか。でも、それと合コンと、どういう関係があるんですか？」

「関係か」

青田は、薄く笑った。

「僕は今年三十三歳になるんだけどね、これまでの人生で女性とちゃんと付き合ったことは、一度もないんだよ」

「本当ですか？　ちょっと信じられないなあ」

美晴は、半信半疑で言った。あらためて青田を見ても、容姿はそこそこ整っている方だし、性格も優しい。面倒な仕事は率先して引き受けて、女子を先に帰してくれるので、経理部内の女子人気は抜群だった。

「中学、高校の頃から、女の子が、誰一人僕に関心を示してくれないってわけじゃなかった。どっちかというと、その段階では、モテる方だったかもしれない。僕も、何人かは好きな子ができたし、そのたびに勇気をふるって告白し、付き合おうと努力したんだ。

小細工はせずに、いつも真正面からぶつかった。……でも、結果は、いつも失敗だった」

「どうしてですか?」

何か、よっぽどのことがあるのだろうか。付き合ってみるまでは絶対にわからないような、性格の欠陥——異常に嫉妬《しっと》深くて拘束が激しいとか、病的な浮気癖があるとか、変態だとか、優しそうな仮面を付けた最悪のDV男だったとか、などなど。

「女の子に理由を聞いたんだけど、そのたびに、まちまちな答えが返ってきた。もしかしたら、僕には何か気づいてない欠点があるんじゃないかって思って、まわりの友達にも訊《たず》ねてみた。でも、みんな、首を捻《ひね》るばかりだった。結局、原因は一つじゃないことがわかった。本当に、毎回、別々の理由があったんだ」

「たとえば、どんなことですか?」

「一番多かったのは、いい人だけど、何かが違うっていうやつかな。それから、優しいけど、どこか物足りない。このへんでは、やっぱり僕の性格に原因があるのかと思ってた。しかし、突然、別の男子に一目惚《ぼ》れした。将来、お寺を継いでくれる人としか付き合えない。やっぱり巨人ファンの人とは合わない。四柱推命占いで、相性が大凶だった。自分が本当に好きなのは女の子だとわかった。このあたりまで来ると、さすがに、何か変だと思い出した。それから、やっと相思相愛になりかけたと思ったら、お父さんの仕事の都合とかで、学期の途中なのに、海外へ行っちゃった子までいたよ」

「ええと……それって、つまり、どういうことなんですか?」

美晴は、頭が混乱してきた。

「要するに、常にタンタロス状態なんだよ。うまく行きそうになったら、必ず、ダメになってしまう。どうも、そういうお約束になってるらしいんだ」

「それは、いくら何でも考えすぎっていうか、そんなふうに決めつけるのは」

「そう思って、気を取り直して、何度もチャレンジしたんだ。でも、結果は判で押したように同じだった。僕は、もともと孤独を友とできるような性質《たち》じゃない。人恋しい人間なんだよ。だけど、どんなに頑張ったって、愛情を得ることはできないさだめなんだ」

この人は、やっぱり、少し鬱が入ってる。美晴は、深い同情を感じていた。

たぶん、本当にちょっとしたところ……いきなり真剣になりすぎるために、相手の女子が、怖くなってしまうとか……そういうことに違いない。それにいくつかの不運も重なったため、本人が、自分には恋愛が成就しない呪いがかかっていると思い込んでしまったのだろう。

自分だったら、絶対この人を救うことができるはず。美晴には、自信があった。これまでの経験から、男性は女性よりずっと繊細で傷つきやすいことを知っている。うまくやるコツは、彼らのガラスのプライドを傷つけないように、うまく持ち上げてやることだ。

それに、まわりを見渡しても、いい男はすべて結婚しているか、もう決まった相手がいる。掘り出し物と言ったら語弊があるが、青田は、仕事もできるし性格もいい。容姿も、けっして捨てたものではないし、今後、これほど条件が揃ってる男性には、なかなか巡り会えないかもしれない。

「じゃあ、合コンも、うまくいかなかったんですね？」

美晴は、念を押した。

「うん。途中までは、かなりいい雰囲気だったよ。ところが、営業の三沢《みさわ》が、些細《ささい》なことで、向こうの女の子と喧嘩《けんか》を始めちゃったんだ。ふだん、怒ったところなんか一度も見たことないやつなんだが、どういうわけか、服装のセンスをからかわれたのが我慢できなかったらしい。それで、全員がすっかり白けムードになって、早々に解散したよ」

「それは、めちゃくちゃ災難でしたね」

そう言いながら、美晴は、秘《ひそ》かに三沢主任に感謝したい気分だった。

遊歩道は、かなりアップダウンがあり、ところどころ繁茂している植物を掻き分けなくては進めない場所もあった。

鳥の鳴き声が、ますます賑《にぎ》やかになってきた。中には、ウグイスらしき声も交じっている。春の鳥だとばかり思っていたが、このあたりでは九月になってもまだ鳴いているらしい。

「谷口さんは、前世って信じる？」

青田が、唐突に言った。

「そうですね。何て言うか、わたしは……」

信じますと嘘をつくのも憚《はばか》られて、口ごもる。

「スピリチュアルな方面には、けっこう関心があるんですけど、まさか、青田さんの口から、前世なんて言葉が出るとは思いませんでした」

「うん。僕は、そういうのにはけっこう疎くてね、まったく信じてなかったんだよ。ある日、占い師に教えられるまでは」

「へえー。青田さんが、占ってもらったりするんですか？」

意外な一面だと思った。

「道を歩いてて、突然、呼び止められたんだ」

青田は、そのときの様子を思い出したらしく、かすかに身震いした。

「最初は、道行く人に手当たり次第に声をかけ、営業しているとしか思わなかった。あなたは水難の相がありますとか、女難の相が出てますとか聞かされたら、うち何人かは気になって、続きを聞くためにお金を払ってくれるかもしれないからね。……でも、あの女は、違ってた。本物の霊能者だったんだよ」

「言うことが、けっこう当たってたんですか？」

「そういうレベルじゃないんだよ。完璧《かんぺき》に見通してたと言ってもいい。僕の悩みを、最初から全部知ってたかのようだった」

「うまく、女性と付き合えないっていうこと？」

それくらいなら、カマをかけたのかもしれないと思う。

「うん。でも、そういう言い方じゃなかったよ。あの女は、道ばたに小さな机を出して座ってたんだけど、僕を一目見るなり、叫んだんだ」

「何て？」

「『あら。あなた、餓鬼ね！』って」

美晴は、ぽかんと口を開けた。アクセントから、子供という意味ではないことはわかるが、占い師の呼び込みだとしても、失礼にもほどがあるだろう。

「青田さん、怒らなかったんですか？」

「ああ」

「人がよすぎますよ」

「でも、結果的には当たってたんだ。だって、僕は、本当に餓鬼だったからね」

ぞっと寒気が走った。なぜだかはわからないが、その瞬間、青田が冗談を言っているのではないことが、直感的にわかったのだ。

青田好一は、餓鬼なんだ。

美晴は、逃げ出したいと思ったが、突然のことに、足が竦《すく》んで動けなかった。遊歩道には、他に人の影はない。不用意に長いコースに来てしまったが、自分がここで殺され、食べられてしまったとしても、当分は誰にも気づかれないだろう。

青田は、そんな美晴の様子を見て、寂しげに首を振った。

「だいじょうぶ。そんなに心配しなくたっていいよ。僕は、君が思ってるような餓鬼とは違う。いつも、そんなに意地汚くないだろう？」

美晴は、記憶を呼び覚ましてみた。どちらかというと、食は細い方という印象がある。

「それは……まあ、そうですけど」

「さっき、餓鬼にも、いろんな種類のやつがいるって言っただろう？　僕が餓《かっ》えているのは、食べ物にじゃない。人の愛に対してなんだ」

恐怖は、湧いたときと同様に、すっと退《ひ》いていった。

どうして、急に、青田のことを怖いと思ったのだろう。そんなこと、あり得るわけがない。美晴は、何とか気持ちを落ち着けようとした。青田はただ、愛がほしいと訴えているだけだ。これはむしろ、自分に対する求愛と考えるべきかもしれない。

「占い師は、何とも言えないくらい奇妙な顔をした女だったんだけど、僕が陥っている状況を正確に言い当てた上に、それが前世の報いによるものだということを、教えてくれた」

「報いって……いったい、どういう前世だったんですか？」

オカルトに対して耐性がない人は、こういうことになるのかもしれないと、美晴は思った。もともと被害妄想めいた考えを抱いていたところへ、人を騙《だま》すのを商売にしている占い師から変な暗示をかけられて、荒唐無稽《むけい》な話をすっかり信じ込んでしまったのだろう。

「占い師が霊視した前世では、僕は、なおという名の女の子だった」

前世に続いて霊視である。青田が、そんな言葉を口にしていること自体、ひどく非現実的な感じがした。

「なおは、裕福な薬種問屋の末娘だったけど、物心ついた頃から、たいへんな潔癖症だった。病的なくらいに。不潔なものや醜いものは、絶対に許せなかった。とりわけ、少しでも性的なニュアンスを感じさせるものは、忌み嫌っていたんだ。それには理由があった」

　青田は、まるで自分が知っている実在の少女のことであるかのように語った。

「なおの母親は、身持ちの悪い、ふしだらな女だった。家庭が冷え切っていたこともあって、夫が商売で留守をしている間は、取っかえ引っかえ男を引き入れていたんだよ。そんなとき、なおは小遣いを与えられ、外で遊んでこいと言われるのが常だった。だけど、幼いときから、なおは母親がしていることを直感的に理解していた。そして、その種の行為を、吐き気がするくらい醜いと思っていた」

　青田は、それが自分自身の体験であったかのように、顔を歪《ゆが》める。

「母親はきつい性格で、なおが不快感をぶつけることはできなかった。夫は婿養子だったのもあるけど、浮気をうすうす感づいても文句が言えなかったほどだ。なおの憎悪は、屈折して、別の方向に向かった。成長するにしたがい、世の中の誰も彼も、生きとし生けるものすべてが性の衝動に取り憑《つ》かれていることに気づき始めていたので、なおは、そうしたものすべてを蛇蝎《だかつ》のように憎み、攻撃するようになったんだ」

「攻撃って、何をですか？」

美晴は、しだいに青田の話に引き込まれていた。

「とはいっても、たいしたことじゃなかったんだ。子供らしい、ちょっとした嫌がらせだよ。路上で犬がさかろうとしているのを見たら、容赦なく盥《たらい》の水をぶっかけた。春の明け方に、さかりが付いた猫が鳴いていれば、石を投げつけた。秋の夕暮れに雌雄が連なって飛んでいる蜻蛉《とんぼ》は、木の枝を振り回して追い払った」

青田は、自分自身の行動を悔いているように、かすかに首を振る。

「だが、どんなに攻撃しても、まわりから性的なものを一掃することはできなかった。むしろ、あらゆる生き物が、なおに対して、これでもかこれでもかと、そうした行為を見せつけるかのようだった。なおの行動も、しだいにエスカレートしていった。夏の夜を蛍の光が彩るのも、秋の虫が美しい声で鳴くのも、すべて雄と雌が惹《ひ》かれ合うためにしている行動だと気がつき、ついには、見つけしだい殺すまでになった」

「なおには、そんな知識があったんですか？」

美晴は、質問した。いつのまにか、青田の話が事実であるかのように受け入れている自分に気づく。

「特に、誰かに教えてもらったというわけじゃなかった。でも、なおの病的に研ぎ澄まされた感性は、性に関係したものは、何でも敏感に嗅《か》ぎ分けたみたいだな」

青田は、木道を歩きながら嘆息する。

「可哀想だったのは、蟾蜍《ひきがえる》だ。谷口さんは、蛙合戦って知ってる？」

「いいえ……」

「春になると、こういう池塘みたいな小さな池に、冬眠から覚めた蟾蜍が集まってくるんだ。多いときは、何百匹もね。そして、何日もかけて、昼夜を分かたず交尾に励む。その様子が、まるで蛙の軍勢の戦みたいに見えるというんで、蛙合戦と呼ばれてるんだ」

初めて聞く話だったが、たぶん、それは、生物学的な事実なのだろう。美晴は、ただ黙ってうなずいた。

「いわば、蛙の乱交パーティーだからね。なおの目には、絶対に許せないほど醜悪に映った。だから、近くの池で蛙合戦を見つけると、なおは、わざわざ鉄鍋《てつなべ》に湯を沸かして持って行った。そして、粘液に塗《まみ》れて睦《むつ》み合う蛙たちにぶっかけたんだ。蛙が死に絶えるのを見届けるまで、何度も池まで往復しては、熱湯を浴びせ続けた」

相槌《あいづち》の打ちようもなくなって、美晴は、ただ聞いているしかなかった。

「蛇の交尾を見たときも、なおは怒りを抑えられなかった。蛇は、何日も繋《つな》がったままだし、蛙合戦みたいに大勢で絡み合うことも多い。そういう場面に行き会うと、なおは、執拗《しつよう》に石を投げたり棒で叩《たた》いたりして、一匹残らず殺すまで立ち去ることができなかった」

「……その動物虐待が、占い師の言う、前世の悪行だったたっていうことですか？」

「いや、そんなのは、むしろ些細なことだったんだよ」

青田は、薄曇りの空を仰ぐ。

「なおの持つそういう性癖は、生憎《あいにく》なことに同年代の子供たちにだけしか知られてなかった。男女の愛や性というものに対し、なおが常軌を逸した憎悪を抱いていることもね」

青田は、まるで自分の過去を振り返っているかのように、深い溜め息をついた。

いったいどこから、こんな話を思いついたのだろうと、美晴は訝《いぶか》しむ。

「あるとき、なおは、庄太郎《しょうたろう》という男から手紙を託《ことづ》かった。近所の呉服屋の一人娘、りんに渡してくれといってね。なおは、日頃から庄太郎にも、りんにも可愛がってもらっていたし、二人のことは大好きだった。……しかし、そんな二人に対してさえも、男女の仲になることは許せなかった。なおは、勝手に手紙を開封すると、中身を読んでしまった。そこには、二人が駆け落ちするために落ち合う場所と時間が書かれていた」

青田は、慚愧《ざんき》するように唇を噛《か》んだ。

「なおは、りんに手紙を渡しに行くふりをして、わざと店の土間に落としたんだ。そうすれば、駆け落ちのことが店の主人に知れると思ってね。事態は、なおが想像したとおりに推移した。激怒した店の主人は、りんを部屋に閉じ込めて見張りを付けると、ごろつきを雇い、庄太郎を半殺しの目に遭わせたんだよ」

青田は、言葉を切り、遠く立山連峰を見やった。

「その後も、いろいろあったんだが、庄太郎は結局、襲われたときの傷が元で命を落とした。それを知って世をはかなんだりんは、自ら命を絶ってしまった」

「なおは、死ぬほど後悔したよ。しかし、もう取り返しはつかない。懊悩《おうのう》と煩悶《はんもん》の日々を送るうちに、なおは完全に正気を失ってしまい、野山をさまよっていて崖《がけ》から転落し、短い生涯を閉じたらしい」

青田の目には、うっすらと涙が滲《にじ》んでいた。

「ちょっと、待ってください。それって、全部」

ただの妄想と言おうとして、ためらう。オブラートにくるむには、どう言えばいいだろう。

「その占い師の、作り話かもしれないじゃないですか?」

青田は、大きくかぶりを振った。

「そうじゃない。すべては、本当にあったことなんだ。僕は、思い出したんだよ。過去世で、自分がいったい何をしたのか。……だからこそ、心の底から納得した。今生で自分が餓鬼道に落ちている理由にね」

青田は、歩きながら、ちらりと美晴の方を見た。

「なぜ、君に対して、こんな話をしているのか、正直言って、よくわからないんだ」

青田は、かすかに首を左右に振る。

「最初から、成功の見込みがないってわかっていれば、女性のことは、もうすっぱり諦《あきら》めて、別の人生の目的を見つけた方がいいかもしれない。現に、そうしている男は、いくらでもいるだろう。しかし、僕には、そういう道を選ぶことは許されないんだ。餓鬼道に落ちた亡者は、幾度失敗を繰り返しても、無駄な努力を続けるよう運命づけられてるんだよ」

青田は、遊歩道のそばに点在している池塘──餓鬼の田を指さした。

「僕は、水溜まりを水田だと思い、稲の代わりにイ草を植えている餓鬼のようなものなんだ。延々と意味のない努力を費やすだけ。……それでも、願わずにはいられないんだよ。誰かが、もしかしたら、僕をこの地獄から救い出してくれるんじゃないか。たまま一粒の米がそこに混じっていて、奇跡のように稲穂を付けてくれるんじゃないかって」

青田の目は、狂おしいまでに訴えていた。助けてくれ。これ以上は、とても耐えられない。僕を、この地獄から救い出してくれと。

美晴は、大きく息を吸い込んだ。

多少オカルトに興味はあったとはいえ、これまで、前世などというものが存在すると本気で信じたことは、一度もなかった。

青田は、たぶん優しすぎるがゆえに、女性関係がうまくいかなくて、心を病んだのだろう。しかし、他者へと怒りを転嫁することもなく、ひたすら自分を責めている。

だったら、誰かが彼を救ってあげなくてはならない。そして、それができるのは、自分しかいないと思った。

この馬鹿げた妄想、ただ一点を除けば、青田は、本当に申し分のない男性なのだから。

そして、たぶん、自分の一言で、彼を呪縛《じゅばく》している妄想を打ち砕き、彼を牢獄《ろうごく》から解放してあげられる。

パラパラと、秋雨が降り始めたようだ。

美晴は、掌《てのひら》で雨粒を受け止めると、足を止めて景色に目をやった。

ああ。なんて、綺麗《きれい》な場所なんだろう。

弥陀ヶ原は、今まさに紅葉の時季を迎えようとしていた。大日《だいにち》連峰をバックにして、草の緑、岳樺《ダケカンバ》や峰楓《ミネカエデ》の黄、花楸樹《ナナカマド》の赤が、目も綾《あや》なコントラストを作り出している。

地獄だなんて、とんでもない。ここは、極楽浄土そのものじゃない。

「青田さん。わたし……」

美晴は、真っ直ぐに青田を見つめた。

青田も、息をのんで、美晴を見返した。

その瞬間だった。なぜかわからなかったが、まるで魔法のように、すうっと気持ちが冷めていく。

「ずいぶん歩いたんで、おなかが空《す》いちゃいました。ちょうど雨も降ってきたみたいですし、そろそろ帰りません？」

青田の目の中にともっていた小さな希望の灯《あか》りが、静かに死に絶えていった。

遊歩道を歩いてホテルへ戻るまでの間、二人の間には、さっきまでとは違ってよそよそしい空気が漂い、とうとう一言も会話を交わすことはなかった。

フーグ

1

秋雨前線が停滞して、もう三日も降り続いていた。校了前で殺気立った編集部の大部屋には湿気がこもり、ひどく重苦しい雰囲気になっている。空調もたいてい、不調か変調だった。

松浪弘《まつなみひろし》は、受話器を取った。

青山黎明《あおやまれいめい》は、遅筆で知られている作家であり、〆切《しめき》りが近づくと（あるいは過ぎ去ると）、必ず電話で催促をしなくてはならない。小規模な印刷会社を経営していた父親の姿を思い出す。どんなに無茶な納期でも約束した以上は絶対であり、幾晩か徹夜してでも守ったものである。それに比べると、納期を守ろうとしない人間が、これほど大勢棲《せい》息《そく》している業界というのは、編集者になって十五年たつ今でも驚きでしかない。

スリーコールで、相手が出た。

「お世話になっております。私、飛島《とびしま》書店編集部の松浪と申しますが」

「ああ。松浪さん」

電話の声は、青山本人ではなく、高木亜貴《たかぎあき》だった。

「お世話になってます。青山は、いまちょっといないんですが」

どこか奥歯にものが挟まったような口調だった。嫌な予感がする。

「そうなんですか。実は、月刊『パラドクス』の原稿の〆切りが今日ということでしたので、進捗《しんちょく》状況はいかがかと思ってお電話したんですが」

青山黎明は、〆切りをすっぽかして呑《の》みに行くようなタイプではないと思っていたのだが、作家というのは、見かけは千差万別でも、等し並みに人格が破綻《はたん》しているので、油断はできなかった。

「そうですか。一応、メモを残しておきます」

一応では、安心できない。

「ええと、今、外出されてるんでしょうか？」

亜貴は、口ごもった。

「そうですね。……そうだと思います」

思いますとは、どういうことだ。

「お帰りはいつになるか、わかりませんか？」

青山黎明は、いつもスマホの電源を切っているので、こうなると、捕まえようがなかった。亜貴は、しばらく沈黙した。息づかいから困惑が伝わってくる。

「そうですね。はっきりとはわからないので、原稿ができてるかどうか、パソコンの中を見てみましょうか？」

マジか。そんなことができるのなら、断るバカはいない。

「あ。ぜひ、お願いします」

受話器越しに、ウィンドウズの起動音が聞こえてきた。次いで、パスワードを入力している力タカタという音も。

亜貴は、青山黎明の、秘書のような恋人のような女性だった。下手に詮索《せんさく》して怒らせたくはなかったので、どういう関係なのかを訊《たず》ねたことはない。すでに四十代後半の青山と比べると、十歳以上は若く、同居はしていないが、毎日仕事場に通ってきて、身の回りの世話をしているようだった。まずは美人の部類に入るので、なぜ青山黎明のようなしんねりむっつりした男に惹《ひ》かれたのかはミステリーである。とはいえ、彼女の方にも、若干変わったところがあるから、ひょっとしたら、特殊な性的嗜好《しこう》が一致したのかもしれない。先月号に登場した官能作家が、そんな内容の短編を書いていたことを思い出した。あれはたしか、全身タイツに対する異常なフェティシズムが昂《こう》じて……。

「あ。これかしら」

松浪の妄想は、亜貴の声で断ち切られた。

「書きかけになっている原稿はいくつかありますけど、履歴ファイルの中で一番新しいのは、『フーグ』っていう作品ですね」

「あ、たぶん、それです」

どうか、完成していますように。

「ええと……これは」

亜貴は、作品をチェックしているようだ。

「どうでしょうか？」

「やっぱり、未完ですね」

がっかりしたが、同じ未完でも、完成間近と書き出したばかりでは対応が違ってくる。

「あと少しっていう感じですか？　それとも」

「とりあえず、このままお送りしましょうか？」

「いいんですか？」

松浪は驚いた。勝手なことをして、後で青山に怒られなければいいが。

「だいじょうぶだと思います。……こういう場合は任せるって、言われてますから」

こういう場合とは、どういう場合だろう。

「そうですか。では、よろしくお願いします」

松浪は電話を切ろうとしたが、受話器の向こうから伝わってくる雰囲気に躊躇《ちゅうちょ》する。

「どうかされましたか？」

「この作品なんですけど、もしかしたら、ほとんど実話じゃないかって思うんです」

ホラーのはずだが、それが実話となると、何か差し障りが出てくるかもしれない。これまで、実話怪談と銘打ったもので、本物の実話は一度も読んだことがなかったが。

「実話というと、青山先生ご自身の体験ということですか？」

「ええ。わたしが知ってる話も出て来ますので。……あの。読み終わったら、どう思われたか教えていただけますか？」

何だか、ふつうに作品に対する批評を求めているようではなかった。

「わかりました」

電話を切ってからも、松浪の胸の中には、しばらく奇妙なもやもやが残っていた。

もう一本、別の作家に督促の電話をかける。ようやく終わりが見えてきたという回答だった。この野郎、まだ取りかかってもいないなと思ったものの、よろしくお願いしますと念押ししてメールボックスを見ると、青山黎明のアドレスからのメールが届いていた。


先ほどお話しした『フーグ』の書きかけ原稿をお送りします。

実は今、青山とは連絡が取れない状態です。原稿を読まれて、何かお気づきになったことがあれば、ぜひお教えください。

高木亜貴

連絡が取れないのは困るなと思いながら、松浪は、添付ファイルを印刷し、もう一本電話をかけてから、プリントアウトを読み始めた。

フーグ

青山黎明

ここではない、どこか別の場所へ行きたい。

たぶん、物心つく前から、私の心の深奥にはそんな衝動が刻まれていたに違いない。

最初に扉を開いてしまったのは、いつのことだっただろうか。はっきりと思い出せるのは、まだ幼稚園児の頃に起こした失踪《しっそう》事件だが、リアルタイムの記憶はかなりぼんやりとしており、後から両親などに聞かされた話で補い、かろうじて筋の通った話に仕立て直したものだ。

まず、前兆はいつも夢だった。

自分の見た夢について正確に他人に説明するほど難しいことはないだろう。しかし、ここは避けて通ることができないので、やってみるしかない。

何かがゆっくりと渦を巻いているような、暗く混沌《こんとん》とした雰囲気の中で、最初に感じるのは、耐えがたいような息苦しさである。さらに、絶望的な疎外感に襲われる。慣れ親しんだ世界が薄皮一枚隔てて存在しているのに、どうしても触れることができないという理不尽な感覚だ。

それから、私は夢の中で扉を開ける。その向こうに拡がっているのは、見知らぬ大都会や、鬱蒼《うっそう》と生い茂った森、島影も見えない大海原などだが、ときには暗黒の大宇宙のこともある。私の感じている宇宙的な孤独と寂しさは、無限の空間に向かいとめどなく拡散していくのだ。そして、残るのは背中にじっとりと冷や汗をかくような空恐ろしさである。

奇妙なのは、息苦しい場所から扉を開けて広い世界へ脱出しようとしているのに、絶望的な閉塞《へいそく》感に包まれていることだ。両極端は相通ずる。広場恐怖症をどこまでも突き詰めていくと、あるところから閉所恐怖症に変わるのかもしれない。私は、あまりにも広すぎる世界に恐怖を感じつつ、生きながら埋葬されてしまったような圧迫感に囲繞《いにょう》されているのだった。

幼稚園児の私が見た夢では、扉の向こうにあったのは見知らぬ街である。

季節は秋で、時刻は日没の少し前だったと思う。どうしてそんな時間に眠っていたのかは、よく思い出せないが、私が夢で見た街も現実とシンクロして、黄昏《たそがれ》色に染まりつつあった。

子どもにとって夕暮れの街の景色は、そこはかとない郷愁と同時に、ぼんやりとした不安もかき立てるものだ。野口雨情《のぐちうじょう》の『あの町この町』という童謡の「お家《うち》がだんだん遠くなる」という一節を聴くたびに、私はそう感じる。

私にとって、恐怖とは二種類ある。「近づいてくる恐怖」と「遠ざかる恐怖」である。

前者については、説明は不要だろう。『イット・フォローズ』というホラー映画があったが、テレビ画面から抜け出てこようとする『リング』の貞子《さだこ》でもいい。怨霊《おんりょう》であれ殺人鬼であれ、恐怖の対象が自分に近づいてくるにつれて、心拍数は上がり、瞳孔《どうこう》が開き、手足に汗をかく。生物として闘争か逃走かの選択を迫られるため、いやが上にもストレスは高まる。

一方、「遠ざかる恐怖」は、愛する人々や慣れ親しんだ世界から無理矢理引き離される際の耐えがたい絶望感に由来している。

このとき見た街も、私にとっては、まさに「遠ざかる恐怖」を象徴する光景だった。煉瓦《れんが》張りの街路の両側に、見渡す限りイチョウ並木が続いている。

イチョウの落葉はある日いっせいに起きるものだが、この日がまさにそうだった。歩道は、一面金色のイチョウの葉で覆われ、夕日に照り映えている。ふつうに見れば美しい景色だろう。だが、そこは私にとっては見知らぬ街であり、得体の知れない物体で埋め尽くされた気持ちの悪い場所でしかないのだ。

心細い思いは、いや増すばかりだった。お家がだんだん遠くなる……。

ここではない、どこか別の場所へ行きたい。

最初にそう書いたことと、矛盾すると思われるかもしれない。

その通りである。私の無意識の最も深い淵《ふち》で蠢《うごめ》いているのは、ふつうの衝動ではないのだ。私の意思や願いとはまったく関わりない、およそ理解不能な怪物なのである。

気がついたとき、私は、突然、その街にいた。

ここは、いったいどこなのだろう。

イチョウの木に残っている葉は風にさわさわと鳴って、また散り始める。足下を埋めている落ち葉も風で巻き上がり、まるで私を威嚇しているようだった。べそをかきながら並木の下を彷徨《さまよ》っていた私は、たまたま現場を通りかかった親切な女性に保護され、最寄りの警察署へと連れて行かれた。

その頃、私の家では、私の姿が急に消えて大騒ぎになっていた。たまたま幼児の誘拐事件が多発していた時期で、しかも無事に救出されたというケースがほとんどなかったため、誰もが心中、最悪の結果を覚悟していたらしい。

警察署に駆けつけた両親と祖父母は、私を抱きしめながら、熱い安堵《あんど》の涙を流したようだ。しかし、とにかく無事でよかったという喜びが一段落すると、全員の頭の中に、大きな疑問が出来《しゅったい》した。

私は、いったいどうやって、短時間のうちに何十キロも離れた街に行ったのだろうか。

私は、当然ながら真っ先にその間の事情を聞かれたが、何一つ筋の通った話はできなかった。家にいて夢を見ていた。気がついたら、あの街にいた。私に言えることは、ただそれだけしかなかったのだから。

夢遊病かもしれませんねと、警察官は言ったらしい。一度、専門の病院を受診した方がいいでしょうと。

その点については、誰も異論はなかった。だが、夢遊病で説明できるのは、私の失踪事件の最初の部分だけである。幼児が、誰にも気づかれずに、ふらふらと家を出て行ったとしても、そこからどんな交通機関を利用して、あの街へ行ったというのだろう。調べたところ、近くのバス停からは直通のバスはなかったらしい。私の家は郊外の住宅で、駅まで距離があったし、当然ながら、私はバス代も電車賃も持っていなかった。同様に、タクシーに乗ったという説も否定される。あきらかに挙動のおかしい夢遊病の子供を乗せて数十キロも走って、そのあげく料金も受け取らずに、子供をその場に放置して走り去るタクシードライバーなど、まずいないはずだからだ。

だとすると、残った仮説は二つだけだった。歩いている私を見かけた親切なドライバーが、私の寝言のような説明を真に受けて車に乗せると、家があると思った街まで連れて行ったか、あるいは、愉快犯的な誘拐犯が、歩いていた私を見つけて、面白半分に遠くの街まで運んだというものである。

どちらにしてもとんでもない話だと両親は憤り、絶対犯人を見つけてくださいと息巻いたが、警察官に親の監督不行き届きを指摘されると、たちまちしゅんとなってしまったらしい。

ところが、謎は、それだけでは終わらなかった。家に帰った私は、サンドイッチとミルクの夕食を摂《と》り、そのまま床につくことになったが、私と、私を抱っこして子供部屋に運んだ父、ベッドの布団をめくり上げた母は、その場に茫然《ぼうぜん》として立ち竦《すく》むことになった。

シーツの上には、大量のイチョウの枯葉と砂埃《すなぼこり》があったのである。

「何だ、これ？」

父が大きな声を上げたのを覚えている。

「枯葉だらけじゃないか！　なぜ、こんなことになってるんだ？　子供部屋は最初に見たって言ってたじゃないか？　いったい誰が見たんだ？」

「お祖父《じい》ちゃんだけど。でも、あのときは、それどころじゃなかったからでしょう」

母が、反論する。

「しかし、どう見ても、これは異常だろう？　こんなふうになってることが、わかってたら、もうちょっと捜しようがあったかも」

「これが、どう黎の居所のヒントになるの？」

「黎が見つかった場所を思い出してみろよ。イチョウ並木だろう？　ちょうど、こんな落ち葉がいっぱいだったじゃないか」

「意味がわかんないんだけど？　誰かが黎を攫《さら》いにこの部屋の中に入って来て、その代わりにイチョウの葉を撒《ま》き散らして行ったっていうの？」

母は、不可解な状況に苛《いら》立《だ》ち、ヒステリックになっていたようだ。

「それは、わからないけど……とにかく、シーツを換えようか」

父と母は、私を立たせると、シーツの四隅を持って、枯葉と砂埃を包むように持ち上げた。そして、私たちは全員、もう一度、死ぬほど驚かされることになった。

ベッドの下から、生き物が飛び出してきたのである。それは、毛むくじゃらで、当時の私とほとんど変わらないサイズだった。

生き物は四つ足で、全速力で私の部屋から飛び出していった。

「え？　今のって何？」

父は、茫然としていた。

「犬みたいだったけど」

母も、ぽかんとしていたが、見開いた目には恐怖の色が浮かんでいた。

「どこへ行った？」

ようやく金縛りが解けたように父が動き出した。犬らしき生き物を捜しながら部屋を出て、とんとんと階段を下りる音が聞こえた。続いて、「見つけた！」という声がした。

私たちも、後からあわてて飛び出したのだが、残念ながら、その生き物を捕まえることはできなかった。警察署から帰ってきたとき、換気するために玄関のドアを開け放してあったからだ。犬らしき生き物は、そこから飛び出して、一目散に闇の中に姿を消した。

その後のことは、記憶がはっきりしない。

後で聞いた話では、私が発見されたイチョウ並木のすぐ近くで、ほぼ同時刻に、一頭の犬が行方不明になっていたらしい。スタンダード・シュナウザーという毛むくじゃらの犬種だが、翌日、飼主の家にひょっこり現れたということだった。とはいえ、それが、私の部屋から逃げ出した毛むくじゃらの生き物だという確証はなかったため、その晩のことは私たち家族の胸にしまっておくことになった。

私自身については、とんでもなく面倒臭いことになってしまった。睡眠障害の治療で有名という大学病院へ連れて行かれ、長いカウンセリングを受けたり、インクの染みが何に見えるか訊《き》かれたり、木の絵を描かされたり、脳波を測定されたりしたが、結局、はっきりした原因はわからなかったようだ。最終的に、子供によく発症する睡眠時遊行症——いわゆる夢遊病ではないかということになり、成長するにしたがって症状は消失することが多いため、とりあえず様子を見ましょうというのが落としどころになった。

だが、私を診てくれた若い男の先生は、最後まで首を捻《ひね》っていた。単なる夢遊病にしては、私の移動した距離があまりにも長すぎることと、移動手段に説明が付かない点が引っかかっていたようだ。

先生が、両親に症状と今後の注意点について説明している間、私はすっかり退屈したため、飛行機の玩具《おもちゃ》で遊んでいたが、なぜか先生の発した一言だけが私の耳朶《じだ》に飛び込んで来た。

それは、「フーグ」という単語である。

両親は、説明を聞いて顔を見合わせ、そして口々に否定の言葉を口にした。

「いいえ、そんなことはありません」

「思い当たるようなことは、まったく」

「特にショックになるような出来事は、何も思い浮かびません。近しい人で、最近死んだ人はいませんし、幼稚園でも楽しくやってるようですし……」

私が、フーグについて知ったのは、ずっと後のこと——高校生のときである。

その頃、私は心理学や精神医学に興味を惹かれて、一般向けにわかりやすく解説した本から、専門書まで読み漁《あさ》っていた。

その中にあったのが、解離性遁走《フーグ》である。

米国精神医学会《APA》がまとめた『精神疾患の分類と診断の手引き　DSM－Ⅳ』によれば、解離性遁走《フーグ》はこう定義されていた。

解離性とん走（以前は心因性とん走）Dissociative Fugue (formerly Psychogenic Fugue)

A. 優勢な障害は、予期していないときに突然、家庭または普段の職場から離れて放浪し、過去を想起することができなくなる。

B. 個人の同一性について混乱している。または新しい同一性を（部分的に、または完全に）装う。

C. この障害は、解離性同一性障害の経過中にのみ起こるものではなく、物質（例：乱用薬物、投薬）または一般身体疾患（例：側頭葉てんかん）の直接的な生理学的作用によるものでもない。

D. この障害は、臨床的に著しい苦痛または、社会的、職業的、または他の重要な領域における機能の障害を引き起こしている。

どう見ても、私の経験したあの事件とは、関係がなさそうだと思った。どちらかというと、これは、一昔前のミステリーによくあった、事故に遭って記憶を喪失し知らない場所で新しい名前で人生を送っているというストーリーに近い。

しかし、同時に、私は直感していた。

全員ではないにせよ、解離性遁走《フーグ》という診断を受けた患者の中には、私と同じく、開けてはいけない扉を開いてしまった人間が交じっていることを。

彼らがどんなふうに感じたかは、私にはよくわかる。前触れもなく変わってしまったのは、彼らではなく世界の方なのだろう。そして、以前の世界の亡霊がひょっこり訪ねてきたとき、再び世界は反転し、彼らは驚愕《きょうがく》と激しい混乱に見舞われたに違いない。

松浪は、プリントアウトを置いた。たしかに、青山黎明がホラー作品で多用してきたようなおどろおどろしい美文調と比べると、まるでエッセイのように自然な書き方である。実話だという亜貴の言葉を聞いていなければ、フェイク・ドキュメンタリーだと思ったかもしれないが。

その後も、ストーリーは淡々と進んだ。

小学生になると、私は人に言えない悪癖《あくへき》に耽《ふけ》るようになった。抵抗できない小さな生き物に、謂《いわ》れのない悪意を向けるのである。

　それは、たとえば、こういう具合だった。特定の食草でしか成長できない芋虫を捕まえて、数十メートルは離れた場所にある、適当な草の上に置いてやる。イモリを池から捕獲してきて、流れの速い川に放り込み、みるみる流されていくのを眺める。森の中にいたマイマイカブリを、コンクリートのジャングル——マンションの屋上へと移住させたこともあった。進化の過程で飛ぶ能力を失った細長い甲虫は、二度と再び、草地を踏むことも、餌のカタツムリを見つけることもできなかったはずだ。

　今思えば、私は神様ごっこをしていたのだと思う。ある日突然、巨大な手で摘《つ》まみ上げられ、見知らぬ世界へ拉致《らち》されてしまう小さな生き物の姿は、哀れを誘った。だが、私はどうしてもその遊びを止められないばかりか、さらにエスカレートさせた。近所の家で飼っていた仔猫《こねこ》を、ミルクで誘い出すと、バスケットに入れて電車に乗った。そして、何駅も離れた場所で下車し、解放してやったのだ。運がよければ、新しい飼主に巡り会えるだろうが、野良犬に襲われて、あっという間に短い生涯を終えてしまう可能性もあった。何の罪もない仔猫のよるべない姿は、胸を締めつけ、私は目に涙すら浮かべていたと思う。にもかかわらず、悪戯《いたずら》は、小学生の間はずっと続いていた。

　私がこんな告白をするのには、理由がある。誤解しないでいただきたいが、その後私の身に起こったことが、これらの小動物の祟《たた》りだと言うつもりはさらさらない。第一、初めに書いた幼稚園のときのエピソードは、動物虐待をするよりずっと前に起きているのだから。

真相は、むしろ逆だっただろう。私は、突然見知らぬ世界へと連れて行かれるのではないかという漠然とした不安を、災いを小動物に転嫁することにより、解消しようとしていたのだ。幼稚園の時に起きたことは、けっして一回限りの出来事ではないと、どこかで確信していたのかもしれない。

こいつはいったい何をやってるんだ、と松浪は眉《まゆ》をひそめた。これもすべて実話だとしたら、青山黎明というのは、見た目以上にヤバイやつなのかもしれない。

その後、何事もなく時は流れ、青山は、中学、高校、大学を卒業し、会社勤めをした後で、作家に転身することに成功する。

そして、青山が二度目に扉を開けたのは、かなり最近――五年ほど前のことだったらしい。エピソードに目を通しながら、松浪は目を見開いた。

今回もまた、始まりは夢からだった。

耐えがたいような息苦しさ、疎外感、現実世界から引き剥《は》がされた絶望感。そうした夢が、執拗に繰り返された。広場恐怖症と閉所恐怖症が入り交じった、パニックのような感覚。

そして、私は、再び扉を開ける。

今回、扉の向こうに広がっていたのは鬱蒼とした森だった。苔《こけ》むした地面に、見渡すかぎり中低木が生えている。どちらを向いても同じような景色なので、たちまち方向感覚を失いそうだった。

ここは、いったいどこなのだろう。

一度も来たことはないが、なぜか、この景色ならよく知っているという気がする。そして、いつの間にか、夢は現実へと姿を変えていた。

私は、森の中をあてどなく彷徨っていた。足下の土は案外浅く、下は硬い岩盤のようだった。そのため、木々も深く根を下ろすことができず、地面にしがみつくようにして根を張っている。木々は熱帯のジャングルのように密生しているわけではないので、間を縫って歩くのはさほど難しくなかった。獣道というより遊歩道を歩いているような感じさえしていた。これに沿って歩けば、人家のあるところに出られそうな気がした。

だが、すぐに、それが甘すぎる見通しだったことがわかる。歩けども歩けども、同じ景色が延々と続き、自分が進んでいるのかどうかすらあやふやになる。途中で、ジュースの空き缶が落ちているのを見つけ、近くに人家か何かがあるのではと期待したが、ぬか喜びに終わった。

どれだけ歩いたかわからない。突然、激しい疲労感と空腹、喉《のど》の渇きに襲われた。まるで、旅人を行き倒れに導くというヒダル神か餓鬼に取り憑《つ》かれたかのようだった。急激に血糖値が下がったらしく、身体にまったく力が入らない。何かを口に入れたいと思ったが、食べ物などどこにもなかった。

私は、その場に座り込んだ。もう、一歩も歩けない。

この瞬間クマでも出て来たら、万事休すだろう。それどころか、相手が野良猫でも、簡単に餌食《えじき》にされてしまいそうな気がした。


もしかしたら、これは、あのときのことではないのか。松浪は、眉根を寄せて考えた。

もちろん、事実をありのままに書いてあるとは考えられない。現実にあった出来事を換骨奪胎、脚色潤色し、一篇の物語に仕立てるのが作家の手腕である。天性の嘘つきである彼らの言葉を、文字通り額面通りに信じ込むのは愚の骨頂だろう。

だが、嘘つきがつく嘘には必ずパターンというものがある。担当編集者として、青山黎明の作り話のパターンは知悉《ちしつ》しているつもりだった。

これが架空の話なら、青山黎明は、もっと盛るはずである。控えめな嘘の方が騙《だま》しやすいとわかっていても、我慢しきれずに大法螺《おおぼら》を吹いてしまうのが、あの男の性《さが》なのだ。

青山黎明は、突然、作風を変えたのだろうか。それとも……。

そのとき、編集部の大部屋に中島晋也《なかじましんや》が入って来るのが見えた。大量のゲラを抱えており、あまり寝ていないらしく、目の下の隈《くま》がいつにもましてどす黒い。

「中島さん」

松浪が声をかけると、中島は、大儀そうにこちらを見る。

「青山黎明を迎えに行ったの、中島さんでしたよね？」

「迎えって……あれか？　樹海？」

「そうです。あのときって、最初は、警察から連絡があったんでしたっけ？」

「そうだよ。校了前なのに、はるばる富士吉田《ふじよしだ》まで行ったよ。そりゃ、一応は担当だったけど、何で俺なんだよって思ったよ。そうしたら、青山黎明の掌《てのひら》にボールペンで、うちのファックス番号と中島って名前が書いてあったらしいんだ。メモがないときの癖でさ」

中島は、すでに空きスペースのない机の上にゲラを置いた。そのはずみで横に積んであった書類の表層雪崩《なだれ》が起きかけたが、すばやく押さえて事なきを得る。

「ふつう、ファックス番号なんて原稿に書くだろう？　まったく迷惑な話だよ」

「あれ、たしか、青山さんは樹海のシーンを書いてて急に思い立ち、一人で取材に行ったってことでしたよね？」

「バーカ。んなわけねえだろう？　先生、絶対自殺しに行ったんだって。何もかもが嫌になったんだよ」

中島は、唇を歪《ゆが》める。

「樹海に入ったはいいが、踏ん切りが付かないまま闇雲に歩き回って、迷子になったたわけだ。帰り道がわかるロープも張ってなかったんだから、最初っから死ぬ気満々だろう？　ふつうはそれでお陀仏《だぶつ》なのに、まったく悪運が強いよな」

「で、遺体を見つけたんでしたっけ？」

「ああ。そのおかげで、助かったんだ。見つけてくれてありがとうって、鶴の恩返しならぬ、首吊《くびつ》りの恩返しだな」

中島は、どすんと椅子に腰を下ろす。その振動で、今度は机の上が全層雪崩を起こしかける。中島は、あわててその上に覆い被《かぶ》さった。

松浪は、プリントアウトに目を走らせた。自殺死体を発見したというエピソードは、すぐに見つかった。


……転倒したはずみで、頰の内側をしたたかに嚙《か》んでしまう。口の中に血の味が拡《ひろ》がった。いよいよこれで最期かなと思った。手足だけでなく、全身が、思ったように動かせないのだ。ところが、しばらく鉄臭い血を味わっているうちに、わずかに身体を動かせるようになった。自分の血を飲んだおかげで、一時的に低血糖から脱したらしい。私はよろよろと立ち上がり、生に向かっての一歩を踏み出した。このまま休んでしまったら、永久の休息になってしまう。それは本能からの警告だった。依然として視界はかすみ、足下はふらついていた。それでも、私はぎくしゃくと歩を運ぶ。何としても、元の世界に戻らなければならない。その思いだけが私を衝《つ》き動かしていた。

だが、歩くうちに、次々と疑問が浮かんできた。

いったいなぜ、元の世界に戻らなくてはならないのだろう。元の世界とは何か。そもそも、私は誰なんだろうか。

私はすっかり見当識を失っていた。この宇宙の中での自分の立ち位置が、完全にわからなくなっていたのだ。

それでも、一歩、また一歩と、足を動かす。

歩くしかない。前進し続けるしかない。それができなくなった生物は、死を待つのみだ。

それは、生を希求しながら、一歩また一歩と死へ近づいていく奇妙な行進だった。ゾンビのような足取りの私の目の前に、ふいに奇妙なものが現れた。

ぶらぶらと風に揺れている、奇妙なオブジェである。

いったい何の冗談だと思ったが、徐々に脳に理解が兆した。

これは、自殺死体だ。首を吊《つ》った人間が、どれくらいの時を経てか、白骨化しているのだ。

私は、白骨死体の真下に座り込んだ。今度こそ、もう一歩も歩けなかった。自分は、ここで死ぬのかと思う。この死体が自分を呼んだのか。それとも、心中秘《ひそ》かに死を望んでいた自分が、ここへ引き寄せられたのだろうか。

そのとき、人の声が聞こえてきた。大勢の人の話し声だったが、今さら、珍しくもなかった。森の中を彷徨っている間中、うるさいくらいに幻聴に悩まされていたからだ。

それ全部、さらっちゃったら。おまえ、そういうとこなんだよ。もう、絶対、無理だから。どんな色なの、それ。何か、変なものがいるよ。先立たれたらしい。ずっと残ってたやつか。もうここから動きたくない。死んだ方がいいかも。熱々にしてほしかったのに。いいかげん、真面目に考えようか。困るんじゃないかな、実際。そんなの、オワコンだって。要らねえよ。いつも助かってるし。そろそろ、けじめつけてみたら。本当に、信じらんない。こうなれば、自分でやるよりないだろう。青山黎明は、死ぬべきだと思うよ。

私は、その場に跪《ひざまず》いて、人生の終焉《しゅうえん》を迎えようとしていた。過去の記憶が、奔流のように、走馬灯のようによみがえってくる。小説によく書かれていた臨終の描写は、本当だったんだと実感した。振り返ってみて、私は幸せだっただろうか、はたして意味のある人生だったのかと考える。徐々に薄れ行く意識の中で、静かな諦《あきら》めが広がり、自分自身との最後の和解のときが訪れようとしていた。

だから、大勢の人間の話し声はひどく邪魔だった。幻聴だとわかっているのに、どうして、こうもうるさく私の耳朶に付きまとうのか。

大声で一喝してやりたかったが、そんな余力は残っていなかった。私は、喧噪《けんそう》を無視して、遥《はる》か来世へと思いを馳《は》せる。

そして、気がついたときには、たくさんの人たちに取り囲まれていた。体格のいい若者が、ボランティアの捜索隊だと名乗った。

私にコーヒーの入ったカップを差し出しているのは、まだ若い女の子だった。

「ありがとう」

私は、カップを受け取り、舌を火傷《やけど》しそうな熱いコーヒーを一口飲んだ。


やはりそうだ、と松浪は思った。

これは、青山黎明の失踪騒動についての再構成であり、青山本人による文学的な再解釈なのだろう。どんな馬鹿げた事件でも、物書きとしては、一応、書くことで落とし前を付けずにはいられなかったのだ。

そのために、わざわざ幼年期からのエピソードまで捏造《ねつぞう》したのだとしたら、作家と呼ばれる人種の業の深さを感じずにはいられないが。

「首吊り死体を見つけたのは、青山黎明が生へと帰還する道標《みちしるべ》だったってわけだ。その前に死体を発見したやつがいて、通報した直後だったらしいからな」

顔を上げると、中島がこっちを見ていた。

「首を吊るやつだって、本当に自殺したいのなら樹海の最深部まで行きゃいいのに、だいたい、みんな、道路の近くでぶら下がるらしいからな。誰かに早く遺体を見つけて欲しかったのか、死ぬ前に止めて欲しいという儚《はかな》い望みに縋《すが》ってたのか知らねえが」

中島の眼光は、本来の鋭さを取り戻して松浪を射る。

「しかし、今さら何で、そんな話をするんだ？」

「いや、青山先生の新作なんですが、あのときの話が出てくるんですよ」

松浪は、言い訳するように言った。

「ほう。だったら、俺への感謝とかは書き連ねてあるのか？　校了前の忙しい時に、はるばる青木ヶ原《あおきがはら》樹海まで来てもらって、身元を保証した上に、旨《うま》い食事と酒をあてがって、東京まで連れて帰ってくれて、衷心より感謝に堪えないとか」

「皆無ですね」

「だろう？　作家ってのは、どいつもこいつも忘恩の徒だからな」

中島は、舌鋒《ぜっぽう》鋭く切って捨てる。

「……しかし、あのときの青山黎明の様子は、マジでおかしかったんだよな」

「どういう感じだったんですか？」

松浪は、思わず訊ねていた。

「一時的にだが、自分が誰かすらすっかり忘れているみたいだったんだ。あれだけは、今でも演技とは思えねえんだよな」

つまりは、ガチの解離性遁走《フーグ》ということなのか。そんな馬鹿な。

「そういえば、おまえも、何か妙なものを見たって言ってなかったか？」

「妙なもの……って何ですか？」

突然、質問を振られて、松浪は鼻白んだ。

「ほら。俺が青山黎明の身柄《ガラ》を引き受けに行ったときだよ。おまえは、仕事場に行ったんじゃなかったっけ？」

松浪は、雷に打たれたような衝撃を感じた。

そうだ。あのとき、俺は青山黎明の仕事場に行った。

そして、あそこで見たものに、言いしれぬ衝撃を受けたのだ。自分が見たものが何なのか、まったく理解してはいなかったが。

2

五年前に仕事場で出迎えてくれたのも、高木亜貴だった。

「青山先生は、ご無事なんですか？」

このときの亜貴は、まだ相当若かった。たぶん、二十代だっただろう。眉間《みけん》には皺《しわ》を刻んでいたが、匂い立つような色気があり、松浪はくらくらするほどだった。

「ええ。一応ご無事ということでした。中島が今現地に向かってるんですが、詳しいことは、確認できしだい連絡があるはずです」

亜貴は、黙って階段を上がり、青山黎明の仕事場――書斎のドアを開けた。

「本当に、いつの間にいなくなったのか、全然わからないんです。さっき電話をいただいて、本当にびっくりして……。先生は、ここで仕事をしていたはずなんですが」

「失礼します」

松浪は、二十畳ほどの部屋に入った。中央には二台のパソコンモニターを載せた机があり、壁際には天井まで本棚が作り付けになっていた。

「なるほど。では、失踪する直前は、この部屋にいたということですね？」

単なる念押しのつもりだったが、亜貴は、顔を伏せた。

「前の晩は遅くまで仕事をしていましたから、もしかすると、寝室で仮眠していたのかもしれませんが」

「一応、そちらも見せていただけますか？」

まさか、樹海で見つかったのはまったくの別人で、本人は寝室で暢気《のんき》に高鼾《たかいびき》というオチではないだろうが。

「仮眠するときは、こっちへ来て寝ていました。〆切り間際には、三時間ずつ三回寝たりしてましたから」

それじゃ、逆に寝過ぎだろう。どう考えても、一回にまとめて寝た方が効率的だと思ったが、松浪はあえて突っ込まなかった。

寝室は、書斎のすぐ隣にあった。亜貴がドアを開け、照明のスイッチを入れる。

十畳ほどの部屋の中央に、キングサイズのウォーターベッドが鎮座していた。

一目見て、松浪は、あんぐりと口を開けた。

「え？　何、これ？」

亜貴も、横で呆然《ぼうぜん》としている。

ウォーターベッドの上に木の枝や岩が堆《うずたか》く積み重なっていた。かなりの重量があるらしく、マットレスの中央部分が広範囲に沈み込んでいる。

「これは、青山先生の仕業なんですか？」

「まさか。これじゃ寝られないじゃないですか。でも、誰がこんなことをしたんでしょう？　それに、どこから、こんなものを持ってきたのか……？」

松浪は、ベッドのすぐそばに行って、しげしげと眺める。どうやら、松の枯れ枝のようだ。松ぼっくりもたくさんある。手を伸ばして触れようとして、ひどい痛みを感じた。

「わっ！　いたたた！」

「だいじょうぶですか？」

「離れて！　これ、触ったらダメです！　ふつうの松じゃないですよ」

後にわかったことだが、そこにあったのは、すべて針樅《ハリモミ》の枝だった。葉がきわめて鋭くて、うっかり触れると激痛が走ることから、薔薇樅《バラモミ》という異名があるらしい。これだと、素手では扱えないから、ここへ持ってくるのが、さらにたいへんになる。

枝の間に転がっている岩も、ふつうの岩ではなかった。ところどころが緑色に苔むしており、表面にたくさんの襞《ひだ》が走っている。これによく似た岩だったら、ハワイで見たことがあった。パホイホイと呼ばれる種類の溶岩だ。

「いつから、こんな状態なんですか？」

松浪の問いに、亜貴は首を捻る。

「……わかりません。わたし、このところ寝室には入っていませんから」

亜貴は、悪寒を感じているように、自分の両腕を抱きしめていた。


あれは、いったい何だったんだろう。あのときはただ、精神が不安定になった作家の奇行としか思わなかったのだが。

松浪は、原稿に目を落とす。あった。青木黎明も、帰宅してベッドの上を見たとき、しばし呆然としたと書いている。少なくとも本人には、あれをやったという記憶はなかったらしい。

ハリモミは、本州から四国、九州に広く分布するが、中でも有名なのは、山中村《やまなか》の純林――ほぼすべてがハリモミだけからなる宏大《こうだい》な林らしい。また、青木ヶ原樹海の中にも、かなりの本数が自生しているという。

また、平滑な表面を持つパホイホイ溶岩は、ハワイのキラウェア火山のものが有名であり、「滑らかな」という意のハワイ語に由来するが、富士山《ふじさん》の起こした史上最大の裂線噴火である貞観《じょうがん》大噴火で流出し、宏大な湖だった剗海《せのうみ》の大半を埋め尽くして青木ヶ原樹海を生みだした溶岩にも、よく似た特徴が見られるらしい。

その後しばらくは、平穏な日々が続いたようだ。心の深奥部に眠っていた恐怖を呼び覚まされたことで、青木黎明は一皮剝《む》けたらしく、新感覚のホラー作家として、ブロックバスターとまではいかずとも、数本のスマッシュヒットを出していた。そのあたりの事情を誰よりもよく知っていたのは、他ならぬ松浪である。

そして、三度目の異変が起きたのは、今から約一年前のことだった。

二度あることは三度あるという陳腐な格言が、私の脳裏で不吉な呪いのように反響していた。夢でまた扉を開いてしまったらと思うと、不安で夜も眠れなかった。浴びるように酒を飲み、ぐでんぐでんに酩酊《めいてい》しては、ブラックアウトするように眠りに落ちる。しばらくの間、そんな日々が続いていた。ただし、酔っ払っていれば夢は見ないというのは迷信である。ただ忘れてしまうだけなのだ。

とはいえ、人間の心というものは、忘れることによってストレスから守られるものらしい。半年たち、一年たつと、当初の圧倒的な恐怖心はしだいに薄れてきた。

青木ヶ原樹海へ行ってから四年が経過すると、喉元過ぎればという状態になっていた。

……私の知り合いに尿管結石を二度患った男がいるが、三大激痛の筆頭とされるだけあり、文字通り七転八倒したらしい。一度目ですっかり懲りて、これからは深酒はやめ運動に励み、健康的な生活を送ると誓ったはずが、一年もたたないうちに元の不摂生に逆戻りしてしまい、ほどなく、ベッドの上で拷問のような苦痛に呻吟《しんぎん》する羽目となった。

まあ、おそらく、それが人間というものなのだろう。

私も、いつしか、すっかり安心しきっていた。そして、ある晩、唐突にそれがやって来た。日中から不気味な違和感が忍び寄ってきていたのに、なぜか私はまったく警戒していなかった。ただ、疲れ気味で頭が重いくらいに思っていて、あの夢の前兆ではないかという疑いは微塵《みじん》も抱かなかったのだ。

書斎で液晶モニターを睨《にら》みながら、カタカタと陰気な文章を打っていると、いつものように、ドライアイと後頭部の凝りを感じた。私は、眼科で処方してもらった眼圧を下げる目薬を差し、椅子の背にもたれて目を閉じた。

そして、一瞬で眠りに落ちてしまった。

しまった。最初に感じたのは、罠《わな》にかかった獣のような絶望感だった。

どうして、もっと気をつけなかったのだろう。

またいつか、ここへ招喚されることは、わかっていたのに。

混沌とした宇宙。光というものがいっさい射し込まない暗黒。耐えがたいまでの息苦しさ。慣れ親しんだ世界から、薄皮一枚隔てられて、手が届かないという焦燥感。

耐えきれなくなった私は、扉を開けようとする。

扉とは言っても、何も、蝶番《ちょうつがい》とドアノブの付いたドアが虚空に浮かんでいるわけではない。たとえるなら、世界が描かれているカンバスに小さな裂け目が走って、そこに手を突っ込んでめくり上げるようなイメージだった。

だが……。

だめだ！　その扉を開けてはいけない。私は、自分を突き動かしている闇雲な衝動に対して、必死になって抵抗した。

この先には、何があるかわからないのだ。見知らぬ街や深い森林くらいだったらまだしも、大海原の真《ま》っ只中《ただなか》や宇宙空間にでも放り出されたら、一巻の終わりではないか。この世界にいるのがどんなに苦痛でも、目を閉じて闇雲に逃げ出すのは自殺行為でしかない。フライパンの中の熱さに耐えかねて、炎の中に飛び込むようなものだ。

そして、抵抗は功を奏した。少なくとも、そのときはまだ。

私は、目を開けた。だいじょうぶだ。自分の書斎にいる。

そう思ったのも束の間だった。私は強力な掃除機のノズルに吸い込まれた虫けらのように、またもや、あの暗い宇宙に引き戻されていた。

私は、大声で叫んだ。目を覚ませ！

目を開けると、書斎のモニターの前にいた。だいじょうぶだ！　ここはまだ、元の世界だ。だが、ひどく脆弱《ぜいじゃく》な現実世界には、今にも、朽ちかけた油絵のように無数の亀裂《きれつ》が走りそうな予感がしていた。ジグソーパズルのピースのように、ぼろぼろと剥離《はくり》していく空間の下からは、再びあの暗い宇宙が姿を現すのではないかと……。

私は、必死に念じた。私は、どこにも行きたくない。どこにも連れて行かせたりはしない。私はここにいる。この世界にとどまるのだ。二度と再び、私に干渉するな。

私は、なすすべもなく彼方《かなた》へと連れ去られた、昆虫や仔猫とは違う！

しばらくして、私は気がついた。どうやら、私の意志は、私を別世界に弾《はじ》き飛ばそうとする力に抗《あらが》うことができるようだ。私は、私の意志に反して扉の向こうへ連れて行かれることは、けっしてないのだ。

一瞬たりとも気を抜くことなく鉄の意志を保ち続け、かつ永遠に眠らないでいられるならば、だが。


これは、本当に単なる創作——統合失調症の妄想っぽい味付けをした嘘八百なのだろうか。読みながら、松浪は、現実感覚が微妙に揺らいでいくのを感じていた。青山黎明の寝室で見たハリモミの枝と溶岩が脳裏に浮かぶ。

たとえフィクションであっても、せめて今回の青山黎明の失踪が冗談で済ませられるようなハッピーエンドにならないかと願う。


午前三時三十四分。卓上の時計を見たのが最後になった。

私は、再び暗黒の宇宙の真っ只中に漂っていた。もはや眠気は限界に達しており、抵抗する力はどこにも残っていなかった。

そして、扉が開く。

そこに見えたのは、月明かりに照らされた砂丘だった。はっきりと波の音が聞こえるので、海が近いのだろう。

気がつくと、私はそこにいた。月の沙漠《さばく》をはるばると行く風情とは程遠い姿で。

私の身体は、砂丘の斜面に腰まで埋まっていた。さらさらと砂が流れ落ちてくる。危ないと思った瞬間、大量の砂が奔流となって私を襲った。渾身《こんしん》の力でその場から逃れようとしたが、砂に埋まった下半身はぴくりとも動かない。

目を閉じ両手で顔を覆って、砂を気管に吸い込むことだけは避けたが、あっという間に砂で全身が埋まってしまった。息ができない。必死に砂を掻き分けていたが、その上から際限なく降り注ぎ、押し寄せてくる砂には抗しようもなかった。

止めている息も続きそうになかった。このまま砂に埋まって窒息死するのかと思ったとき、身体がぐらりと揺れ、そのまま頭を下にして一回転した。流砂が勢いを増して、埋まっていた私の下半身ごと崩落したのだ。

とっさに、雪崩に巻き込まれたときの心得を思い出し、胎児のように手足と身体を丸めた。手足を伸ばしたまま埋まってしまい、身動きできなくなるのを防いだのだ。だが、そのために、身体は鞠《まり》のように斜面を転がり、砂丘の下まで勢いよく転げ落ちた。

気がつくと、私は仰向けになって、きらめく星空を見上げていた。派手に転がったおかげで、砂丘の真下から離れ、完全に生き埋めになるのを免れたらしい。呼吸ができるのを確認すると、そのまま意識は遠のいていった。

青山黎明は、早朝に、鳥取砂丘《さきゅう》で発見された。トレーナー姿で全身砂まみれ、目は虚《うつ》ろで、名前を聞かれても満足に答えられない状態だったらしい。

保護した砂丘駐在所でも取り扱いに困ったらしいが、鳥取警察署から失踪者の問い合わせがあったため、すぐに身元が確認されたのだという。

警察に行方不明者届を出したのは、高木亜貴だった。朝、青山黎明の仕事場に来たところ、本人の姿がどこにもなかったことから、四年前の失踪事件を思い出したらしかった。今回は、寝室には特に異状はなかったものの、書斎を一目見て啞然《あぜん》とした。パソコンの前にある椅子の周囲に、大量の砂が山をなしていたからである。近くの園芸店で砂を見てもらうと、花崗《かこう》岩が風化してできた真砂土で、兵庫の六甲山《ろっこうさん》系より西に多いということだったが、いずれにしても正確な場所までは特定できない。

亜貴は、ミステリー作家志望だったので、どうすれば警察が動くかというシナリオを考えた。青山黎明に自殺をほのめかす言動があり、死に場所は砂丘がいいと漏らしていたことにして、緊急性のある特異行方不明者として捜してもらったのだ。幸か不幸か、四年前に青山が樹海で発見されたという記録が、その話に信憑《しんぴょう》性を与えてくれた。ただちに鳥取砂丘、千葉の九十九里《くじゅうくり》浜、鹿児島の吹上《ふきあげ》浜、青森の猿ヶ《さるが》森《もり》砂丘、浜松《はままつ》の中田《なかた》島《じま》砂丘などの所轄署に照会がなされ、スピード発見に至ったのである。

青山黎明は、無事、翌日の新幹線で帰宅することができた。連載中の小説やエッセイ等は、作者急病という理由で休載となり、本人は久方ぶりに大学病院で診察を受けた。

診断は、やはり、解離性遁走《フーグ》ということだった。今回の事件でも、短時間のうちに東京から鳥取まで行った経路は不明のままだったので、関与した人物がいたのではないかと疑われたが、今後の対策としては、状態を見ながら抗鬱薬、抗不安薬を服用させ、よりいっそう注意深く、周囲の人間（と言っても、亜貴以外にはいないが）が、青山黎明を見守るよりほかないということらしかった。

ここから、青山黎明の異様な苦闘が始まった。こんなことが、本当にあったのか。それとも、虚実の皮膜に棲息する小説家の嘘なのか。すべて、ここ一年の出来事らしかったが、松浪は、それらしき様子には一度も気づいたことはなかった。

初めにしたのは、監視カメラの設置だった。抜本的な解決にならないのは承知の上である。私が無意識のうちに自宅兼仕事場を抜け出し、どういう魔術を使ってか、ごく短時間のうちに遠隔地へ行ったという、オランウータン並みの知能しかない医者の診断を否定するためには、自宅兼仕事場が完全な密室で、私が抜け出せなかったということを証明するしかないからだ。その意味では、遅きに失した感もあるが。

書斎、寝室、ダイニング、リビング、玄関と、ベランダにまでＣＣＤカメラを取り付けた。昔と比べるとハードディスクは安価になったため、二十四時間休みなしに録画し続けることができる。もし、私の姿が一瞬にして消え失《う》せるところが撮れたなら、医者も私の話を信じるだろうか。動かぬ証拠を目にしても、トリックだとか手品だとかほざきそうな気もするが。

だが、あくまでも、これは保険なのだ。保険とは、死後に思いを馳せて締結する契約である。もし次の扉を開いてしまったら、私の命はないかもしれない。そうなった場合、監視カメラの映像は、私の身に実際に起きたことを証拠立ててくれる。

とはいえ、私は、そう易々と死ぬつもりはない。

私にとってのプライオリティは、瞬間移動《テレポーテーション》についての証拠を世間に提示することではなく、ただ単純に、生き延びることなのだ。

そのためには、どうすればいいか、考え抜いた私は、これまで一度として信じたことのない存在に縋ることにした。

伝手《つて》を頼って、『本物』と言われている霊能者を呼んだのである。常識外れの謝礼を払って、どうやったらこの現象を回避できるかを訊ねたが、霊能者の素っ気ない答えは私の期待を打ち砕くものだった。

「宇宙とは、想像を絶する巨大な大河のようなものです。私たちは、そのほとりで轟々《ごうごう》という振動に身を任せている蟻――それどころか、その肢《あし》に付着している微生物も同然なのですよ。大河の流れに逆らおうなどというのは、不遜《ふそん》を通り越して滑稽《こっけい》でしかありません」

霊能者――これまで見たこともないような奇妙な顔をした女は、重々しく宣《のたま》った。

「あなたを翻弄《ほんろう》している不思議な波については、大昔に、一度だけ耳にしたことがあります。どうやら、あなたは、何十億人に一人という珍しい星の下に生まれたようですね」

「私が知りたいのは、どうやったら、これを止められるか――運命を変えられるかということなんですが」

　私が訊ねると、霊能者は首を振った。

「これは、あなたが持って生まれた宿命なのです。数奇な人生を呪いたくなることでしょうが、受け容《い》れるより他にないでしょう」

　私は、ゴブリンのような顔の霊能者を睨みつけた。

「私は、そんな答えを聞きたくて、大枚の金を払ったんじゃありませんよ」

「昔から、身を捨ててこそ浮かぶ瀬もあれと言います。天然自然の摂理に身を委《ゆだ》ねることが、結果として、あなたが生き延びる最大のチャンスをもたらすのですよ」

「馬鹿な。しょせん他人事《ひとごと》だと思ってるから、そんな暢気なことを言えるんでしょう!」

　私を見る霊能者の大きな眼球は、ガラス製の作り物のようだった。

「人間の無意識は、宇宙の最深部とつながり、そこには膨大なエネルギーが渦巻いています。無理に抑えつければ、抑えきれなくなったときの反動は、収拾がつかないくらい激烈なものになるでしょう。内奥から湧き上がってくる衝動は、どんなに理不尽なものであっても甘んじて受け容れるべきなのです。間違いなく、混乱が生じ、苦境に立つことになるでしょう。しかし、最終的には、何もかもが落ち着くべき場所に落ち着くはずです」

「冗談じゃない! 私が訊きたいのは、どうやったら、寝ている間に突然、見も知らぬ場所に飛ばされずにすむかということです。もしできないんだったら、はっきり、そう言ってもらえませんか？」

言外に、なら金を返せという要求を滲《にじ》ませる。霊能者は、『スター・ウォーズ』のヨーダにそっくりの神妙な表情になって首を傾げた。

「できないことはありません。……ですが、しょせんは、その場しのぎにしかなりませんし、かえって事態が悪化することも考えられますが」

「かまいません。私は、座して死を待つくらいなら、むしろ玉砕する道を選びたいと思います。この宿命とやらと闘うには、どうすればいいんですか？　具体的な方法を教えてください」

「……そういうお考えとあらば、いたしかたありません」

霊能者は、私の仕事場を検分して廻《まわ》ると、まず鏡の位置に注文を付けた。

「玄関を入って、真正面に大きな姿見がありますね。これは良い気を撥《は》ね返してしまうので、風水では凶相とされていますが、もっと大きな問題は、この姿見に別の小さな鏡が映っていることですね。合わせ鏡は霊道を作るのです」

霊道とは、読んで字のごとく、霊の通り道のことらしかった。邪悪な死者の霊だけでなく、恨みを持った生き霊にとっても恰好《かっこう》の侵入路になるのだという。

「ですが、あなたの場合は、外から内より、内から外へ穴が開いていることの方が、はるかに危険なのです。あなたが別の世界へ行くとき、まず最初に移動するのは、あなたの魂魄《こんぱく》です。ですから、霊道を封鎖することにより、あなたが魂魄を飛ばすのを防げるはずです」

同様な鏡の問題は、書斎にもあった。光を反射するモニターが窓ガラスと正対しているため、電源を入れていないときは白い布をかけておくように言われる。また、寝室では、枕元にある亜貴の写真と壁にかかった抽象画――トンネルのような渦巻きが描かれていた――も撤去させられた。

霊能者は、海水を天日干しした粗塩で盛り塩を作って、寝室と書斎の四隅に置く。それから、わけのわからない文字の書かれた護符を四辺に貼って、結界を作った。

いずれも、私の迷える魂が別の次元へ彷徨い出ないようにするための措置だという。

私は、生まれて初めて敬虔《けいけん》な気持ちで手を合わせ、心の底から真剣に祈った。

青山黎明は、現実逃避的な作風からは想像できないが、身も蓋《ふた》もないくらいの現実主義者、合理主義者である。そんな男が祈る姿など、とても想像できなかった。

編集部内は、電話が頻繁にかかってくるため、とても集中できない。松浪は、原稿を持って自販機が置いてある廊下のベンチに移り、缶コーヒーを飲みながら読み進めた。

魂魄が飛んでいるかどうかは、夢によりわかるのだという。私は、枕元にノートを置いて、毎朝起きるとすぐに夢の内容を書き留めることにした。たとえば、こんな具合である。

○月○日

昔の友人が何人も集まって話している。皆、眉間に皺を寄せて悲しげな表情を浮かべている。ひそひそと話を交わす。一人が、さかんになぜという言葉を発する。ありえない、説明が付かないという言葉も。誰も、納得のいくような答えは持ち合わせていない。

……どうやら、私のことを話しているらしい。

そのことがわかったとき、友人たちが一人残らず、黒い礼服と黒いネクタイ姿であることに気づいた。

○月○日

暗い海を見つめている。一歩、二歩と、水中に入っていく。

秋だというのに、水は温かい。これなら、凍えずにすみそうだと考える。

海という漢字の中に母という文字が入っている。海に還《かえ》るということは、ひょっとしたら、胎内回帰願望によるものかもしれないと思う。

次の瞬間、深みにはまったように水中にいる。私は、真っ暗な水の中に取り残されていた。必死に浮かび上がろうとしたが、まるで柔らかい膜の中に閉じ込められてしまったかのように、抜け出すことができない。髪の毛が海藻のように揺れ、視界が歪む。

後悔。絶望。息苦しさ。閉塞感。

私は、そのまま、生温《なまぬる》い水の中で永劫《えいごう》の時を過ごすことになるのだ。

　○月○日

　イチョウ並木の下で毛むくじゃらの犬が駆け回っている。風に舞い散る黄色い葉が嬉《うれ》しくてしかたがないらしい。ふと何かを感じて、犬は立ち止まり、空を見上げる。音も匂いもないが、ただならぬ気配がするらしいのだ。不安に駆られて右往左往したあげく、イチョウの落ち葉の中に身を隠そうとしたが、時すでに遅かった。次の瞬間、暗い雲間から巨大な手が伸びてきて、犬をつかみ上げたかと思うと、あっという間に消えてしまった。


　霊能者は、私が書き留めた夢を仔細《しさい》に読んで、警告を発した。

「まずいですね。どうやら、塞《ふさ》ぎきれていないようです」

「どういうことですか？」

「霊道はすっかり封鎖したはずなのに、あなたの魂魄は夜ごとに寝室を抜け出して、彷徨っていると思われるんです」

　先の三つの夢にもその疑いがあるらしいが、霊能者が特に問題視したのは次の夢だった。

○月○日
囲碁を打っている。周囲は真っ暗闇。見下ろすと、光の筋が美しいパターンを作っている。風が強いが、私は盤上に没頭する。かすかにまたたく冷たい光が、着点はここだと教えてくれているような気がする。

「えっ、これが？　……どうしてですか？」

夢を見ているときは、別に嫌な感じはしなかったのだが。

「夢に特有の歪曲《わいきょく》が施されて、囲碁に変換されていますが、屋内で風を感じているのは変です。だとすると、これは屋外で、光の筋というのは上空から見た都市の夜景でしょう」

霊能者の言葉が意識に突き刺さり、私は図星であることを悟った。

「このまま放置すれば、遠からず、また『転移』が起きるはずです」

『転移』とは、私に起きている瞬間移動現象《テレポーテーション》を指している。

「では、いったいどうすればいいんですか？」

霊能者は、ガラス玉のような巨大な目――自分の顔が映っているのが見えそうだ――を私に向けた。

「もう一度、考え直してみませんか？　すべてを、ただあるがまま、なるがままに受け容れ、運命に委ねてみたとき、自然に救いが見えてくるはずです」

「冗談じゃない！」

私は、激しく拒絶した。

「前に言ったとおり、私は、この理不尽な運命を、断固として拒否することに決めたんです。いったいどうすれば、魂が抜け出すのを止められますか？」

「わかりました。それでは、さらに守りを固めることにしましょう」

霊能者は、部屋の四隅にあった盛り塩の数を八つに増やし、新たな護符を貼った。それから、奇妙な物体を四つ、部屋の天井から吊《つる》した。蜘蛛《くも》の巣状の網目が張られた丸い輪に羽根飾りが付いている。

「ドリームキャッチャーです。ご存じですか？」

スティーブン・キングの小説でも有名だが、アメリカ先住民に伝わる魔除《まよ》けであることは、知っていた。たしか、子供のところへやって来る悪夢を、中央の網で捕えるのだという。

「これは、土産物屋で売られているような紛《まが》い物ではありません。オジブワ族のシャーマンが正式な祈禱《きとう》を行い、柳の木、鷲《わし》の羽根、鹿の腱《けん》から作った本物です」

「本物だと、どういう効能があるんですか？」

霊能者は、フクロウのような仕草で首を傾げた。

「これで、四辺に結界を張るのです。あなたの身体から抜け出た憧《あくが》る魂は、どちらの方角へ向かっても、網に遮られて先へは進めません」

『憧《あく》る』は、『憧《あこが》れる』の語源だが、もともとは魂が肉体の外に出て彷徨うことを指す。こんな呪《まじな》いにしか希望を繋《つな》げないのかと、あらためて思った。しかし、他に縋れるものは、何一つ思いつかない。

私は、四つのドリームキャッチャーを吊した異様な寝室に籠《こ》もって眠るようになった。亜貴は、そんな私を憂慮する目で見ていたようだったが、何も言わなかった。この頃から、めっきり会話が減ったような気がする。

特に、照明やカーテン、ウォーターベッドまで一緒に選んで、いたく気に入っていたはずの寝室にも、いっさい入ろうとはしなくなった。

松浪は、溜《た》め息をついて原稿から目を上げた。実名で書いているのには驚いたが、やはり青山と亜貴はそういう関係だったのか。こんな場合だが、妬《ねた》ましい気持ちは、抑えきれなかった。

編集部から、中島が顔を覗《のぞ》かせる。

「松浪。電話ー」

律儀に捜したりせずに、席を外していると答えたらいいのに。重たい腰を上げかけた松浪は、中島の次の言葉で、弾かれたように立ち上がった。

「高木亜貴さん」

五秒で自分の机の前に戻り、受話器を取り上げる。

「はい。松浪です」

「高木です。お忙しいところ、申し訳ありません」

「どうされました？　青山先生は、見つかりましたか？　あ。原稿は今読んでいる最中です。もう少しで読み終わりますけど」

「あの。やっぱり、青山は失踪したみたいなんです。それで、これから警察に行ってこようと思うんですが」

亜貴の声には、隠しようのない緊張が感じられた。

「失踪した？……それは、どうしてわかったんですか？」

松浪は、戸惑った。青山黎明には初めてのことではないが、やはり緊急事態である。

「念のために、もう一度、寝室をよく見てみたんですけど」

亜貴は、消え入りそうな声で言う。

「ベッドも床も、びしょびしょに濡《ぬ》れてるんです。ものすごい水の量で」

「濡れてる？」

松浪は、とっさに意味がわからず、鸚鵡《おうむ》返しに訊ねる。

「ここ数日、青山が話してたんです」

亜貴の声は暗かった。

「また、夢を見出したって」

「どんな夢ですか？」

「海なんです。どこともわからない大海原の夢なんです。三百六十度、見渡すかぎり島影さえ見えないらしくて。月明かりで、さざ波の立った海面が、まるで道のように照らされていたと言ってました」

松浪は、絶句した。さっきまで読んでいた小説の悪夢が現前したような気分だった。

「しかし、海となると、いくら何でも、範囲が広すぎるんじゃ……」

鳥取砂丘のことを考える。今思えば、あれはまだ幸運だったのだろうか。今回は、さすがに捜索のしようがない。

「そうなんです。ですけど、とりあえず警察には、行方不明者として届け出を出しておこうと思います。この前お世話になった方が、まだ警察署にいるようなんで」

「そうですか」

何と言って慰めたらよいのか、よくわからない。お力落としのないように？　いや、やめろ。縁起でもない。

「だいじょうぶ。青山先生は、きっと戻ってきますよ」

気がつくと、何の根拠もない気休めを口にしていた。

「はい」

亜貴は、一拍おいてから、か細い声で返事をした。泣いているのだろうか。

「何かわかったら、連絡してください。こちらも……」

どうしよう。

「心当たりを当たってみますから」

「お願いします」

電話を切ってから、はたと考える。もちろん、心当たりなど何もない。

それから、机の上に置いた原稿を見る。手がかりはすべて、この中にあるはずだ。

やるべき仕事は山積みだが、今は、こちらを優先するしかない。人命がかかっている話だし、亜貴の声を思い出すと、他のことは手に付きそうになかった。

松浪は、原稿と付箋《ふせん》、ボールペンとマーカーなどを持って飛鳥書店の本社ビルから出ると、喫茶店に入った。

探偵のまねごとは無理だろうが、原稿のチェックならば何一つ見落とさない自信があった。ここで何とか青山の行方を示す手がかりを発見すれば、亜貴の見る目も変わるのではないかと秘かに意気込んでいた。

〇月〇日

虎が、檻《おり》の中でうろうろと歩き回りながら、苛立っている。すると、遠くから虎を呼ぶ声が聞こえてきた。野性を呼び覚まされ、虎は檻から脱出しようとする。すると、どういうわけか身体が扁平《へんぺい》になり、狭い格子の間からするりと抜け出すことができた。自由の身になった虎は、暗いジャングルの方角に向かって走り出した。木々の間からは、無数の目がこちらを見ている。夜だというのに鳥が鳴き交わす声が聞こえる。得体の知れない獣たちの咆吼《ほうこう》も交じっていた。それらすべてを尻目《しりめ》に、飛ぶように疾走するスピード感が心地よい。

私の夢をチェックし終えた霊能者の目を見たときに、嫌な予感が兆した。ガラス玉のような眼球に、異様な光が宿っている。

「……残念ですが、あなたの魂魄は、今もまだ、部屋から抜け出ています」

霊能者は、溜め息交じりに言った。

「どういうことなんですか？　ドリームキャッチャーの網に遮られて魂は先に進めないから、だいじょうぶだって、言ってたじゃないですか？」

「夢で虎が檻から抜け出したように、網目の間から擦り抜けてしまっているようなんですよ。あなたの魂魄は、何か、きわめて強力なパワーによって、外宇宙から引き寄せられています。通常の方法では封じ込めるのは、無理かもしれません」

「今さら、それはないでしょう」

私は霊能者に詰め寄った。

「止めてください！　どんなことをしてもいいから、手立てを考えてください！」

私は、この奇妙な女に対し憤りを感じていたが、その反面、信頼もするようになっていた。結界に一定の効果があることは、はっきりと体感していたからだ。

「わかりました。……これは、できれば使いたくなかった手段なのですが、万が一に備えて、準備はしてきています」

　霊能者は、山伏が背負う笈《おい》のような物入れを開け、四つのドリームキャッチャーを取り出す。中央の輪は直径30センチほどだが、網は嵌《は》まっていなかった。

「こんなものが、役に立つんですか？　素通しじゃないですか？」

　私は、輪の中に掌をくぐらせた。

「もはや、象徴的な網では止めきれないのです。本物に働いてもらうしかありません」

　霊能者は、続いて四個の虫籠《むしかご》を取り出した。それぞれに、黒と黄色の縞《しま》模様の大きな蜘蛛が一匹ずつ入っていた。

「黄金蜘蛛《コガネグモ》です。呪性《じゅせい》で言うと女郎蜘蛛《ジョロウグモ》の方が強いのですが、適度な大きさの円形の網を張ることと、中央の隠れ帯《スタビリメンタム》を霊符として使えるため、ドリームキャッチャーには適しています」

　何を言っているのかわからないが、私は、虫籠の中を順番に覗いた。

「見かけは、ふつうの蜘蛛と変わりませんね」

　蜘蛛嫌いの目からすると、どの個体も異常に大きく見え、怖気《おぞけ》をふるった。標準のサイズを知らないので、たしかなことは言えないのだが。

「この四匹は、それぞれ、蜘蛛合戦を勝ち抜いて生き残った強者《つわもの》なのです」

　蜘蛛合戦というのは、鹿児島県始良《あいら》市加治木町《かじきちょう》や高知県四万十《しまんと》市などで行われる伝統行事で、二匹の黄金蜘蛛を戦わせる遊びである。

「通常の蜘蛛合戦では、相手を棒から落とすか尻に噛みつくなどの技を決めれば勝ちですが、巫蠱《ふこ》の術によって霊力を高めるため、あえて最後まで殺し合わせました」

「……しかし、霊魂が、蜘蛛の巣に引っかかるんですか？」

もしそうなら、幽霊はそこら中で蜘蛛の巣にかかっているはずだ。

「ふつうならば、ただ通り抜けるだけです。祈禱によって魔除けの一部となったとき、初めて蜘蛛の横糸の粘液に魂魄を搦《から》め捕れる霊力が生じるのです。さらには、蜘蛛そのものが結界の番人として振る舞うようになります」

霊能者は、かすかに首を振る。

「ですが、このやり方は、呪《まじな》いとしても禁忌――邪道の部類ですから、あなたにも悪影響が及ぶ可能性は否定できません」

「悪影響？」

「あなたの魂魄が体外離脱して、この部屋から抜け出そうとすると、蜘蛛の巣に捕らわれて、黄金蜘蛛に捕縛されたまま朝まで過ごすことになります。そのとき垣間見る悪夢の不気味さ、恐ろしさは、とうてい今までの比ではないでしょう」

何だ夢の話かと、私は思う。命がかかっているのだから、怖い夢くらい我慢するしかない。その先どんな経験をすることになるか、そのときの私には知るよしもなかったのだ。

霊能者は、寝室の隅に即席の護摩壇を設《しつら》えると、何か得体の知れない生き物の死骸《しがい》のような奇怪な供物と、ヌルデの護摩木をくべて、一心に加持祈禱を行った。

すると、青龍《せいりゅう》、白虎《びゃっこ》、朱雀《すざく》、玄武《げんぶ》と名付けられた四匹の蜘蛛は、部屋の東西南北に吊された四つのドリームキャッチャーの輪の中に、競い合うように丸い網を張り始めた。巣の中央部に糸で織り込まれた白い模様――隠れ帯《スタビリメンタム》は、ほとんど知能のない蜘蛛が作ったとは思えない、六芒星に梵字《ぼんじ》を組み合わせたような複雑な形状をしていた。

私は、こうして、異形の結界に守られて眠ることとなった。

その夜から、本物の悪夢が始まった。

3

雨音が、喫茶店の中にまで反響していた。

松浪は、ダブルクリップで留めた原稿をめくりながら、コーヒーに砂糖を入れようとした。ふだんはブラックだが、頭を使うときは、作家と同様、糖分が欲しくなる。

昭和初期の雰囲気が漂う喫茶店のテーブルの上には、レトロな吹きガラスの容器に入った、白砂糖とブラウンシュガーが置いてある。ブラウンシュガーの蓋を開けてスプーンを持ったが、左手に持った原稿で視界が遮られて、白砂糖の方の容器をひっくり返してしまった。あわてて元に戻したが、テーブルの上には、こんもりとした砂糖の山ができた。

松浪は、砂糖をまじまじと凝視していた。原稿に出て来た鳥取砂丘の砂のことを思い出したのだ。

青山黎明が消えたパソコンの前には、大量の砂が山をなしていたということだった。あまり深く考えずに読み飛ばしていたが、あれはいったい何を意味していたのだろう。

その前の青木ヶ原樹海のときには、松ぼっくりの付いたハリモミの枯れ枝や溶岩が、まるで青山黎明の代わりのようにベッドの上に堆積《たいせき》していた。うっかりハリモミに触れてしまって、指先に感じた痛みは、今でも鮮明に思い出せた。

そのとき、はっと気がつく。

もしかしたら、砂も、ハリモミと溶岩も、それぞれ青山黎明と同じくらいの重量があったのではないだろうか。

もう一つの例では、どうだっただろう。松浪は、原稿をめくってみた。

最初に「扉を開いた」とき、ベッドの上はイチョウの落ち葉と砂埃でいっぱいだったらしい。だが、イチョウの葉の重量などたかがしれているから、いくら子供とはいっても、体重分には足りないのではないか。

いや、そうじゃない。松浪は、原稿を繰った。

……犬だ。ベッドの下から飛び出してきた毛むくじゃらのスタンダード・シュナウザーは、イチョウ並木のそばでいなくなった犬らしい。中型犬ならば、幼稚園児の体重に少し足りないくらいであってもおかしくはない。

だとすると、青山黎明がどこかへ『転移』するときには、代償のように、同じ重さの物体が引き寄せられてくるのかもしれない。

もしかしたら、これは、よく知られている現象なのだろうか。

松浪は、瞬間移動《テレポーテーション》について、スマホで調べてみた。

1593年にフィリピンのマニラからメキシコシティにある宮殿前にテレポートしたという兵士や、1655年にスペインと中央アメリカを行き来していたという修道女が有名らしい。他の例では、記憶もなくして別人として生活していたという例もあった。これなど、ふつうに診断すれば解離性遁走《フーグ》ということになるのだろう。

いずれにしても、人間がテレポートするのと入れ替わりに、代わりの物体が出現したという記述はなかった。

物体が移動する場合、引き寄せるのをアポート、遠くへ飛ばすのをアスポートと言うらしい。つまり、青山黎明の場合は、テレポートとアポートが同時に起こったことになる。

松浪は、グラスに入った水を見つめた。

今回、青山黎明が消えた寝室には、大量の水が残されていた。

グラスの水を、そっとテーブルの上に垂らしてみた。アメーバのように不定形の水溜《みずた》まりができる。

その少し前には、青山は大海原の夢を見ていたということだから、もしその水が青山黎明の肉体の代わりに海から運ばれてきたものだとするなら、水質を分析さえすれば、どのあたりの海なのかわかるかもしれない。

ウェイトレスがやって来て、仏頂面のまま、テーブルの上の砂糖と水を布巾《ふきん》で拭《ぬぐ》い去った。松浪がすみませんと言っても、無言だった。

……『パラドクス』の先月号に載った短編ミステリーに、水死体の肺から海水を採取して、含まれていたプランクトンを分析し、江《え》の島《しま》ではなく横浜《よこはま》港で溺死《できし》したのを暴いたという話があった。おおまかにではあっても、どの海域だか特定できれば。

だが、どのみち手遅れだろうなと思った。

松浪にはなぜか、青山黎明がすでに死亡しているという確信があったのだ。周りに島影もない大海原の真ん中に運ばれたとしたら、どんなに泳ぎがうまかったとしても、生き延びられる可能性はほとんどないはずだ。

後で、亜貴に海水を採取しておくように助言しよう。松浪は、そう手帳に書き込んでから、原稿に戻った。

○月○日

どこまでも果てしなく続いているような、広い日本家屋の中にいる。

夜らしかった。天井の白熱球は長い廊下をぼんやり照らしているが、光量が足りず薄暗い。廊下の先は闇の中にすうっと溶け込んでいる。

いったい、どちらへ行ったら、ここを出られるのだろう。

板張りの廊下を進んでいくうちに、十字路に出た。古来、四つ辻《つじ》は魔に出会う場所であると言われている。どうして、こんな不吉な間取りになっているのだろうか。

前へ進むか、右へ行くか、左へ行くか、それとも後ろに戻るか。

迷った挙げ句、私は、真っ直ぐに進むことにした。

廊下に沿って両側には板戸が並んでいるが、どれも絶対に開けてはならないと強く思った。ここには邪悪な瘴気《しょうき》が充満している。早く通りすぎるに若《し》くはない。

板戸の間を抜けると、左側が襖《ふすま》の列に変わったものの、依然として開かずの間であることに変わりはなかった。

さらに進んで行くと、外廊下のような場所に出た。左手は襖のままだが、ここは二階なのか、右側にはずらりと虫籠窓《むしこまど》が続いていた。格子の間から見えるのは、ただ一面墨を流したような暗闇だけだったが、チリーンという澄んだ音がかすかに聞こえてくる。

虫の音らしい。鉦叩《カネタタ》きだろうか。まるで葬列のようだった。私は、鉦の音に導かれるように進んだ。

そのうち、どういうわけか、徐々に足取りが重くなって、歩くのが困難になってきた。

いつの間にか、鉦の音は止んでいる。

よく見ると、脚や腕の至るところに蚕糸のように細い糸がへばり付いているのがわかった。引き剝がそうとすればするほど執拗に粘り着いて、身体の動きを掣肘《せいちゅう》する。

立ち往生していると、今度は、前触れもなく足下の板張りの廊下がぐにゃぐにゃにな
った。まるで底なし沼に踏み込んだように、身体全体が、ずぶずぶと沈み込んでいく。
助けてくれ！　救いを求めて天井を振り仰いだとき、それが目に入った。
太い梁《はり》の間から、信じられないくらい巨大な影が、ゆっくりと降下してくる。

〇月〇日

また、あの屋敷の中だった。どこをどう歩いたのかわからないが、あの十字路に辿《たど》り着く。前回、何が起きたのかは、はっきりとは思い出せなかった。

今度こそ、選択を誤らないようにしなくては。

右へ進むことにした。暗く長い廊下は、延々とどこまでも続いている。途中からだんだんと勾配《こうばい》が生じてきて、しかも九十九折《つづらおり》のようになっていた。長い上りを過ぎたと思うと、今度は下り始める。しだいに方向も上下もわからなくなってきたが、それにしても、あまりにも長く下りが続いているようだ。まるで地獄の底へ向かっているような気分になる。

そのうち、しだいに廊下が狭《せば》まりつつあることに気がついた。左右の壁に肩が擦《こす》れそうだ。天井は、手を伸ばせば触れる高さから、頭すれすれになり、ついには立っていられなくなって、這《は》いつくばって進むしかなくなってしまった。

真っ暗な穴の遥か彼方から、かすかに、含み笑いのような声が聞こえてくる。

ああ、こちらも正解じゃなかったんだなと思う。引き返そうかと思ったが、振り返ったら、今歩いて来たはずの廊下は、すでに板壁で塞《ふさ》がっているのがわかった。

もはや、どこにも退路はないのだ。

暗い穴蔵の奥から響いてくるおぞましい笑い声は、耳を聾《ろう》するまでに大きくなり、ぐんぐん恐ろしいまでの速度で近づいてくる。

○月○日

左へ進んで角を折れると、玄関である。ああ助かったと思って、引き戸を開けて外に出た。空は薄曇りで、月や星は見えなかった。早く、この呪われた屋敷から遠ざかりたいと願って、ひたすら早足で歩き続けた。白っぽい霧が出ていて視界が全然利かなかったが、家々を過ぎ、野原を横切った。どれくらい歩いたのかはわからないが、気がついたら、あたりは、まったく見知らぬ風景になっていた。やれやれ、ここまで来ればだいじょうぶだろう。

すると、目の前に朽ちかけた廃屋が現れた。

ぼんやりとした空をバックに屹立《きつりつ》している、黒いシルエット。瓦《かわら》屋根は、重みに耐えかねて大きく撓《たわ》み、崩れかけている。板壁はボロボロに傷んで剝がれ落ち、中の土と藁《わら》が見えていた。窓ガラスも、ところどころ割れているが、内側にある白いレースのカーテンのようなもので、ぴったりと塞がれている。

ひょっとしたら何かが追いかけてくるかもしれないと、ずっと恐れていたため、廃屋の中に隠れて、しばらく様子を見ようかと考える。そのとたん、ぞくりと戦慄《せんりつ》が走った。

絶対に、ここに入ってはいけない。直感がそう警告しているのだ。あらためて廃屋を見ると、邪悪な気配を感じた。廃屋の中で、何か得体の知れないものが息を殺している。

私はそっと後ずさって廃屋を迂回《うかい》し、忍び足で遠ざかると、先を急いだ。

だが、しばらく行ったところで、再び、あの廃屋が前方に出現する。今度もやり過ごしたが、少し先で、三たび同じ廃屋に出くわす。

どうやら、何者かが、どうあっても、私をこの廃屋に入らせたいようだ。

不安になって振り返ったときに、霧の晴れ間から、想像もしていなかったものが目に入った。黒光りする廊下。ひび割れた聚楽壁《じゅらく》。暗い天井を縦横に走っている小屋組。

ようやく、自分がまだ屋敷の中にいることに気がついた。てっきり外へ出たとばかり思っていたのだが、何もかもが錯覚だった。家々も、野原も、そして、この廃屋も、果てしなく続く屋敷の一部分に過ぎなかったのだ。

そのとき、背後で、音もなく廃屋の引き戸が開く気配がした。

○月○日

十字路を引き返した。板張りの廊下は、どこからともなく射し込んでくる光で、うっすらと先が明るくなっており、まるで私を誘導しているかのようだった。

さっき通ったときには気がつかなかったが、廊下の突き当たりには、庭があるようだった。ガラス障子が嵌まっているのか、庭木や灯籠《とうろう》の影に、かすかな星明かりも見える。

だが、近づくにつれて、景色は扁平に変わっていく。目の前に現れたのは四枚の襖である。さっき見たとばかり思った庭は、ただの襖絵だったらしい。屋敷の中は薄暗かったが、まるで絵の中の星明かりに照らされているかのように、細部まではっきりと見て取ることができた。

正面には四阿《あずまや》、左奥に築山、右手前に池がある。しかし、よくよく見ると、それは、およそ襖にはふさわしくないような陰惨な絵だった。池には鯉が泳ぎ、白い蓮《はす》の花が咲いているが、蓮の葉の間から、内臓が腐敗しガスで膨れ上がった青鬼のような死体が覗いているのだ。

その顔を見て、私は、心の底から戦慄した。

こちらを見上げる濁った目からは、凄《すさ》まじいばかりの無念が伝わってくる。

ああ、だめだ。ここは、正解じゃない。

これは、見てはいけないものだ。ここにだけは、絶対に来てはならなかったのだ。

にもかかわらず、私は、襖に向かって手を伸ばしていた。

ここまで来たら、もはや引き返すことはできない。九相図《くそうず》めいた画は見せかけで、本当は、この先に唯一の脱出路があるのかもしれないという、一縷《いちる》の望みを託して。

私は、勇を鼓して引手に手をかけようとした。それを待っていたように、四枚の襖は両側に音もなく開く。

向こうは、真の暗闇だった。轟々という風の音が、彼方で木霊していた。

ああ、やっぱり、ここは違う……。

どこからか、ふいごのような荒い息づかいが聞こえてきた。

突然、襖が開いた敷居の幅いっぱいに、世にも恐ろしい老婆の顔が出現し、たくさんの目でにたりと笑った。

○月○日

屋敷の中をあてどなく彷徨っていると、前方の薄暗がりに、女が後ろを向いて佇《たたず》んでいた。黒い横縞が入った黄八丈の着物を着ている。

どう見ても、これは魔物の類《たぐ》いだろう。関わってはならないと思って、私は手前の十字路を右に折れようとした。

……ちょっと、お待ちなさいな。背後から、妖艶《ようえん》な声をかけられる。

そっちへは、行かない方がいいよ。

どうして。私は振り向いて訊ねた。だって、そっちは鬼門だからさと、女は答える。

ふつう、鬼門は東北、裏鬼門は南西を指すが、どういうわけか、この屋敷には鬼門に類するものが四つもあるのだという。それぞれ、鬼門、裏鬼門、顎門《あぎと》、雲《くも》ノ囲《い》という名前で、通常の鬼門と違って毎日のように方位が変わるらしい。この屋敷から抜け出そうとすると、どちらに進んでも、必ずどれかにぶつかってしまうのだという。

だったら、どうすればいいのかと訊くと、女は、後ろを向いたまま、じっとしてるしかないだろうねと答えた。夜が明けるまで大人しくしていれば、もしかしたら、無事でいられるかもしれないよ。

私は、四つ辻の真ん中に立って、四方向を見渡した。

廊下の右手からは、何やらざわざわとした不穏な音が響いてくるようだ。左手の闇の奥には、目玉のように見える小さな光の点が蝟集《いしゅう》していた。今来たはずの背後は、一面に靄《もや》がかかったような奇妙な状態である。

どうする？　女は訊ねる。ここにずっといるかい。

少し迷ったが、私はかぶりを振っていた。一秒でも早く、こんな不気味で恐ろしい場所から逃げ出したかったのだ。

女は、だったら、あたしと来るしかないようだねと言って、すたすた闇の奥へ歩いて行く。終始、顔は見せようとしない。

躊躇《ためら》ったが、女の勧めに従って、後に付いていくことにした。

薄ぼんやりとした廊下で、黄八丈の黒と黄色の縞が、なぜかくっきりと浮かび上がっている。すると、先に進むにつれて、その女の姿がだんだん違うものに見えてきた。やけに高い位置に締めている帯が風船のように異様に膨らんでおり、何か禍々《まがまが》しい生き物の腹部のようだった。着物の袖《そで》と裾《すそ》からときおり覗く黒い手足は、ありえないほど細長い上に、何だか数が多すぎるような気がした。

どうしようもない後悔の念が込み上げてくる。こんな、あきらかに物の怪だとわかる女を、なぜ信用してしまったのだろうか。

先へ進むにつれて、あたりの様子は泣きたくなるほど変になっていった。廊下はうねうねと波打ち、壁や天井は、黴《かび》を思わせる白い糸でびっしりと覆われている。

だが、今さら逃げようとしても、逃げられないことはわかっていた。


その後も、毎晩の悪夢が延々と書き連ねてあった。読み進むうち、松浪は、おやっと思った。どれも、ここ一年のうちに青山黎明が書いた短編ホラーの原型のようだったからだ。

最初は、姑息《こそく》な使い回しをしやがってと思ったが、もしも、これらが青山黎明が本当に見た悪夢だとしたら、話は変わってくる。淡々とした書きぶりだったが、夜ごとにこんな夢ばかり見ていたら、神経がおかしくなってしまうだろう。

もしかしたら、彼は、書くことによってかろうじて正気を保っていたのかもしれない。


この頃、亜貴とは頻繁に口論するようになった。彼女は、すっかり面窶《おもやつ》れした私の様子は、とても見ていられないのだと言う。心が壊れてしまったら、取り返しがつかない。その前に、四枚のドリームキャッチャーを取り外すべきだというのだ。

だが、そうするわけにはいかなかった。今は何としても耐え抜くしかないと、私は主張した。飛ばされる距離は回を重ねるごとに長くなりつつある。次回は太平洋《たいへいよう》の真ん中かもしれないし、その次は宇宙空間かもしれない。生きて戻ってこられる保証は、どこにもないのだ。

「悪夢を見るくらい、平気だって。ホラー作家にとっては、毎晩ネタをもらってるようなもんだよ」

そう強がって見せたが、生まれつき蜘蛛恐怖症《アラクノフォビア》である私にとっては、あの忌まわしい屋敷でエンドレスに続く地獄巡りは、じわじわと精神を揺《す》り潰《つぶ》す拷問に他ならなかった。

ここからしばらくは、青山黎明がゆっくりと精神の平衡を失っていく様子が描かれていた。運動やダイエットではいっこうに体重が減らなかったのに、短期間のうちにげっそりと痩せてしまったらしい。自分ではまったく気づかなかったが、亜貴によれば、視線も虚ろになって、ぶつぶつと独り言をつぶやくことが多くなったという。

こんなことを続けていたら、早晩正気を保てなくなるかもしれない。青山黎明が、ようやくそう思い始めたとき、思いがけない形で悪夢の夜は終焉を迎える。

そのとき何が起こったのかは、すぐにはわからなかった。

例によって、あの陰鬱な屋敷の中だった。今度こそ脱出路を見つけたと思ったのに、結局、罠にかかってしまった。

『笑い女』が、やって来た。私の身体を独楽《こま》のように回転させながら、紗《うすぎぬ》のようなものを巻き付けていく。紗はきわめて強靭《きょうじん》であり、どんなに暴れても破れない。私は木乃伊《ミイラ》のようにぐるぐる巻きにされてしまった。もはや、息をすることさえかなわない。

もう、嫌だ。誰か、助けてくれ。この地獄から救い出してくれ。私は、心の中で絶叫した。

すると、遠くから、私を呼ぶ声がしたような気がした。

そのときの私には、自分が結界によって守られているという意識は微塵も残っていなかった。ただ、身の裡《うち》に充満した堪えがたい恐怖と嫌悪がどこまでも膨脹し、暴走しつつあった。

助けてくれ。ここから逃れることさえできれば、どうなってもかまわない！

ふいに、屋敷が鳴動を始めた。

壁に、ピリピリと亀裂が入る。

『笑い女』は、ぴたりと動きを止めると、表情のないマネキンと化した。

屋敷は、まるでトランポリンの上に載っているように、上下に振動している。

次の瞬間、すべてが吹き飛んで、あの暗黒宇宙が姿を現した。

すべてが混沌としている。まるで深海底のように、ほとんど光が射し込まない真っ暗闇だ。耐えがたいまでの息苦しさ。慣れ親しんだ世界からは、薄皮一枚隔てられているだけなのに、どうしても手が届かない。

しまった……。私は心底愕然としていた。真に恐れなくてはならなかったのは、蜘蛛などではなく、こちらの方だったのだ。どうして、そのことを忘れてしまっていたのだろう。

だが、私は、すぐに苦しさに耐えきれなくなり、扉を開けようとした。閉塞された世界を囲繞している薄膜に、小さな裂け目が走る。こじ開けろ。飛べ。ここから、どこか遠くへ。

やめろ！　私は、自分自身に向かって叫んだが、自我が二つに分裂してしまったかのように、もう一人の自分の行動を止めることができない。

無力感は、やがて静かな諦めへと変わる。ついに、一番恐れていたことが起こってしまった。しかし、もはや打つ手はない。

私は、遠い場所へと連れ去られてしまう……。

今にも扉が開かれそうになったとき、どこからか、一筋の眩《まばゆ》いばかりの光が射し込んできた。

光は、どんどん強さを増していく。

暗黒宇宙は真っ白な輝きに包まれて、みるみるうちに蒸発してしまった。

気がついたら、私はベッドの上にいた。動悸《どうき》は激しく、全身にじっとりと汗を掻いている。だが、私は、間違いなくここ、自宅にいる。危機は去ったのだ。

半開きになったカーテンの隙間から、朝の光が射し込んできていた。

そして、傍らには亜貴が座り込んで、私の手を固く握りしめている。

彼女が、私をこの世界に繋ぎ止めてくれたのか。私は、彼女の手を強く握り返した。

「ありがとう」

私は、そうつぶやいた。他に何と言っていいのかわからない。

……この手は、絶対に放さない。

亜貴の瞳《ひとみ》は、そう言っているかのようだった。

その後、CCDカメラの映像を確認した。しばらくは、何の変化もない寝室の映像だった。私はキングサイズのウォーターベッドの上で眠っている。まるでベッドメリーのような四枚のドリームキャッチャーが、天井からベッドの四隅の上にぶら下がっていた。ところが、ほどなくして異状が現れ始める。風のない室内なのに、ドリームキャッチャーが揺れ始めたのだ。

揺れはどんどん大きくなったかと思うと、今度は物理法則に反して無重力の中で漂っているような動きを見せる。四枚の輪はほとんど水平になり、しばらく天井近くで揺蕩《たゆた》っていたが、突如として、内側に張られた蜘蛛の巣が吹っ飛んでしまった。

早戻しして、映像を仔細にチェックしてみると、蜘蛛の巣が強風に煽《あお》られるように膨らんでいるのがはっきりと確認できた。限界まで伸びた糸は、ついに千切れてしまう。それと同時に、四匹の蜘蛛も、見えない力でバラバラに引き裂かれて四散しているようだ。

私の顔は映っていなかったが、掛け布団に覆われた身体の膨らみは、はっきりとわかった。それが、突然消滅する。中身のなくなった掛け布団が、静かに潰《つぶ》れていった。

次の瞬間、亜貴がドアを開けて寝室に飛び込んでくる。

すると、ハレーションが起きたかのように画面が真っ白になった。

そして、再び室内の映像が現れたとき、掛け布団は元通りに膨らんでいた。

いったん消滅しかけたはずの私の身体は、元に戻っていたのだ。

……助かった。私は、あらためて生の実感を噛みしめていた。

もし亜貴が来てくれなかったら、今頃は、いったいどこに飛ばされていただろうか。想像もしたくない。

だが、今日の晩も、明日の晩も、そしてその次も、恐怖の夜がやって来る。とりあえずは、何とかして凌《しの》がなければ――凌ぎ続けなければならない。

これがいつまで続くのかは、見当もつかなかった。はっきりしていることは、今はひたすら耐え抜くしかないということだ。

ようやく腹が決まっていた。かりに霊能者が代わりの蜘蛛を用意できても、蜘蛛に囲われた隠遁《いんとん》生活は、もう終わりだ。こんなことは、いつまで続けていても意味がない。それどころか、遅かれ早かれ心を病んでしまうだろう。何か別の方策を講じなければ。

さいわい、いまだ私の心は折れてはいなかった。この先何が起ころうとも、最後まで頑張り抜いてみせる。とにかく、今は自分を信じるしかない。

きっと乗り越えられる。

亜貴さえ、そばにいてくれれば。

絶対に生き延びてみせる。


原稿はここで唐突に終わっていた。松浪は眉を上げる。尻切れトンボ感は否めなかったが、バッド・エンドの帝王である青山黎明作品には珍しく、かすかな希望を残したエンディングと言えるかもしれない。

まあ、とにかく、これで、誌面に穴が開くことだけは避けられた。

いやいや、そうじゃない。これでは、肝心の、青山黎明がどこへ行ったのかという疑問には何の手がかりも与えられないではないか。

この後何が起こったのかが、最大の問題なのだが。

松浪は、原稿を持って立ち上がろうとして、ふと気がついた。

この原稿は、たしかに、「終」とか「了」とかいう文字で締めくくられてはいない。しかし、ふつうに読めば、完結していると思うのではないか。

ところが、亜貴は、電話口で「やっぱり、未完ですね」と言った。

なぜ、これがまだ終わっていないと思ったのだろう。

松浪は、レジでコーヒー代を払い、領収書をもらって喫茶店を出ながら考える。

考えられる理由は、一つしかない。すなわち、彼女が、この後に何か重大な展開があること――あったことを知っていたからだ。

ということは、これはやはり、単なるフィクションではなく、ある程度までは、事実を基にしている可能性が高い。

松浪は、鈍《にび》色の秋空を見上げた。

今年は例年になく気温が低く、空気が頬に冷たいようだ。

職業的な嘘つきの書いた作り話である原稿を読んで、内容を信じ込んでしまうというのは、編集者にあるまじき態度なのかもしれない。しかし、青山黎明は、実際に何度も失踪しており、今もまた行方が知れない。それをどう合理的に説明できるだろう。

青山黎明に起こっていた事態が本物の瞬間移動《テレポーテーション》だという可能性はあるのか。それとも、解離性遁走《フーグ》という精神疾患の変型にすぎないのだろうか。

4

翌朝メールボックスをチェックすると、短編小説やエッセイなどの原稿に交じり、亜貴から二通目のメールが来ていた。

さっき偶然見つけたのですが、内容的には、昨日の原稿の続きだと思います。『オッズ&エンズ』というフォルダの中にあったので、完成稿ではないようです。隠しファイルになっていましたから、たぶん青山はお見せしたくないものでしょうが、松浪さんだったら何か気づかれるのではと思い、お送りします。

昨日、警察に行って来ました。行方不明者届は受理してもらえましたが、漠然と海ということでは範囲が広すぎて、鳥取砂丘の時のようなすばやい対応は難しそうです。

高木亜貴

松浪は、さっそく添付の原稿をプリントアウトした。タイトルはなく、分量は前回より少ない。

「蜘蛛牢《ささがにのひとや》は、外部からやって来る悪霊への備えは金城湯池で、内から憧れ出づる魂にと

って は鉄壁の牢獄《ろうごく》ですが、しばしば囚《とら》われた人の心を掻き乱し、精神の平衡を失わせてしまいます。万策尽きたとき用いられる最後の手段とされているのですが、あれでも止められないのなら、もはや、あなたの魂魄を肉体に閉じ込めておく方法はありません」

霊能者は、残念そうに首を振った。

「あなたを召喚しようとする力は、もしかすると、あなた自身の無意識の業かもしれませんが、わたしの想像を遥かに超えていました。たいへん残念ですが、これ以上は、お力になれないと思います」

「待ってください」

私は、必死になって懇願した。

「ここで見捨てられたら、私はどうすればいいんですか？」

「おそらく、今が最後のチャンスでしょうね。前にも言いましたが、覚悟を決めてください。すべてを天に委ねるときがやって来たのです」

霊能者は、厳粛な顔で答える。

「宇宙の流れに逆らっても、とうてい勝ち目はありません。勇気を出して、激流にあえて身を任せてみてください。やがては、穏やかなせせらぎへと辿り着くはずですよ」

「そのことだったら、前にも話したじゃないですか？　どう考えたって、今度飛ばされたら、命の保証はないんです。雪深い山で遭難するのか、大海原で溺《おぼ》れ死ぬのか。どちらにしても、私は、そんな馬鹿げた死に方だけは願い下げなんです！」

夜ごとの悪夢のせいで、心がささくれ立っていたに違いない。私は、霊能者に詰め寄って、激しい口調で罵《ののし》り、よりいっそう強力な対策を要求した。

霊能者は、深い溜め息をついて瞑目《めいもく》する。

「お願いします。どんな手段でもかまいませんから、私が飛ばされるのを防いでください！　たとえ私を鎖で縛り付けてでも、見えない力でここから拉致されるのを止めてください！」

最後は、ひたすら拝み倒すしかなかった。霊能者は、しばらく考えていたが、ややあって、うなずいた。

「やむをえませんね。天然自然の法に反したやり方ですが、どうしてもということであれば、力業で食い止めるよりないでしょう」

霊能者が説明した方法は、こうである。私の身体から夜ごと抜け出す魂魄は、実体も質量も持たないが故に、念の力——呪《まじな》いで引き留めるしかなかった。しかし、本当に問題なのは、魂魄に引き摺《ず》られて、私の肉体までが遥か遠方へと瞬間移動《テレポート》してしまうことである。肉体には当然、実体があり、質量がある。したがって、物理的な方法で移動を食い止められるはずだ。肉体さえ確保していれば、いずれ魂魄は戻ってくるのだという。

この方法には、大いなる利点があった。ドリームキャッチャーの蜘蛛の巣で魂を雁字《がんじ》搦《がら》めにされていたときは、夜ごとひどい精神的苦痛を堪え忍ばねばならなかったが、魂だけは自由に浮遊してもかまわないとなれば、そういう心配もない。

しかも、具体的なやり方を聞き、さらに安堵することになった。鎖で縛り付けるというのはただの喩《たと》えだが、私の肉体そのものに枷《かせ》を嵌めなければならないかと、秘かに覚悟していた。しかし、実際にやることといえば、ただ寝室にリフォーム工事を施すだけなのだ。

私は、さっそく旧知の業者に連絡を取った。痛い出費ではあったが、通常の三倍近い料金を前払いして、二日間で工事を完成させるよう依頼する。

それまでの間、私は絶対に眠らないための手立てを講じていた。コーヒー、緑茶、数種類のエナジードリンク、カフェインの錠剤を用意し、計画的に服用する。食事をすることで眠気が差すのを防止するため、断食する。なるべく立って過ごし、一定時間ごとに冷水で顔を洗い、体操し、散歩し、歌を歌い、ダーツを投げ、パターの練習をした。

私が依頼した工務店は、超特急で仕事をこなしてくれた。まず最初に、寝室の家具をすべて室外へ運び出さなくてはならない。ウォーターベッドは専門業者を呼んで水抜きをしてもらい、壁に作り付けの棚も分解して取り外した。天井のシャンデリアとダウンライト、BGMを流すKEFの埋め込みスピーカーも撤去する。

次に、部屋の窓をすべて塞ぐ必要があった。構造用合板を切って嵌め込み、フラットな壁にしてしまう。エアコンも取り外して、配管用の穴は粘土パテで塞いだ。今が夏だったら室内は蒸し風呂《ぶろ》のようになるところだが、秋で幸運だった。それでも多少の暑さ対策は必要なので、アイスノンを大量にキッチンの冷凍庫で冷やしておく。それから、床のフローリングもすべて剝がした。

　さて、ここからが本番である。防音や放射線の遮蔽《しゃへい》などに使われる厚さ2.0ミリの鉛シートを、三重にして（それ以上だと、建物の構造上重量オーバーとなった）、天井、床、四方の壁の、六面全部に貼るのだ。もちろん、ドアの上にも貼り付けることになるが、閉じたときに隙間ができないよう、念入りにかぶせを作ってもらった。

　だが、問題はCCDカメラだった。今までは、カメラを専用スタンドに立て、有線で室外のレコーダーに繋いでいたが、霊能者によれば、『転移』――瞬間移動《テレポーテーション》は、電線を通って起きることも考えられるらしい。だからといって、鉛で遮蔽された部屋では、Wi-Fiも使えない。そのため、レコーダーも一緒に室内に置いておくしかなかった。同じ理由で壁のコンセントも塞がざるを得なかったので、バッテリーで駆動することにする。

　工事がすべて完了し、鉛シートが壁紙やフローリングで隠されて、元通りに家具が配置されたときには、私は精も根も尽き果てていた。このまま眠れるのなら、もうどうなってもいい。私は、文字通り、ベッドの上に倒れ込んだ。

目覚めたとき、どこにいるかは、もはや神のみぞ知るという心境だった。

　松浪は、はっとした。

寝室の監視カメラが機能していたとしたら、手がかりになる映像が残されていたかもしれないではないか。何も青山が突然消え失せるという衝撃映像でなくても、寝惚《ねぼ》けたような状態で寝室から出て行くシーンでもあれば、取るべき対応も変わってくるはずだ。

高木亜貴は、録画映像について何も言っていなかったが、確認していないのだろうか。

とりあえずは原稿を最後まで読もうとも思ったが、どうにも気になってしかたがないので、亜貴に電話した。

青山の仕事場の電話には、応答はなかった。

亜貴のスマホにもかけてみたが、「おかけになった電話をお呼びしましたが、電波の届かないところにあるか、電源が入っていないためかかりません」というメッセージが流れる。

嫌な予感を覚えたものの、とりあえず、監視カメラの記録が残っていませんかという質問を留守電に吹き込んでから、原稿に戻った。


私は、黄昏の大空を、鳥のように飛び回っていた。

すると、ふいに、暗黒宇宙の扉が開いた。

周囲の景色が一変する。水平線を境にして、暗い夜空と漆黒の大海原が上下に広がっている。雲間から満月が覗き、鑿《のみ》で削った黒曜石のような海面が多面体の輝きを放ち始めた。

ゆっくりとしたうねりに、圧倒的な海水の質量を感じる。

夜空を見上げると、うっすらと虹が出ていた。

幻想的な雰囲気を醸し出す七色の淡い光に包まれ、思わず恍惚《こうこつ》となった。にもかかわらず、このもどかしく満たされない感覚は何だろう。

私は、たしかにここにいながら、実はここにはいない。まるで同時に二つの穴を通り抜ける量子のように、奇妙な分裂状態にあるのだ。

今この瞬間、魂は大空を自由に飛翔《ひしょう》しているのに、肉体は、地の底——鉛の棺《ひつぎ》の中に静かに横たわっている。

ひしひしと、その事実を実感させられていた。暗く閉ざされた牢獄のような場所への恐怖と、いても立ってもいられないような焦燥感、理不尽な運命への怒りに身悶《みもだ》えしながら。

私は、何としても、自らの肉体を取り戻さなくてはならない。それは、心がひりつくような願望だったが、どうすることもできず、ただ夜空を揺蕩っているしかないのだ。

そうこうするうち、一度は開いた暗黒宇宙の扉がゆっくりと閉じていく。

夜空が、再び形を変える。

ああ、もうだめだ。絶望が押し寄せる。

新しい世界への道が途絶えてしまう……。

そのとき、遠い鉛の棺の中で、自分の肉体が目を開けるのがわかった。

松浪は、原稿から目を上げた。

夢の話とはいえ、ますますおかしくなっている。

青山黎明は、やはり、何らかの精神疾患にかかっていたのではないだろうか。最近でこそ、常識人ぶったり、リア充アピールをするやつが増えたが、本来作家などというのは、社会性の欠如から他の仕事には就けなかった敗残者ばかりだから、ほぼほぼ●●●●ばかりだと思って差し支えない。

だとしても、あまりそれがストレートに文章に表われるようなら、取り扱い要注意になる。電波系のホラーというのはあるにせよ、ヤク中の譫言《うわごと》のような文章が延々と続いていたのでは、掲載する雑誌の品位にも関わるだろう。

……少々気持ちが悪かったが、とにかく最後まで読んでしまうことにした。

目覚めると、私は、床の上にいた。

ベッドから転落したのであれば、衝撃で目が覚めたはずだ。そもそも、ウォーターベッドは身体にぴったりフィットするため寝返りを打ちにくい。したがって、うっかり転落することはまずないのだ。

しかも、私が目覚めた場所というのは、ベッドから離れた壁際だった。ベッドから落ちて、ここまで転がるか、這いずるかしたのか。さすがに、それは考えにくい。

だとすると、夢遊病だろうか。眠りながら、部屋の中を徘徊《はいかい》していたのかもしれない。

監視カメラのスタンドは、私の足下でひっくり返っていた。

映像を再生してみる。固唾《かたず》を呑んで見守ったが、肝心なところは映っていなかった。

私はベッドで眠っているが、次の瞬間、なぜかカメラは転倒しており、レンズはあらぬ方を向いているのだ。

私が思いついた解釈は、ただ一つだけだった。私は、ベッドの上から床の上に瞬間移動《テレポート》して、その際にカメラのスタンドを弾き飛ばしたのである。

……つまり、鉛のシートは、期待したとおりの効果を発揮したのだ。

もしも、何もしないで普通の部屋で眠っていたら、間違いなく、私の肉体は、夢で見ていた大海原にまで飛ばされていただろう。

ところが、実際には、私の身体は瞬間移動《テレポート》したものの、その距離はわずか二、三メートルにとどまった。それは、つまり、鉛のシートを突き抜けられなかったことを意味するのではないだろうか。

助かった。私は、朝の一服の後、震える吐息とともに思った。

私は、もはや、気まぐれな神の手によって、突然どこともしれぬ場所に放り出される恐怖を味わわなくてすむのである。

つまり、私は勝ったのだ！

宇宙の摂理など糞食らえ！　雨が降ったら、傘も差さずに濡れそぼち、嵐がやって来れば、おとなしく吹き飛ばされろと言うのか？　なすすべもなく、偶然や天災に振り回されるのは、知性を持たない哀れな生き物だけである。

私は、ねとねとのイモリとも、カサカサのマイマイカブリとも違う。何の前触れもなく遥か彼方へと連れ去られても、あいつらは、自分の身に何が起きたのか、理解すらできなかった。

だが、私は違う。私は、知性と意思を持つ人間だ。自ら考え、自分の運命は自分で決める。

流刑か、懲役刑か。いずれを選ぶにせよ、決めるのは、私自身なのだ。私は、ピンボールの球のように、誰かの好き勝手に弾き飛ばされるのだけは、金輪際御免こうむると決めたのだ。

代わりに、鉛の壁に閉ざされた独房で一生を送ることになろうとも、一片の悔いもない。

だから、私は勝った！

私は、もはや、泣きじゃくりながらイチョウ並木を歩いていた幼子ではない。

毛むくじゃらの犬は、見えざる神の手によって私のベッドに放り込まれたが、起きたことに対して何らの疑問も持つことなく、ただただ馬鹿みたいに舌を出して喘《あえ》いでいただけだった。餌欲しさにヒトの奴隷となったオオカミの子孫のちっぽけな頭の中にあったのは、帰巣本能と、ねぐらと餌を取り戻したいという願望だけだったろう。低能な家畜には、その程度が精一杯の思考だったに違いない。

だが、私は、何手も先を読み、万全の対抗策を講じ、自らの運命のコースを変えたのである。

そうして、私は勝った！

宇宙の彼方で胡座《あぐら》をかいていた神。私の鼻面を取って引き回し、好き勝手に小突き回せると高をくくっていた神は、今頃、さぞかし吠《ほ》え面をかいていることだろう。

大笑いしてやろうじゃないか！　ちっぽけな蜘蛛をバラバラに引きちぎることはできても、厚さが合計で六ミリしかない鉛のシートには、歯が立たないのか？

ざまあみろ！　私は勝った！

一矢を報いた！　意地を示した！　最後の最後に笑ったのは、やはり私の方だったのだ！

私は勝った！　私は勝った！　私は勝った！　勝った勝った勝った勝った勝った勝った！

松浪は、無意識に眉間に皺を寄せ、舌を出していた。何なんだ、これは。

もともとおかしいと思っていたし、最近はますます変になりつつあったが、それにしても、この文章は異常と言うよりない。

原稿をめくっていくと、そこから最後まで十数枚に亘《わた》り、しつこく「私は勝った！」という文章が続いている。そして、最後はこう結ばれていた。

私はいずれ、神々の坐《いま》す天上界へと昇り、永久《とわ》に彼らとともにあることでしょう。

そして、私は神になるのですよ。


さすがに、ここまで来ると、完璧《かんぺき》に理解不能というか、電波の楽園に入っている。

それにしても、この異常なまでの昂揚《こうよう》感は、いったいどこから来るのだろうか。

ふと、嫌な可能性に思い当たる。

まさか、そんなことはないとは思うが……。いや、しかし、そう思って読み返してみると、いろいろと符合するところがある。

まず、青山黎明は、リフォーム工事が完成するまで、丸二日間眠るわけにはいかなかった。眠ったら即死ぬかもしれないという点では、雪山で遭難したのとあまり変わらない状況である。だとしたら、手段は選んでいられないだろう。

そう考えてみると、「朝の一服」という言葉も……。

だが、いたずらに想像をたくましくしたところで、しかたがない。青山黎明とは、おそらくもう二度と顔を合わせることもないだろうし。

いずれにせよ、この原稿は使えない。昨日ので完結したことにしておこう。

原稿を『用済み』と書かれている段ボールの中に放り込んだとき、スマホが着信音を奏でた。亜貴からである。

「はい。松浪です」

「お電話を戴《いただ》いたみたいで」

亜貴の声を聞いて、心の底から安堵する。まさかとは思っていたものの、青山黎明に続いて彼女まで失踪してしまったのではないかという危惧《きぐ》があったからだった。

「ええ。ちょっと確認したいことがあったものですから……」

松浪は、少し言い淀《よど》んでから続ける。

「スマホが圏外だったので、ちょっと心配しました」

「すみません。電波の届かない部屋にいたものですから」

「というと、青山先生の寝室ですか？」

「ええ」

亜貴は、ためらいがちに答える。

「何か、わかりましたか？」

「いいえ。特には」

亜貴の声は沈んでいた。

「あ、そうだ。寝室にあった水を採取しておいた方がいいですよ！」

「水ですか？」

亜貴は、怪訝《けげん》な声になる。

「ええ。今までの例を見ていて思いついたんですが、瞬間移動《テレポーテーション》が起きた際には、青山先生の体重分の物質が入れ替わりに引き寄せられてくるんじゃないでしょうか」

松浪は、ハリモミの枝と岩、鳥取砂丘の砂のことを説明した。

「水の成分を分析すれば、どの海域のものか特定できるかもしれませんし」

「……そうだったんですか」

亜貴は落胆したような声になった。

「わたし、床がびしょびしょのままじゃまずいと思って、うっかり掃除してしまったんです。水も全部、捨ててしまいました」

「そうか……そうですよね」

しまった。せっかく、得点を稼ぐチャンスだったのに。

「今日、お電話したのはですね、さっき留守電にも入れておいたんですが、青山先生がいなくなった晩の監視カメラの映像って、ご覧になりましたか？」

挽回《ばんかい》のため、話題を変える。

「ええ。……一度」

「一度だけ？」

たとえ手がかりがないように見えても、普通なら何度も見直すものではないだろうか。

「怖くて」

「怖い？　でも、一度は見たんですよね？」

松浪は、ようやく気がついてはっとした。彼女は、見ることが怖いのではない。見たものが怖くてたまらないのだ。

「それ、私も見せていただいてかまいませんか？」

「はい」

逡巡《しゅんじゅん》したような気配はなかった。今すぐにお邪魔したいと言うと、「お待ちしています」という返答である。松浪は、編集長に見咎《みとが》められないように、こっそり抜け出した。

朝から蕭々《しょうしょう》と降り続いている雨で、街路は冷たく濡れそぼっていた。

だが、ぶるっと身震いしたのは、冷雨のせいだけではないような気がした。

青山黎明の仕事場を訪ねるのは五年ぶりであり、青木ヶ原樹海の一件以来だった。もともと仕事用に買った家なので仕事場と呼んでいたが、元の住居は売ってしまったため、今は自宅も兼ねているらしい。

インターホンのボタンを押すと、待っていたらしく、すぐに亜貴が出て、請《しょう》じ入れてくれた。とりあえず、青山黎明が失踪した現場――寝室を見せてもらうことにする。

ドアを開けるときは少し重いような感じだったが、鉛のシートを貼ってあることは、うまく隠されていた。

亜貴が、バッテリーで駆動しているらしいフロアライトのスイッチを入れた。

前に見たときと同じで、十畳くらいある部屋の中央に、キングサイズのウォーターベッドが鎮座している。窓が塞がれているため、まるで独房のような閉塞感を覚えた。

それに、湿気とともに奇妙な臭いが籠もっていた。

「この臭いは、いったい何ですか？」

松浪が訊ねても、亜貴は首を振るばかりだった。

「わかりません。部屋は締め切ってましたから、あの水のせいかもしれませんけど」

蒸れて、細菌が繁殖したのだろうか。松浪は、鼻の頭に皺を寄せて、臭いを嗅《か》ぐ。いや、むしろ薬品のような臭いだ。高温多湿が続いたために、シックハウス症候群のように壁や床の化学物質が溶け出したのかもしれない。

部屋の中を見渡したが、特に手がかりらしきものは発見できそうにない。

「なるほど……。わかりました。それでは、映像を見せていただけますか？」

亜貴は、うなずいた。

寝室を出るとき、なぜか、ひどくほっとしていた。

隣の書斎へと移り、モニターの前に座る。映像は、すでにパソコンに取り込んであった。

「……このあたりからです」

マウスを操作していた亜貴が、映像の早送りを止めた。

「録画されたときのままで、いっさい手は加えていません。ご覧になって、これが何なのか、松浪さんの意見を聞かせてほしいんです」

松浪がうなずくと、再生を始める。

今見たのと同じ寝室だが、フロアライトの明かりはずっと暗く、赤みがかった電球色だった。大きなベッドの上に人が寝ているのがわかるが、顔までは判別できない。

「もうすぐです」

亜貴が、緊張からか、上ずった声を出す。

松浪は、目を凝らした。

唐突に、映像が変化する。

まるでコマ落としのように、ベッドの上の人物が消え失せると、部屋の隅にうずくまる姿が現れた。

松浪は、ぞっと寒気に襲われるのを感じた。

瞬間移動《テレポーテーション》は、やはりあったのだ。

うずくまっていた男は、目を覚ましたらしく、身を起こした。青山黎明だ。

青山は、寝惚け眼で周囲を見回すと、立ち上がってベッドの方へ行き、身を横たえる。

「この後、もう一回、同じようなことがあります」

亜貴がそう囁《ささや》き、映像を早送りする。

「ここです」

起きたことは、さっきとほとんど変わらなかった。

眠っていた青山の身体が消え失せるのと同時に、ベッドの向こう側に影が現れる。

まるで、舞台で瞬間移動のイリュージョンを見せられているかのようだった。

青山は、しばらくするとむっくり起き上がってきて、手前のベッドの上に倒れ込む。

「この後……」

亜貴の声は、掠《かす》れていた。

画面には、ベッドに横たわっている青山黎明の姿が捉《とら》えられている。

ベッドが大きく波打ち、その姿は一瞬にして消滅した。

同時に、何もない空中から、大量の水が噴き出してくる。

レンズはたちまち水滴に覆われ、視界が塞がれた。さらには、奔流でカメラが横倒しになり、床の上を流されていく。

「ちょっと、いいですか？」

松浪は、亜貴からマウスを受け取り、同じシーンを何度も再生してみた。

当初の驚きから醒《さ》めると、しだいに冷静な判断が下せるようになった。

青山黎明が消えるところは、はっきりとわかった。だが、この消え方は、あまりに唐突だ。単純に、編集で映像を繋いだだけのように見える。

たとえば、これがホラー映画だったら、もう少し自然に見えるような処理を施しただろう。これはむしろ、素人がスマホアプリで即席に作ったような映像にしか見えなかった。

「私が訊ねるまで、この映像のことをおっしゃらなかったのは、なぜですか？」

松浪には、答えは薄々見当がついていた。

「……わたしから言うと、かえって嘘臭いと思われるんじゃないかと思って」

亜貴は、そうつぶやいてから、顔を上げ、訴えるように松浪を見た。

「でも、本当なんです。これは、録画されていたままで」

亜貴が嘘を言っているようには見えなかった。こんな妙なでっち上げをする動機はないし、かりに青山黎明を殺害していたのなら、もう少し本当らしい嘘を吐くだろう。

「そのことは、信じます。レコーダーには、この映像が残されていた」

松浪は、唇を舐《な》めて慎重に続ける。

「しかし、これが、当日録画されたものかどうかは、わかりませんよね？」

「え？　でも、日付が記録されていますけど」

「そんなものは、どうにでもなるはずです」

具体的な方法はわからないが、青山黎明は、本格ミステリーにおいてはトリック・メーカーでもあったから、日付を改竄《かいざん》するくらいのことは朝飯前だっただろう。

「これが全部、悪戯《いたずら》だったって言うんですか？　青山が仕組んだ」

亜貴は、さすがに憤然とした様子を見せた。

「その可能性は、あるんじゃないかと思います。というより、それが唯一の合理的な説明ではないでしょうか？　本人の意思であれば、失踪することは簡単だったでしょう」

松浪の頭の中では、様々な事実がジグソーパズルのピースのように嵌まり始めていた。

「でも、どうして、青山がそんなことをしなきゃならないんですか？　悪ふざけにしたって、度が過ぎてますし」

「動機については、想像するよりありませんが」

松浪は、腕組みをした。

「ただ、青山先生は、作家としての限界を感じていたような気がするんです。このところは、ヒット作もありませんでしたし、ホラーもミステリーも、完全にパターン化、マンネリ化していました」

そこまで思っていたわけではなかったが、話の勢いで一刀両断にしてしまう。

「最初からドッキリを仕掛けるつもりだったのかどうかは、わかりません。ひょっとすると、自らが創造したホラーの世界を再現して、その中に身を置くことで何かをつかもうとしていた可能性もあります。ところが、途中でタガが外れてしまった。昨今は、小説に何を書こうと、なかなか読者には驚いてもらえません。でも、失踪事件では、でっち上げだと疑われることもなかったんです。多くの人に注目を浴び、同情されました。その快感をもう一度味わいたいと思うのは、人情でしょう」

亜貴は、啞然としていた。

「私がおかしいと思い始めたのは、先生が毎晩見ていたという蜘蛛の悪夢の話からなんですよ。さすがに信じがたい内容でしたし、モチーフは全部、青山先生の短編ホラーと同じでしたから。悪夢を作品に昇華させたのではなく、逆に、手っ取り早く作品から悪夢に流用したと考えれば、納得がいきます」

「でも、青山は、本当にやつれてましたし、悩んでいました」

亜貴は反駁《はんばく》したが、言葉には力がなかった。

「実際、悩まれてたんだと思いますよ。ですが、その最中《さなか》でも、自分の状態が他人の目にどう映るかは、計算していたんじゃないでしょうか」

そのあたりは、複数の人物の気持ちの間を行き来する作家なら、お手の物だろう。

「……でも、いくら何でも、それは」

亜貴は、まだ弱々しく抵抗する。

「たしかに、ちょっと常識に欠ける人でしたけど、そんな馬鹿なことをするとは思えません」

「私は、それにも、理由があったと考えています」

松浪がそう言うと、亜貴は、眉をひそめる。

「どういうことですか？」

「こんなことを言ったら、気分を害されるかもしれませんが……ひょっとして、青山先生は、違法な薬物をやっていたということはありませんか？」

亜貴は、ぽかんと口を開けた。

「まさか！　そんなこと、ありえないです！」

「後から戴いた方の原稿ですが、失礼ながら、とても素面《しらふ》で書いたようには見えませんでした。酒に酔っていたとしても、普通、あそこまでにはなりません」

「それは……たしかに、あれは、ちょっと変でしたけど」

「あの中に、『私は、朝の一服の後、震える吐息とともに思った。』という一節がありました。その後で、急に文章が乱れ始めます。あそこで何かの薬物を摂取し、その勢いで書き続けたと考えれば、辻褄《つじつま》が合うんです」

「でも、薬なんて……」

亜貴は、はっとしたようだった。

「何か、心当たりがありますか？」

亜貴は、しばらく固まっていたが、苦渋の表情でゆっくりとうなずいた。

「録画された中にあったんです。失踪直前じゃなくて、その数日前のに」

「見せてもらっていいですか？」

亜貴は、マウスを操作し、別の日付の映像ファイルを再生した。

寝室に、青山黎明が入ってくる。寝る前に、サイドテーブルの引き出しを開ける。中から取りだしたのは、ガラスパイプと小さなガラス瓶だった。青山黎明は、ガラス瓶から白い粉を取り出すと、ガラスパイプの火皿に詰めた。さらに、百円ライターで火皿のボウルを下から炙《あぶ》って、マウスピースを口にくわえる。

「これって、やっぱり？」

亜貴は、泣きそうな声を出した。

「そうですね。まちがいなく、覚醒《かくせい》剤だろうと思います」

これで、疑念は裏付けられた。

「青山先生は、ご自分の意思で失踪したんでしょうね。覚醒剤をやっていたのはショックだと思いますが、まだ最悪の事態ではなかったと考えましょう」

「最悪の事態……？」

亜貴は、放心したようにつぶやく。

「瞬間移動が現実の出来事であり、大海原のど真ん中に飛ばされていたとしたら、まず助かる見込みはなかったでしょうからね」

結局、この日の結論としては、あと数日様子を見るということになった。青山黎明が普通に失踪していたとしたら、警察には最初からそう届けてあるので、むしろ実態に近づいたことになる。

覚醒剤の一件については、亜貴は、当面伏せておきたいと言う。警察に告発した場合には、捜索に本腰を入れてくれるかもしれなかったが、厳しい刑事罰と社会的制裁は不可避となる。作家は、刑事事件を起こしても致命傷にはなりにくい稀有《けう》な職業だが、同じ薬物であっても、大麻などとは深刻さが違うはずだ。

辞去する前に、松浪は、ふと思いついて亜貴の方を振り返った。

「そういえば、原稿に出て来た霊能者ですが、あれは実在していたんですか？」

いいえ青山の創作ですという答えを期待していたのだが、亜貴はうなずいた。

「はい。わたしも、二、三度会っています」

「書かれていたとおりの人間なんですか？」

「ええ。あのとおりです」

まさか、ゴブリンのような奇妙な顔をした女が、本当にいたとは思わなかった。

「青山先生が失踪したことは？」

松浪の中では、その自称霊能者こそ、実は覚醒剤の売人だったのではないかという疑いが、しきりに渦巻いていた。

「電話がかかってきたので、伝えました」

「何と言ってました？」

「それが、変なんですけど、電話をかけてくる前から、青山がいなくなったことを知っていたみたいだったんです」

亜貴は、眉根を寄せながら宙を見つめる。

「どういうことですか？」

松浪は、怪訝に思って訊き返した。

「わたしが何も言わないうちから、『このたびは、本当に思いがけないことでした』なんて、まるでお悔やみのような言葉を言われて、驚いたんです」

だとすると、やはり、その女が、青山黎明の失踪に手を貸していたのだろうか。

「青山先生がどこにいるか、みたいなことは言ってませんでしたか？」

「いいえ。終始、もう亡くなっているみたいな口ぶりでした。それから、やはりあれは間違いだった、慚愧《ざんき》に堪えないとも言ってました」

「あれというと？」

「たぶん、寝室に鉛のシートを貼ったことだと思います。あの方法は教えるべきではなかった。『蜘蛛牢《ささがにのひとや》』が失敗に終わった時点で、宇宙の意思には抗すべくもないと悟らせなければならなかったって」

「その後、コンタクトはありましたか？」

「いいえ。電話も非通知でしたから、こちらからは連絡もできなくて」

どういうことだろう。女が青山黎明とグルだった場合、わざわざ思わせぶりな電話をかけてくることに、どういう狙いがあったのか。

まあ、いいだろう。今そのことを考えても、真相はわかりそうにない。

とりあえず、青山黎明が姿を現したら、しっかり問い詰めてやろうと思った。

松浪のスマホに亜貴から着信があったのは、それから三日後のことだった。

「もしもし」

すぐに電話に出たが、相手は無言だった。

「もしもし？　松浪です。どうされたんですか？」

息づかいのようなものは聞こえるが、なぜか言葉が聞こえてこない。

「もしもし？」

異様な雰囲気のまま、通話は切れた。

すぐにかけ直したが、亜貴は出ない。「おかけになった電話をお呼びしましたが、電波の届かないところにあるか、電源が入っていないためかかりません」というメッセージが流れる。

どうしたというのだろう。松浪は、胸騒ぎを感じていた。青山黎明の仕事場にかけてみたが、こちらは留守電になっていた。

「松浪さん。東原《ひがしはら》先生から」

別の電話がかかってきたので、そちらに応対せざるを得なかったが、その間も、亜貴からの電話のことが気になってしかたがなかった。

それから、しばらくは溜まった書類仕事を片付けていたが、とうとう我慢できなくなって、青山黎明の仕事場へと向かう。途中、何度も電話したものの、亜貴は出なかった。出がけにはポツポツ降っていただけだった雨は、しだいに勢いを増していき、気がついたら、篠突《しの つ》くような激しさになっていた。

傘を差していても、あっという間に、ジャケットの下まで雨が浸透してしまう。濡れ鼠になりながら、ようやく到着してインターホンのボタンを押したが、応答はなかった。何度もドアを叩いてみる。何となく、亜貴は中にいるような気がしていたが、物音一つ聞こえてこなかった。

ダメ元で、ドアノブを回してみた。

開いた。ドアは施錠されていなかった。

松浪は、少し躊躇ったが、ドアを開けてみる。

玄関には、黒のパンプスが一足だけあった。亜貴のものだ。

「亜貴さん？　いるんでしょう？　松浪です。どうしたんですか？」

家の奥に向かって声をかける。やはり、返答はなかった。

胸騒ぎは、ますます強くなりつつあった。何かあったのだろうか。

そのとき、ガラスが割れるような音が響いた。一階のダイニングの方だ。

「失礼します！」

松浪は、傘を放り出して上がった。ダイニングへと急ぐ。

「亜貴さん？」

いた。亜貴だ。茫然とした様子で、椅子に座っている。

「どうしたんですか？　何かあったんですか？」

松浪は、亜貴のそばに駆け寄ったが、反応がない。

「亜貴さん！　しっかりしてください！」

松浪が、彼女の肩を揺さぶると、ようやく顔を上げた。

「何があったんです？」

彼女の隣の椅子に腰掛けると、気持ちを落ち着け、なるべく静かな口調で呼びかける。

亜貴の目は虚ろだった。唇がかすかに震えたが、言葉にならない。

「何ですか？」

松浪は、辛抱強く促す。

「もしかして、青山先生が？」

亜貴の顔に、恐怖の影が差した。両手で口元を覆う。

それから、顔を動かさずに天井を見上げた。無表情に、眼球だけを上転させて。

はっと気がついて、松浪は立ち上がる。

寝室だ。

そこに何があると思ったのかは、自分でもわからない。だが、彼女が見上げた先にあるのは、まぎれもなく、青山黎明がいなくなった部屋である。

松浪は、ゆっくりと歩いて階段へ向かった。水滴が床に落ちるが、気にしている余裕はない。心臓が激しく鼓動を打っている。

階段を上りながら、必死に逃げ出したくなる気持ちと闘った。

行きたくない。見たくない。今すぐ、この家から立ち去りたかった。

だが、自分には、そうはできないこともわかっていた。

それは、もはや好奇心ですらなく、恐怖に向かって否応《いやおう》なしに引き寄せられてしまう呪いのようなものだった。

背を向けることはできない。

何があるのか、見定めるまでは。

寝室のドアは、開いたままだ。

松浪は、ハンカチで顔を拭って、ゆっくりと入り口に近づく。

寝室の中の様子が、目に飛び込んできた。

十畳ほどの部屋の中央に、キングサイズのウォーターベッドが鎮座している。

だが、その姿は、三日前に見た時とは様変わりしていた。

何だ、これは。

しばらく、自分の目が見ているものの意味がわからなかった。

ウォーターベッドが、今にも破裂しそうなくらい、パンパンに膨らんでいるのだ。

いったいなぜ、こんなことに……。

それから、ゆっくりと理解が兆した。

青山黎明は、やはり、瞬間移動《テレポーテーション》をしていたのだ。

だが、鉛のシートによって阻まれたため、この部屋から出ることはできなかった。

彼の姿が消えた後、代わりに残されていたのは、海水ではなかった。

どうして気づかなかったのだろう。部屋には、薬品のような異臭が籠もっていた。あれは、ウォーターベッドの水に注入される、防腐剤の臭いだったのだ。

松浪の脳裏に、青山黎明が未来を予知したとおぼしき悪夢が、まざまざとよみがえった。


それは、およそ襖にはふさわしくないような陰惨な絵だった。池には鯉が泳ぎ、白い蓮の花が咲いているが、蓮の葉の間から、内臓が腐敗しガスで膨れ上がった青鬼のような死体が覗いているのだ。
その顔を見て、私は、心の底から戦慄した。
こちらを見上げる濁った目からは、凄まじいばかりの無念が伝わってくる。

白鳥の歌《スワン・ソング》

1

大西令文《おおにしれいぶん》は、地下鉄烏丸《からすま》線の北大路《きたおおじ》駅から地上に出た。

一両日降り続いている秋雨は、古都を薄鈍《うすにび》色に染めている。

約束の時間までにはまだ間があったし、昔から雨の日の散歩くらい心躍るものはなかった。お気に入りのフルトンの雨傘を差して北大路通を東に歩き、賀茂川《かもがわ》を渡って川沿いを北へ進む。京都府立植物園の正門へと続くケヤキ並木は、もう、すっかり色づいていた。

人通りはほとんどなかったので、雨に濡《ぬ》れた落ち葉を思う存分踏みしめて歩く。何と贅沢《ぜいたく》な時間だろうかと、自然に笑みが浮かんだ。

やはり、ここは、小説の舞台にはぴったりではないかと思う。

ここで偶然出逢《であ》った男女について、想像してみた。

今さら、学生でもないだろう。気持ちが想像できる同年代——三十代初めの社会人がいい。運命的な出逢いを感じさせるためには、何か共通点が必要だ。音楽がいい。神戸《こうべ》ならジャズもありだが、京の町並みにはクラシックがよく似合う。

女性が、バイオリンかフルートを持っていたことにしようか。いやいや、小道具に頼るのはわざとらしい。会話の端々から偶然気づくか、音楽家に特有のちょっとした癖に気がついて、はっとする方がいい。

女性は、ピアニストになるため音大を出たが夢破れ、今は自宅で子供にピアノを教えている。男は、かつては天才と謳《うた》われたピアニストだったが、何か訳があって表舞台から姿を消して、ピアノの調律師になっているとか。

……だめだ。そんな設定の小説なら、すでにいくらでもある。

何よりも濃密な雰囲気を醸し出したい。そのためには、インパクトのある設定が必要だが。奇をてらいすぎると、リアリティが壊れてしまう。生きて呼吸している人間の一瞬を切り取る。それこそが小説の本質だ。

こうやって次の作品の構想を練っている間が、至福の時間だった。

専業作家として崖《がけ》っぷちに立たされている現実は、ほんの束の間でも忘れていたかったが、どうしても思い出さずにはいられなかった。自分の本が売れないのは、活字離れや出版不況のせいではなく、読者へのアピールに乏しいからだ。そのことは、今や身に染みてわかっていた。じっくり読んで評価してくれる少数のファンはいるが、処女作の『渡月橋《とげつきょう》』で注目された後は、ずっと初版止まりだったため、今や次の本を出すことが難しくなりつつあった。ネット関連のオファーはあったものの、1KB《キロバイト》いくらの原稿料と聞いただけで、まったくモチベーションが上がらなかった。豚肉の量り売りじゃないと思う自分の感覚は、古いのだろうか。

とにかく、持ち込みでも何でも、何とか次回作を本にして、勝負をかけるしかなかった。

とはいえ、今までと同じような恋愛小説では、たぶん、同じ結果になるだろう。

何か新しい要素が必要だ。書くことに執着しすぎたため、インプットを怠っていたことが、今になって仇《あだ》になっているような気がする。

……その意味では、今日の仕事は、もしかしたら、突破口になるかもしれない。

ノンフィクションは過去に一度も書いたことがなかったが、買い切りでも原稿料は破格だし、何よりも、自分の知らない世界の話を聞ければ、今の状況を打破するヒントが得られるのではないかという期待があった。

大西は、さらに白川疎水《しらかわそすい》通を通って雨中の散策を満喫した。考え事に夢中になってしまい、かなり余裕を持って家を出て来たはずなのに、到着したときには約束の時間を五分ほど過ぎていた。

下鴨《しもがも》は京都では人気の高級住宅街の一つだが、坪単価が高いせいなのか、どちらかというと、こぢんまりとした家が多い。嵯峨《さが》邸は、その中で、ひときわ目を惹《ひ》く大きさと造りだった。

白亜の豪邸という趣ではないが、優美な曲線を描いているファサードは過度に主張しすぎず、庭木とともに周囲の景観に溶け込んでいる。たぶんだが、名のある建築家の仕事ではないかという気がした。

　ロートアイアンの門扉に付いたインターホンを押す。

「……はい」

「大西です。遅くなりました」

「少々お待ちください」

　両開きのドアが開き、お手伝いさんらしい中年の女性が現れた。

「お待ち申しておりました」

　女性は、にこりともしない。

「まあ、こないに濡れはって」

　門扉を開けながら、眉《まゆ》をひそめる。傘を差してはいたが、雨中を長時間ほっつき歩きすぎたようだ。女性は、大西を玄関に請《しょう》じ入れた後、タオルを持って来てくれたが、風邪を引くのを心配したというより、家の中に水滴を落とされては困るという表情だった。

「……ありがとうございます。あの、嵯峨さんはどちらに？」

「最前から、地下のリスニングルームでお待ちです」

　女性に案内されて、玄関のすぐ脇にあるホームエレベーターに乗ると、地下一階に下りる。外見ではわからなかったが、家の中は思った以上に広そうだった。

「こちらです」

　女性は、先にエレベーターを降りて、大西を先導していく。廊下にはワインレッドの絨毯《じゅうたん》が敷き詰められており、両側には、映画館を思わせるようなクッションの入った大きな革張りのドアがあった。突き当たりには、それより小さな木製扉が見える。

女性は、黙って右のドアのグレモン・ハンドルを回した。ノックしなくてもいいのかと思ったが、よく考えると、ドアはソファのように柔らかく、ノックのしようがない。

分厚いドアが開くと、突然ピアノの音色が流れ出した。それも相当な音量である。大西は、ドアの完璧《かんぺき》な遮音性に驚かされた。地下なので、ここまで音漏れを気にしなくてもよさそうなものだが。

中は三十畳はありそうなスペースだった。壁には、コンサートホールのように複雑な形状のウッドブロックが張られ、部屋の形状も単純な直方体ではなく、床や天井が緩やかに傾斜している。たぶん音響について計算し尽くされているのだろう。一番天井が低い右手には何組もの巨大なスピーカーが置かれ、左に行くにつれて床が緩やかに上がっている。

左の端には、一人掛けのリクライニング・チェアが五つも設《しつら》えてあり、中央のチェアには、老人がゆったりと身をもたせかけていた。髪は真っ白で頭頂部は薄くなっており、室内なのに薄茶色のサングラスをかけ、じっと瞑目《めいもく》している。

「会長。大西さんが、お見えになりました」

女性が声をかけると、老人はゆっくりと目を開けた。肘掛《ひじか》けにあったｉＰａｄを取り上げて画面にタッチすると、音楽が止む。

「おおきに。よう来てくれましたなあ。嵯峨平太郎《へいたろう》ですわ」

「遅くなって、申し訳ありません」

嵯峨は、いやいやと手を振る。女性は、一礼して下がっていった。

大西は、ジャケットの内ポケットから名刺入れを取り出し、嵯峨に一枚手渡す。営業活動も、最近では、すっかり板についてしまった。名刺には、肩書きなしの名前だけでは寂しいので、カラスの絵と「Raven Ohnishi」という英語のペンネームが添えてある。

「まあ、どうぞ。そこへ掛けてください」

嵯峨は、ほとんど名刺には目もくれず、自分の左隣にあるリクライニング・チェアを指差す。大西は少し面食らったが、言われたとおり腰を下ろす。ふんぞり返るわけにもいかないので、浅く腰掛けて背筋をピンと伸ばした。

「大西さんは、有名な作家さんやそうですな」

嵯峨は、新幹線の座席より深くリクライニングして、こちらを見ずに訊《たず》ねる。

「いやあ、知る人ぞ知るといった程度です」

大西は、頭を掻《か》いた。

「知らない人は全然知りません」

「そら、そうでしょう」

嵯峨は笑った。

「誰でもそうですわ。知らん人が知っとったら、わけわからんことになる」

京都人には、こういう皮肉屋がよくいるが、大西はむしろ親しみを感じた。

「大学に在学中から、有名な賞を取って華々しくデビューされたとか。私ら凡人からしたら、才能を持って生まれた人は羨《うらや》ましいかぎりですわ」

「その後は、全然ぱっとしませんけど」

半ば謙遜《けんそん》のつもりだったが、嵯峨は深くうなずいた。

「やっぱり、何の世界でも、一回世間に出て、揉《も》まれるいうことが必要なんやないですか？　あの松本清張《まつもとせいちょう》かて、苦労してたくさんの職業を経験したからこそ、人間観察の目が養われたんやろうし」

「そうかもしれませんね」

それはエンタメ系の作家の話だろうと思ったが、ここで、この爺《じい》さんと、作家論を闘わせる気にはなれない。

「私も、中学を出て丁稚奉公《でっちぼうこう》から始めたんですわ。まあ、最初は辛《つら》いこともありましたけど、若いときに他人の飯を食うたからこそ、今の自分があるんやと思てます」

あんたの年で、丁稚はないだろう。嵯峨は、外見こそ八十歳を超えていそうだが、実際は、まだ七十代の初めのはずだ。半分は比喩《ひゆ》のつもりかもしれないが、こちらが知らないと思って話を盛るのもいいかげんにしてもらいたい。

しかし、大西は、あえて反論はしなかった。下手に藪《やぶ》を突っついて、若い頃からの苦労話を延々と聞かされる羽目になってはかなわない。

「それにしても、すごい機械が揃ってますね」

話題をオーディオに転じる。同じ自慢話なら、まだ聞く価値があるだろう。

「すごい、言うんは、音のことですか？　ほんの数秒聴いただけやと思うけど」

嵯峨は、にやりと笑う。

「そうやのうて、見かけが厳《いか》ついとか、値段がすごそうとかいう話ですか？」

「いえ、僕もオーディオには興味があるんですよ。雑誌なんかで、こんなリスニングルームを見るたびに、溜《た》め息をついているものですから」

嵯峨の辛辣《しんらつ》さに辟易《へきえき》し、つい言い訳がましくなってしまう。

「『ステレオサウンド』やったら、前に取材に来ましたよ」

嵯峨は、こともなげに言う。

「評論家の先生が、何やら、もっともらしいことを言うてましたが、ほんまに音わかってんのかいなという感じでしたわ」

「……そうですね。壁のコンセントを換えたら音が良くなるとか、僕ら一般人には、ちょっと付いていけない話が多いですね」

「コンセント換えたら、音は良うなりますよ」

嵯峨は、あたりまえだろうという調子で言う。

「オーディオ用コンセントは、阿呆《あほ》みたいな値段してますが、ホスピタル・グレードいうんに換えただけでも、はっきりわかりますわ」

「はあ……そんなもんですか」

「この家を建てるときも、最初っから、プラチナメッキのコンセントを使《つこ》てもろてるんです。屋内配線にも高品位のケーブルを指定して。実を言うと、電柱も自前なんですわ」

「徹底してますね」

マイ電柱に、いったい何の意味があるのだろう。オーディオ機器からどんどん上流に遡《さかのぼ》っていくオーディオマニアがいると聞いたことはあるが、究極は自前の発電所ということになるのだろうか。

「せっかくやから、ちょっと音を聴いてみてください」

嵯峨は、iPadを手にする。

「これは、リモコン代わりなんです。オーディオにリモコンは邪道やて言う人もいますけど、使《つこ》てみたら、何の問題もありませんわ」

嵯峨がボタンを押すと、ピアノの演奏が流れ出した。どこか、なじみ深い旋律である。

「これ、聴いたことあります。たしか、有名な曲ですよね」

「有名な曲？　『セレナーデ』ですよ？　シューベルトの」

嵯峨は、呆《あき》れたように言った。

「シューベルトの作品中でも、まず白眉《はくび》やろうと思います。『白鳥の歌』は、シューベルトの遺作ですから、まさに『白鳥の歌』やったわけですな」

意味がわからなかったので、大西は黙り込むしかなかった。嵯峨は、やれやれというように頭を振る。

「『セレナーデ』は『白鳥の歌』の中の一曲なんですが、白鳥は、死ぬ寸前に最も美しい声で歌うという伝説があるんです。そやから、よう、最後の作曲、演奏、歌唱なんかのことを、『白鳥の歌《スワン・ソング》』と呼ぶんですわ」

そういえば、そんな話を聞いたことがあるような気がする。

「それより、音はどないですか?」

「やっぱり、すごいです。本当に、生演奏そのものですね」

それは、けっしてお世辞ではなかった。鍵盤《けんばん》に当たる爪の音まで聴き取れる生々しさである。もし目をつぶって聴いていたら、そこで演奏していると思うだろう。

「そうですか。そしたら、こっちはどうですか?」

嵯峨は、またｉＰａｄを取り上げて画面にタッチした。曲の途中で、はっきりと音が変わる。大西は唸《うな》った。

「これは、また……こっちもすごいです。でも、全然音が違う」

「どう違いますか?」

まるでテストされているようだと思ったが、大西は正直に感想を述べた。

「最初のは、ものすごくかっちりとしていて、正確に再現された音という感じでした。でも、二番目のは、本当に軽やかで、部屋全体にふわっと音が拡がっていくような……」

「大西さんは、クラシックの知識はないようですが、ええ耳をお持ちのようですな。なかなか、的確な指摘やと思います」

嵯峨は、初めて破顔した。

「今、再生機器は同じで、スピーカーだけを切り替えました。むろん、プレイヤーやアンプは重要ですし、ケーブルやコンセントも、けっして馬鹿にでけまへん。そやけど、音いうんは、最終的にはスピーカーで決まるんですわ」

嵯峨は、部屋の奥にあるスピーカー群を指差した。

「最初のんは、一番内側に置いたあるB＆Wです。モニタースピーカーやとか言われますが、まあ、難のない優等生的な音ですわ。で、二番目のは、マーチン・ローガンいうメーカーの、コンデンサー・スピーカーです。一番外側にある、背《せえ》の高いやつですわ」

「コンデンサーですか？」

高校の物理で習ったような気がするが、どんなものだったのかは、まったく覚えていない。記憶の底をひっくり返しても、コンデンスミルクくらいしか出て来なかった。

「ふつうのスピーカー――ダイナミック・スピーカーでは、コイルを流れる電流が変化すると磁石との間に磁力線が流れ、それによって振動板が震えて音を出すという仕組みなんですが、実は、この振動板に最大の問題があるんです」

嵯峨は、スイッチが入ってしまったらしく、身振り手振りを交えて語り出す。しまったなと、大西は舌打ちをしたい気分だった。この話は、当分終わらないだろう。

「まず、材質が問題なんです。前の音が鳴り終わっても振動板の震えが止まってなかったら、次の音と混じってまう。音が濁るんですわ。そやから内部損失を大きくせなあかんのですが、応答性を良うするには高剛性の方がええし、あんまし柔《やわ》かったら分割振動とか寄生振動とかの問題が出てくる。それで、コーン紙に樹脂を染ましたり、ダイヤモンドを蒸着したりしてるんですが、当然、その分の重量が増えます。トゥイーターにはベリリウムを使《こ》たりしてますが、いくらベリリウムが軽いいうても、金属やから、それなりの重さにはなります。重かったら、振動させるのに余分なエネルギーが必要になるから、応答性が悪うなる。どこまで行っても、イタチごっこなんですわ」

何を言っているのか半分くらいわからなかったが、要するに、振動板は、軽くて強く、しかも適度に音を吸収しなければならないということなのだろう。

「そこで生まれたんが、コンデンサー・スピーカーなんですわ。向かい合った二枚の電極——コンデンサーの間に、ポリエステルなどの薄膜《ダイアフラム》を張り、電圧の変化で音を鳴らします。薄膜《ダイアフラム》は、通常の振動板よりも遥《はる》かに軽いだけやなく柔いから、前の音の響きを持ち越さず、応答性もええんです。今聴いた音の爽《さわ》やかさとか、抜けの良さは、コンデンサー・スピーカーならではでしょうな」

嵯峨は、再び、iPadを操作した。

「特に、女性ヴォーカルを聴いたら、違いは歴然ですよ」

あ。これなら知ってる。

「サラ・ブライトマンですね。……『夜の踊り《ダン・ラ・ニュイ》』でしたっけ？」

「ほう。サラちゃんの方は、わかるんですか？」

嵯峨は、苦笑いをした。大西は、自分の知識の歪《いびつ》さを指摘されたような気がした。

「まあ、原曲はショパンのエチュード10の第3番ホ長調、通称『別れの曲』ですから、誰でも聴いたことくらいあるでしょう」

それにしても、何度も聴いた歌なのに、これほど美しい歌声だったとは思わなかった。

一音一音が粒立っているようだ。音符が光り輝きながら、部屋いっぱいに拡がっていくのが感じられるのだ。クライマックスで、その歌声がフルートと重なったときには、思わず鳥肌が立つようだった。

「畢竟《ひっきょう》、人の声には、どんな楽器も敵《かな》いません。それも女声ですわ。私のオーディオ遍歴も、究極は、最高のソプラノを聴きたいが故です。マリア・カラス、ガリ・クルチ、ダル・モンテ、レナータ・テバルディ……今やったら、アンナ・ネトレプコかな」

歌が終わってから、嵯峨は言う。

「そのために最適なんは、コンデンサー・スピーカーです。重低音を出すには向きませんが、透明で浮遊感のある歌声を再生するんやったら、これしかないと思てます」

「いやあ、本当に素晴らしい音ですね」

大西は、たった今聴いた音に、すっかり魅せられていた。

「でも、どうして、もっと世の中に普及してないんでしょうか？　今まで一度も聴いたことがなかったんですが、よっぽど高価なんですか？」

「安いいうことはありませんが、数あるハイエンドスピーカーには、もっと値《ね》が張る機種は、なんぼでもあります。問題は、むしろ音そのものにあるんですわ」

「えっ、でも、素晴らしい音じゃないですか？」

大西は、当惑して訊ねる。

「まあ、低音が出えへんいうんが、最大の欠点なんでしょうな。そやから、コンデンサー型でフルレンジいうんはけっこう難しうて、低域には別のユニットを組み合わせたりもしますが、どうしても音の継ぎ目が不自然になるんです。それだけやなく、コンデンサー・スピーカーは、とにかく扱いが難しい」

嵯峨は、眉根を寄せる。

「特に日本のように湿気の多い国では、梅雨時とか、今みたいな秋雨時には、薄膜《ダイアフラム》が伸びてしまうんです。抛《ほ》っとくと黴《かび》が生えることさえあるんで、そうなったらもうアウトですから、この部屋では空調に気い遣《つこ》てますよ」

「そうなんですか」

どっちみち、自分の収入では、オーディオに凝ることなど、まず不可能だろう。六畳一間の和室では、大型スピーカーなど置けるはずもないし。

「まあ、もしコンデンサー・スピーカーの音が気に入られたんやったら、ヘッドフォンなら、いくつかのメーカーが出してますよ。お薦めは、何と言っても日本のＳＴＡＸですわ」

ヘッドフォンだったら買えるかもしれない。そう思って値段を訊ねてみて、がっかりする。そんなにするのか。

「そやけど、私はつい最近、宗旨替えをしたんですわ。この音は、たしかに素晴らしいけど、ほんまの最高ではない」

「どういうことですか？」

「古いソプラノの音源を蒐集《しゅうしゅう》してるうち、SPの音に嵌《は》まってしもたんです」

嵯峨は、意外なことを言う。

「SP……？　レコードの、ショート・プレイでしたっけ？」

「レコードに、ショート・プレイなんてもんはありません」

嵯峨は、露骨に顔をしかめる。

「LPはロング・プレイングやけど、SPは、スタンダード・プレイングの略です」

「そうですか」

スタンダード・プードルは、けっこうでかいのになと思う。

「……まあ、私もいろいろと聴いてきましたけど、ええ蓄音機で聴くSPの音に勝るもんは、おそらくないと思います」

まさかという思いが顔に出たのだろう。嵯峨は、にやりとする。

「いっぺん聴いてみますか？」

そう言って、立ち上がる。

「さすがに、蓄音機は、リモコンでは動かせませんから」

嵯峨は、立ち上がると、妙に慎重な足取りでスピーカーが並ぶステージの方へ行く。

大西も、後から付いていった。嵯峨は、一番奥の中央にある、古い木製のキャビネットのようなものの蓋《ふた》を開けた。中には、小さなターンテーブルと、S字に曲がったアームが見えた。

嵯峨は、キャビネットの右側に付いているハンドルをぐるぐる回した。

「ビクター・ビクトローラ・クレデンザ8－30です。これよりもっと高価な蓄音機やったら、なんぼでもありますが、音質でいうたら、まずこれが最高峰でしょうな。長さが6フィートの折り曲げホーンの出す音は、他の追随を許さんレベルやと思てます」

嵯峨は、ターンテーブルに黒く分厚いSPをセットすると、針を落とした。

流れ出してきた音に、大西は愕然《がくぜん》とする。

たしかに、さっき聴いたばかりのHi－Fiの音と比べると、針先から出る雑音だけでなく、一周ごとの回転むらの音も交じっている。上下の音域も狭い上に、モノラルだし。

しかし、この迫力は何だろうか。音が真っ直ぐにぶつかってくるのだ。しかも、いっさいの歪《ゆが》みのない原音そのものという感じがする。

「グランドオペラ『ユダヤの女』の有名なアリア、『ラシェルよ、主の恵みにより』ですわ。歌《うと》うてるのは、黄金のトランペットと呼ばれたテノール、マリオ・デル・モナコです」


嵯峨は、大西が圧倒されているのを見て悦に入っている。

「デジタルとかアナログとかいうてる以前に、SPはモノラルやからと低う見られてますが、ステレオ録音自体が、3D映画みたいなもんで、ただ単に奇をてらった虚仮威《こけおど》しなんですわ。音場とか定位とかは、音楽本来の魅力とは別もんです」

嵯峨は、確信を持って語る。

「SPの音に歪みがなく、過渡特性《トランジエント》がええのは、途中にいっさい増幅装置をかましてないからです。今聴いている音は、鉄の針がSPの音溝を引っ掻いて出す音そのままですよ。それで、これだけの音量になるんです」

「なるほど……」

はからずもSPの音の素晴らしさを知ることができて、よかったと思う。ひょっとしたら、次の小説に生かせるかもしれない。

だが、これは本当にただの余談なのだろうか。大西は、ふと疑問を感じていた。今日ここに呼ばれたのは、誰かの伝記を書いて欲しいということだったが、いくらオーディオマニアでも、関係のない話をここまで延々と続けるのは、奇異な感じがした。

すると、まるで大西の心を読んだように、嵯峨が振り向いた。

「では、もう一枚SPを聴いてもらえますか？　これが、今日大西さんにお越しいただだいた、ほんまの理由なんです」

嵯峨は、黒い革製の小さなトランクを取り出した。中から、恭しいと言っていい手つきで、一枚のSPを持ち上げると、ターンテーブルにセットする。

「これにだけは、劣化を防ぐために鉄針は使いません。ソーン針——アメリカのソノラ砂漠に自生する、弁慶柱とかいうサボテンの針ですわ」

嵯峨は、先が鉛筆のように尖《とが》ったソーン針を、そっとSPに下ろした。

しばらくは、針が音溝を引っ掻くかすかな雑音と、盤が回転する音しか聞こえなかったが、ふいに女性の声が流れ出す。音階が複雑に上下する不安定なメロディ。

なぜか、大西は、ぞっと総毛立つような思いに襲われた。

「歌劇『ラクメ』から、『鐘の歌』です」

嵯峨は、独り言のようにつぶやく。

「この後です」

女声は、ふいに、この世のものとも思えないような響きを帯び始めた。

ほとんど超音波に近いハイトーンボイスだが、ミニー・リパートンやマライア・キャリーのようなホイッスルボイスとは違っていた。大半はスキャットだったが、途中から歌詞に変わる。母音だけでなく子音まで、さらには息遣いまで、はっきりと聴き取れる。

後半は、あたかも幽冥《ゆうめい》の境から聞こえてくるような声になっていった。限りなく美しいが、どこかぞっとさせられる。声質の違う二人の歌手が交互に歌っているようにも聞こえるのだが、二つの声は切れ目なくつながっていた。

これは本当に、人の声なのだろうか。

「いったい……これは、何ですか？」

大西は、思わず訊ねていた。

「ミツコ・ジョーンズという、無名の歌手の歌です」

嵯峨は、笑みを浮かべた。

「私が大西さんにお願いしたい思たんは、彼女の伝記を書くことなんです。知られざる歌姫、稀代《きたい》の天才の存在を、ぜひとも世に知らしめたいんですわ」

これほどの歌手が、どうして今まで世に知られていなかったのだろう。

大西には、クラシック、特に声楽に関する知識はほとんどなかったが、今聴いた歌の凄さはわかった。

嵯峨は、SPから針を上げた。

「これは幻のSPで、入手できたんは、ほんまにラッキーやったんです。旧知のアメリカ人が亡《の》うなって、二千五百枚ほどのコレクションを不見転《みずてん》で買《こ》うたら、中に交じっとったんですよ。段ボールを開けてリストを作ってたときに見つけたんですが、まあ、まさかと思いましたな。針を落としてすぐ、本物やとわかって、しばし茫然《ぼうぜん》自失ですわ」

「幻というと、市販のレコードではなかったんですか？」

大西の頭の中では、まだ、さっきの歌が木霊していた。

「もちろん、完全な私家盤ですよ」

嵯峨は、愛《いと》おしむような手つきでSPをターンテーブルから取り上げて、表面を大西の方へ向けた。無地のレーベルに『Bell Song』という手書きらしい繊細な文字が見える。

「元々、ごくわずかな枚数しか作られへんかったはずです。現在これ以外に残っているのは、アメリカ国内に二枚と、英国の一枚しかありません」

全部で四枚……。いくら私家盤とはいえ、レコードを作るんだったら百枚単位、少なくとも数十枚はプレスしそうなものだが。

「どうして、そんなに少ししか残ってないんですか？」

嵯峨は、かすかに首を振った。

「これを吹き込んでからまもなく、ミツコは亡《の》うなってるんですが、ちょうど葬儀をやってる最中に、完成したSPが届いたらしいんですな。追悼に蓄音機にかけてみたところ、出席者の一人が突然激昂《げっこう》して、SPを全部、二階の窓から路上に抛《ほ》り投げたとか」

嵯峨は、顔をしかめた。

「SPは、塩ビ製のLPと比べると、ずっと硬い素材でできてますが、えらい脆《もろ》いんですわ。現存する四枚は、たまたまうまいこと滑空して、軟着陸したんでしょうな」

嵯峨の説明によると、LPの針圧は2.0グラムだが、SPでは、桁違《けたちが》いの120グラムもあって、鉄針による摩耗に耐えるため、シェラック（ラックカイガラムシという昆虫の分泌物）により酸化アルミニウムや硫酸バリウム、カーボンなどを固めた、特殊な素材でできていたらしい。反面、非常に衝撃に弱く、床に落としただけでも簡単に割れたという。

「……それだけやのうて、元々虫の分泌物が原料であるだけに、すぐカビが生えよるんですわ。そこは硬い素材なんで、たわしでゴシゴシ洗《あろ》うても差し支えないんですが、そもそも、SPの音溝いうんはLPよりもずっと深《ふこ》うて」

嵯峨は、脱線して、またオーディオ談義を始めそうになる。

「あの……その人は、なぜ、こんな素晴らしいレコードを割ったりしたんでしょう？」

もったいないというより、正気の沙汰《さた》とは思えない。

「それがまた、阿呆みたいな話でね。このレコードが、呪われてるやとか何とか、喚《わめ》いとったらしいですわ」

また、ぞわっと背筋が寒くなった。もちろん馬鹿げた話だったが、あの歌声を聴いた後では、あながち妄想とも思えなくなってくる。

「まさか、聴いた人間が、次々に死んでいくとか……？」

嵯峨は、にやりとした。

「『暗い日曜日《グルーミー・サンデー》』ですか？　私も、オリジナルのハンガリー盤と英国盤を持ってますけどね。たしかに、暗くて気怠《けだる》い曲調ですが、まだ死にとうなったことはないですな」

第二次世界大戦前夜の暗い世相で、ハンガリーから世界に広まり、聴いた人間が次々と自殺したという曰《いわ》く付きのレコードだ。大西も、小説の中に使えないかと調べたことがあったが、結局、都市伝説のネタ以上の材料は得られなかった。

「このSPでは、人死にがあったいう噂は確認できませんでしたが、いっぺん聴いたら最後、音楽の悪魔に魅入られて、最後は絶望の淵《ふち》に突き落とされるいうんが定番のオチなんですわ。今でも、このSPだけは絶対に聴きたくないいう人は、けっこう多いそうですよ」

……そんな不吉なものを、断りもなく聴かせないでほしい。

「それって、そもそも、何の呪いなんですか？」

それ以前に、音楽の悪魔って何なんだ？

「どういう脈絡なんかようわかりませんが、錯乱してレコードを抛《な》げた男は、インディアンの祟《たた》りやとか口走っとったとか」

「はあ」

突拍子もない話だった。どうして、ここで、いきなり先住民が出てくるのか。そういえば、アメリカのホラー映画には、先住民の呪いがよく出てくる。アメリカ人の無意識の奥底には、先住民を虐殺した忌まわしい記憶と罪悪感が沈潜しているのかもしれない。

「どっちにしても、これほどまでに素晴らしいソプラノが、わけのわからん汚名を着せられ、音楽史の表舞台から抹殺されたままやったら、残念すぎる話や思いませんか？ミツコには、日本人の血《ちい》が流れとるんやから、名誉を回復するのんも、日本人の手《てえ》でやってやらなあかんと思たんです」

「名前からして、日系だろうなとは思いました」

嵯峨は、うなずいた。

「ハーフなんですわ。母親は、峰山町《みねやまちょう》――今の京丹後市《きょうたんご》の出身いうことまではわかりました。まあ、近畿《きんき》の人間やから応援したいというわけやないんですが」

「調べられたんですか？」

「いろいろと、伝手《つて》を頼ってね」

嵯峨は、身振りで、大西に席に戻るよう促した。

「声楽の先生に聴いてもらったところ、ミツコは、完璧にベルカント唱法をマスターしていたいうことでした」

嵯峨もまた、さっきのチェアに深く身をもたせかけ、宙を見据えながら言う。

「ベルカントいうんはイタリアのオペラの唱法で、ドイツ唱法とは、呼吸法や発声法に違いがあると言われてます。どちらにせよ、胸声――いわゆる地声と、頭声――裏声を、切れ目なく繋《つな》ぎ合わせられるのが値打ちなんですな。まあ、言うてみたら、コンデンサー・スピーカーの薄膜《ダイアフラム》の振動が発する高音と、コーン紙のスコーカーやウーファーが出す低音とを、うまいこと融合させるようなもんです」

「ソプラノも、裏声を使ってるんですか？」

大西には、意外だった。裏声がはっきりわかる男性ヴォーカルとは違って、女声は、地声のまま歌っていると漠然と思っていたのだ。

「もちろんですよ。そうでのうたら、ハイEとかハイFとかの超高音はとても出ませんわ！　人間の声帯の長さは個々人によって違《ちゃ》いますけど、長いほど低音になります。裏声は、声帯を分割振動させて、地声では無理な高音を出してるんでね。大西さんの好きなサラちゃんかて、ポップス唱法から脱皮したいと、一念発起してベルカントを習得したそうですよ」

そういえば、サラ・ブライトマンの歌う『piano』は、『memory』と同じメロディだったが、まるでオペラみたいな歌い方だと思ったものだった。

「……ですが、その先生の話では、このSPの歌には不可解なところがあると」

「どのあたりですか？」

大西は、いつのまにか、すっかり嵯峨の話に引き込まれていた。

「『鐘の音』の楽譜にある最高音は、ハイEなんです。これだけでも歌いこなせるソプラノは限られてくる。ところが、ミツコは、ヴァリアンテが尋常やないんです」

「ヴァリアンテ？」

「高音が売りのソプラノは、聴かせどころで、楽譜より高い音に上げて歌《うと》たりするんですわ。普通は、ハイFか、せいぜいハイGどまりなんですが」

嵯峨は、またｉＰａｄを取り上げた。

「もっぺん聴いてみてください。毎回蓄音機でかけたら、いくらソーン針でも摩耗しますから、今度は、HDD《ハードディスク》レコーダーに落としたもんです」

マーチン・ローガンのスピーカーから、再び、あの歌が流れ出した。蓄音機で聴いたときの生々しい迫力はなかったが、デジタル処理で雑音を取り去ってあるらしく、よりクリアな音になっていた。アカペラの歌なのに、交響楽のような複雑さで聴こえるのだ。リスニングルーム全体に音の粒子が充満すると、異空間が現出したような感じがした。

大西は、身震いしていた。やはり、この歌には、どこか神々《こうごう》しくも禍々《まがまが》しいところがある。情感豊かで、かすかにハスキーな声だが、超高域では人の声を聴いている感覚ではなかった。目を閉じて聴き入ると、歌手の肩口に止まっていた音楽の天使――あるいは悪魔の姿が見えるような気さえした。

「ヴァリアンテでは、ハイハイF～ハイハイG、一部、ハイハイハイA～ハイハイハイBまで出てるということです」

Aはラで、Bがシの音だという。たしかに聴こえる。超音波の領域へとすうっと抜けていくような高音は、まるでシンセサイザーで創り出したかのようだった。

「いわゆるホイッスルボイスやったら、マライア・キャリーは、ハイハイG♯まで出せたそうですな。そやけど、ミツコの声は、しっかりと芯《しん》があって、歌詞も発音でけてるんです。単なる音符ではのうて、本物の歌なんですわ。そこまでは先生も感服しきりやったんですが、一箇所、さらに不可解な部分が見つかったんです」

嵯峨は、iPadのミキサーのような画面を操作して、曲を早送りする。

「ここです」

曲の後半にある一小節を聴かせてから、嵯峨が音を止めた。

「一瞬ですが、高音部と低い音が交錯しとるでしょう？」

「この……歌詞からスキャットに戻るところですか？」

「スキャットはジャズです。ヴォカリーズと言うてください」

嵯峨は苦い顔をした。

「問題の部分をちょっと加工してみました。よう耳を澄ましてください」

嵯峨がiPadの画面をフリックし、タップした。

さっきと同じ一節が流れる。今度は、高音部はそのままだったが、低音が増強されていた。ハミング――ミツバチの羽音のような響き。

大西は、はっとした。

「わかりましたか？」

嵯峨は、にやりとする。

「ほんの一瞬なんですが、二つの声がオーバーラップしとるんですわ。同時に聴こえとったでしょう？」

たしかに、その通りだ。すると、これは、二人の歌手が歌ったものなのか。

……かりにそうだとしても、簡単に超高音が出せることへの説明にはならないが。

「それで、今度は、音響を分析する研究所に依頼してみました」

金持ちの老人の道楽にせよ、ちょっとばかり度が過ぎているような気がする。この情熱は、どこから来るのだろうか。

「まずは、二つの声の声紋を調べてもらおうと思たんですが、これが容易やなかったんです。人の声はいろんな周波数の集まりでできてて、声紋は、その組み合わせで判別されるんですが、超高音の純度が高すぎるのが仇になって、かなり難航したそうです」

嵯峨は、楽しげに説明する。

「でも、曲の隅々まで解析した結果、この二つの声は紛れもなく一人の歌手が発したもんやとわかりました」

大西は混乱した。

「つまり、どういうことになるんですか?」

「一つは、このSPの音がダビングされてるいうことですわ。そやけど、これは考えにくい。この当時はまだ、テープレコーダーは存在しませんでした。吹き込んだ音が、そのまま音溝に刻まれるダイレクト・カッティングが、唯一の録音方法やったんです」

嵯峨は、二本の指を立てた。

「となると、ミツコは、同時に二声を発することがでけたと考えるよりありません」

そんな馬鹿な。大西は、ぽかんと口を開けた。

「無理でしょう」

「いや、それが、そうとも限らんのですよ。もしかすると、ミツコは、ある種の喉歌《のどうた》のようなテクニックを駆使していたのかもしれませんし」

　さっきから、聞いたこともない言葉ばかりが出てくる。

「喉歌って何ですか？」

「ホーミーいうの、ご存じないですか？　一時期、話題になったでしょう？」

　ああ、そういえばと、大西は思い出す。モンゴルの遊牧民の独特な歌唱法で、浪曲のようなダミ声で歌いながら、その倍音である不思議な共鳴音を発していた。

「しかし、今の歌は、あれとは似ても似つかないと思うんですが」

　嵯峨は、うなずいた。

「たしかに、まるっきり次元が違いますわな。それで、ありえんような超高音をいとも易々と発声できたことと考え合わせて、私なりの仮説を立ててみたんです」

　嵯峨の声音に力がこもった。

「裏声を出すときには声帯を分割振動させますが、ミツコは、それをさらに自在に操る方法を見つけたんやないかということです。通常よりもはるかに狭い範囲で声帯を震わせることで、超高音を出したり、同時に二箇所を別々に振動させて、二声を発したりという」

　そんなことが本当に可能なのだろうか。もしそれが事実だったら、音楽史上、声楽理論上の一大発見かもしれないが。

「私は、何としても、その事実を突き止めようと固く決意したんですわ。それで、アメリカで探偵を雇ったんです。音楽業界に詳しく、かつ、百年前の闇に埋もれた記録を発掘するだけの忍耐力と探究心を持った人間です。……もうそろそろ、着く頃やと思うんですが」

嵯峨は、右手で左の手首に嵌めた腕時計に触れた。大西は、はっとした。ガラス蓋を開けて、文字盤を指でたしかめている。

嵯峨は、視力に障碍《しょうがい》を持っているらしい。iPadを操作していたし、蓄音機にレコードをかけることもできたから、ある程度は見えるのだろうが。

「大西さんには、私と一緒に、探偵の報告を聞いてほしいんです。適宜質問もしてもろうて、今日ここで、伝記の大まかな方向性を決められたらと思てます。……大西さんは、帰国子女やそうですな。英語もご堪能《たんのう》やと伺いました」

だからこそ自分が選ばれたのかと、大西はようやく合点がいった。やはり、作品――どれも喪失をテーマにした恋愛小説ばかりである――を評価してのことではなかったのだ。

「それにしても、私が、どういうわけでここまで入れ込んでるのかと、疑問に思われてたんやないですか？」

嵯峨は、大西に顔を向けた。サングラスの奥の両目は、まったく瞬かない。

「もう気づかれてるとは思いますが、よう見えへんのです。網膜色素変性症ですわ。もうすぐ完全に光を失《うしの》うて、余生を暗黒の中で送ることになります」

「それは……何と言ったらいいのか」

大西は、口ごもった。小説を生業《なりわい》としていても、こんなとき、つくづく言葉は無力だと思う。

「かまいませんよ。音楽を友とできさえすれば、イマジネーションは無限に拡がりますから、退屈はせえへんのです。醜い世間なんか、いつまでも見続けたいとは思いませんわ」

嵯峨の辛辣な口調も、懸命に自分を鼓舞しているように聞こえる。

「そやけど、だからこそ、真実をたしかめてみたいんです。音だけの世界に引きこもる前に、歴史上最も美しい声で歌《うと》うた、日本人の血《ちい》を引くディーバの真実を」

そのとき、なぜか、大西の中では相反する二つの感情がせめぎ合った。

知りたい、という強烈な好奇心と、知りたくないという拒否反応である。

理由はわからなかったが、ミツコのことはあまり詮索《せんさく》してはいけないような気がしたのだ。世の中には、知らない方が幸せなこともある。

断ろうか、と思った。

この爺さんの依頼を断って、今すぐ、ここから出て行けばいい。高額の原稿料は魅力だが、本来自分とは縁もゆかりもない、わけのわからない呪いになど関わりたくはない。

数秒間ためらってから、大西は口を開いた。

「あの……今回の」

ちょうどそのとき、玄関のインターホンのチャイムが鳴った。防音設備が行き届いた地下のリスニングルームでも、聞こえるようにしてあるらしい。

「来たようですわ」

嵯峨は、にやりと笑みを漏らす。

どうしようか。大西は、帰りたいと言い出すタイミングを失ってしまった。

ややあって、リスニングルームの分厚いドアが開けられる。

「ロスさんが、お見えになりました」

大西を案内した中年女性が、顔を覗かせた。

「入ってもらい」

嵯峨は、満足げにうなずいた。

2

現れたのは、中年の黒人男性だった。目が落ち窪《くぼ》んで、哀しげな顔つきをしている。背丈は日本人並みで、ノータイだが黒っぽい上着に身を包みブリーフケースを提げていた。外はまだ雨が降り続いているらしく、小脇に抱えたベージュのトラベルコートには水滴が付いていた。

「初めまして。ジェームズ・ロスです」

日本人にもわかりやすい、明瞭《めいりょう》な発音の英語で言う。声音には教養が感じられた。

「京都へようこそ。ヘイタロウ・サガです」

嵯峨は、座ったまま、笑みを湛《たた》えて言う。こちらも意外なくらい流暢《りゅうちょう》な英語だった。

「どうぞ、お座りください」

ロスは、どこに座ればいいのか迷ったようだったが、二人の前の席に斜めに腰を下ろすと、こちらを向いた。

「今日は、あなたの報告を聞くのを楽しみにしてました。……こちらは、作家の大西さんです。ミツコの伝記を書いてもらうことになっています」

「初めまして」

大西はロスに名刺を手渡す。カラスのイラストと「Raven Ohnishi」というふざけた名前を見ても、ロスは特に反応は見せなかった。

「ベンジャミン・ランドーさんは、お元気なんですか？　もう、長いことお会いしていませんけど」

嵯峨が訊ねる。英語を話していても、妙に京都弁ぽかった。

「ええ、お元気です。今年で八十一歳ですが、今も第一線で活躍されていますよ」

ロスは、しかつめらしく答えた。

陽気な黒人というのは、メディアにより作られたイメージかもしれないが、それにしても、ロスの表情が暗いのが気になった。入ってきてからにこりともしないし、どこか意気消沈しているように見えるのだ。

「ベンジャミン・ランドーさんいうんは、ハリウッドの大物音楽プロデューサーなんですわ。私とは旧知の仲です。この人も、業界随一のやり手ということで、ランドーさんから紹介してもろたんですよ」

嵯峨は、大西に向かって日本語で言う。ロスが咳払《せきばら》いをした。

「ミツコ・ジョーンズに関する調査内容ですが、詳細はここに書いてある通りです」

嵯峨が大西を指したので、ロスは大西に書類を手渡した。

かなり分厚い報告書だった。写真も数多く添付されており、徹底的な調査がなされたらしい。

「ですが、私としては、この内容をお読みになることはお勧めできません」

ロスは、意外なことを言い出した。

「どういう意味ですか？　私には理解できませんが？」

嵯峨は戸惑ったようだった。

「世の中には、知らない方が幸せな事実もあるのです」

ロスは、真剣な表情で言う。秘かに同じことを思っていたので、大西はぎくりとした。

「ちょっと待ってください。それを判断するのは、あなたの仕事じゃないでしょう？」

嵯峨は気色ばんだ。

「私は、この業界で永年、探偵をしてきました。たくさんの成功したアーティストが、酒や女、麻薬に溺《おぼ》れて、人生を台無しにするのを見てきましたが、自業自得としか思いませんでした。しかし、中には、純粋すぎるが故に嵌まる陥穽《かんせい》というものもあります」

ロスは、真摯《しんし》な表情で続ける。

「ミツコは、人生のすべてを音楽に捧《ささ》げて、不幸にして、天使ではなく、悪魔に取り憑《つ》かれてしまったのです」

大西は、ぞっと総毛立った。

目の前にいる探偵は、半分フィクションの世界に生きている自分とは比較にならないほど、現実と格闘してきた人間に違いない。その口から発せられただけに、現実離れした言葉にも、不気味なリアリティが感じられたのだ。

「そこまで聞いて、はいわかりました、後はけっこうですとはなりませんよ」

嵯峨は、皮肉に唇を歪《ゆが》めた。

「ベンジャミン・ランドーさんから、メッセージがあります」

ロスは、ブリーフケースから、一通の封書を取り出した。

「代読します。……親愛なるヘイタロウ。ミツコのことは、忘れた方がいいと思う。君には、ジェームズの報告を聞く権利があるが、その結果、君の中にある一番大切なものを壊すことになるかもしれない。君の友、ベンジャミン」

ロスは、手紙を大西に手渡した。アメリカ人には珍しい流麗な筆跡で、今読み上げた通りの文章が書かれている。

「ちょっと待ってください。ロスさん。あなたは、私が依頼して調査した内容を、私より先にランドーさんに報告したんですか？」

嵯峨は、いたくプライドを傷つけられたらしく、顔を紅潮させていた。

「その点は、深くお詫《わ》びします。ただ、ランドーさんの行動は、あなたの気持ちを気遣ってのことであるとご理解ください」

「彼よりも、あなたの行動ですよ。私が問題にしてるのは」

嵯峨は、舌鋒《ぜっぽう》鋭く言う。

「私は、すでに調査費用の半額を振り込んでます。あなたの航空券の代金もです。私より先にランドーさんに調査内容を漏らしたことは咎《とが》めませんが、報告を拒否するのであれば、残りの半額は支払えませんし、支払い済みの前金も返却を求めざるを得ませんよ」

ロスは、うなずいた。

「調査は終了していますので、返金はできません。ただし、あなたが報告書を読まないまま、私に返却した場合、残りの調査費用はランドーさんが持つということでした」

ありえない……。大西は聞きながら仰天していた。ランドーとは、ユダヤ系に多い名字だ。意味もなく大金をドブに捨てるようなまねは絶対にしないはずだが。

「そうなったら、前払いした半金は、まったくの死に金になるということですか？　そして、あなたは、タダで京都観光ができるというわけだ」

嵯峨は、自分に対する思いやりに気づく余裕もなく、辛辣さを全開にしている。

「いや、その話は呑《の》めませんな。予定通り報告してください。どのくらいショッキングな話であっても、聞く準備はできてます」

嵯峨は、これ以上の議論は無用とばかり、リクライニング・チェアに深く身をもたせかけた。大西は再考するようアドバイスしたかったが、とても口を挟める雰囲気ではない。

「……わかりました」

ロスは、かすかに首を振りながら、小さく咳をした。

「それでは、まず私から口頭で説明します。疑問があれば、随時質問してください」

嵯峨は鷹揚《おうよう》にうなずいた。自分の要望が通ったことで、満足げだ。

「ミツコ・ジョーンズは、1897年11月21日、カリフォルニア州ロサンゼルスで生を享《う》けました」

え。今日は、ミツコの誕生日ではないか。大西は、何か運命的なものを感じた。

「父は、マイク・ジョーンズというトランペット奏者でした。母は、フミコ・イトイ、日本の京都府からの移民の娘です。生まれたのは後に日系人が数多く流入し、リトルトーキョーと呼ばれるようになる街ですが、このときはまだ日系人の数は数えるほどでした」

ロスは、自分用のメモを見ながら話し、また咳払いをする。

「これは失礼。コーヒーでもいかがですか？」

嵯峨が、耳ざとく反応する。

「いや……それでは、水をいただけますか？」

嵯峨はうなずき、インターホンの子機を取り上げる。

「梅田《うめだ》さん。水や。三つ持って来てくれるか？」

わかりましたという返事が、かすかに聞こえた。

「マイク・ジョーンズは、黒人でした。トランペッターとしては才能豊かだったようですが、まだサッチモ――ルイ・アームストロングも誕生しておらず、ジャズの生まれる前の時代で、黒人差別は激しく、演奏の場は限られていたようです。加えて、当時は日系人への排斥運動も大きく、フミコがマイクと恋に落ちた際には、双方の家族から大反対を受け、駆け落ち同然に結婚したようです」

それでも、二人は恋を貫いたのか。大西は報告書に目を落とす。当時まだ珍しかっただろうフミコとマイクの写真のコピーが添付されている。マイクは背が高く、人のよさそうな笑みを浮かべている。フミコの方は、ぽっちゃりとした体型だが、しっかり者らしい表情だった。

大西は、急に、自分が構想する恋愛小説の筋立てが、安っぽく思えてきた。現代の日本で、どれほど厳しい状況に置かれた男女だろうが、歴史の荒波に翻弄《ほんろう》されていたこの時代の人々と比べれば、ぬるま湯に浸《つ》かっているようなものではないか。

「失礼します」

ワゴンに載った水差しと三つのコップが、運ばれてきた。注がれた水を、ロスは、うまそうに飲み干す。

「ミツコは、すくすくと成長したのですが、十歳になったときに、父親が突然失踪《しっそう》しました。この頃、マイクは酒に溺れるようになっていたらしく、また黒人女性と深い仲になったという噂もありましたが、確認は取れませんでした。いずれにせよ、これ以降、ミツコは母子家庭で育つことになります」

ロスの声は淡々としていたが、なぜか不吉な出来事を予告しているように聞こえた。

「ミツコにとって転機となったのは、地元の黒人教会の合唱団に入ったことでした。ミツコは、年の割に大柄で、非常に声量があり、音域も広かったのです。それまでは引っ込み思案だった少女は、ようやく自分の居場所を見つけました。そして、そこで彼女の人生を決定するような出会いがあったのです」

ロスは、軽く咳払いをした。

「ミツコが出逢ったのは、トニー・ガンドルフィーニという人物です」

そう言って、大西が持っている報告書に添付された一枚の写真を指した。名前からすると、イタリア系だろう。小柄で眼光鋭い男が写っている。

「ガンドルフィーニは、引退したオペラの声楽トレーナーでしたが、牧師に頼まれ、合唱団を指導していました。新たに加わったミツコの歌を聴いて才能を見出《みいだ》し、以降、マンツーマンで声楽の基礎を叩《たた》き込んだのです」

「ガンドルフィーニは、ミツコの歌の、どこらへんに感銘を受けたんでしょうか？」

腕組みをしながら聞いていた嵯峨が、質問した。

「つまり、私が訊《き》きたいのは、そのときからすでに、『鐘の歌』で聴かせた天稟《てんぴん》の片鱗《へんりん》があったのかということなんですが」

ロスは、首を振った。

「そこまで高い評価ではなかったでしょう。ミツコはそれまで、クラシック音楽の教育を受けたことはありませんでした。当時流行《はや》っていたミンストレルソングや、母親に教えてもらった日本の童謡、民謡などを好んで歌っていたようですね。音源が残っていないために、たしかなことは言えませんが、おそらく一般的な歌の好きな少女のレベルを大きく出るものではなかったでしょう」

嵯峨は、がっかりしたようだった。

「ですが、後年になって地元の新聞社がガンドルフィーニにインタビューした記事によると、声質には見るべきものがあったようですね。黒人のパワフルさに、日本人の繊細さが融合したような声と評しています。また、独特のビブラートをかけるのを得意としていたようですが、それはむしろ、正しい唱法を教えるためには邪魔だったとも語っています」

小節《こぶし》のことだろうかと、大西は考える。

「ガンドルフィーニは、ミツコを発声のＡＢＣから指導しました。生まれて初めて、他人から自分の才能を認められるという経験をしたミツコは、期待に応《こた》えようと頑張り、長足の進歩を遂げたようです。ガンドルフィーニの方も、弟子の真価に気づいてからは、本気でのめり込み、ついには奥義である、イタリアン・ベルカント唱法を叩き込んだのです」

ここまでは、よくあるサクセスストーリーの序章と言えるだろう。

とはいえ、ロスの警告によれば、この話がハッピーエンドを迎えることはなさそうである。大西は、続きを聞きたいような聞きたくないような葛藤《かっとう》を感じていた。

「ベルカント唱法については、嵯峨さんはよくご存じだろうと思います。完成すれば、胸声と頭声《ヘッドボイス》の両方を継ぎ目なく融合させられるので、広い音域で自由自在に歌えるようになる上、豊かな声量で長時間発声できるようになるのです」

嵯峨は、うなずいた。

「『鐘の歌』を聴けばわかりますよ。ミツコは完璧にベルカントを習得していたようですな。しかし、それだけではない。私は、これまでにあらゆるソプラノを聴いてきたつもりですが、あの奇跡の歌声——超絶技巧は、すべてのベルカントを超えています」

ロスは、なぜか、いっそう暗い表情になった。

「たしかに、その通りです。あの歌がこの世に誕生するためには、二つの要素が必須《ひっす》でした。一つは、ベルカント唱法を完全にマスターしていること。そして、もう一つ……」

いよいよ、ミツコの歌の秘密が聞けるかと思ったが、ロスは話題を転じる。

「ミツコは、ガンドルフィーニの導きで、順調に歌手としてのキャリアを積み上げていくかと思われましたが、そこにはいくつかの障礙がありました。まず、当時のアメリカにおいては、オペラ歌手に対する需要がそれほどなかったのです。十九世紀前半に、イタリアン・オペラが大流行しましたが、やがて、よりアメリカの生活実態に即した物語が求められるようになり、派手な演出のメロドラマが流行しました。オペラは、後にブロードウェイ・ミュージカルへと生まれ変わり、一世を風靡《ふうび》しますが、この当時はまだ過渡期だったので、オペラのアリアも、切り刻まれてポップミュージックとして消費されていたのです」

「アメリカの音楽史についての解説は、もう、そのへんでいいです」

嵯峨は、少し焦《じ》れてきたようだった。

「だいたいのことは、私にも知識がある。それで、ミツコはどうなったんですか？」

「……ミツコの前に横たわっていたもう一つの障礙は、彼女の人種でした」

ロスは、哀しげに続ける。

「黒人のソプラノは、最近でこそ増えてきましたが、当時は絶無に近い状態でした。オペラの主役はほぼすべてが白人ですから、そこへわざわざ黒人を起用する必然性がないのです」

最近なら、アメリカ建国の父であるアレキサンダー・ハミルトンをプエルトリコ系の俳優がラップで演じた『ハミルトン』という傑作ミュージカルもあったなと、大西は思う。

「しかも、オペラはヨーロッパのエスタブリッシュメントのカルチャーだったので、そこにははっきりした差別もあったのです。加えて、ミツコは日本人とのハーフだったために、純粋な黒人よりさらに不利な立場でした」

素晴らしい才能を持って生まれて、それを努力によって開花させたというのに、人種差別でチャンスを奪われるというのは、どんな気持ちなのだろうか。大西は、ミツコの心中を思い、胸が痛くなった。

「ミツコは、純粋なオペラではなく、バラッド・オペラやメロドラマ、コミック・オペラ、『アンクル・トムの小屋』などの舞台に出ては、得意の歌声を披露したようです。とはいえ、せっかくのベルカント唱法も宝の持ち腐れですから、鬱々《うつうつ》として楽しまなかったことでしょう。それでも向上心を忘れなかった彼女に、悲劇が襲いました」

ロスは水差しからコップに水を注ぎ、一口飲んだ。大西と嵯峨は、黙って続きを待つ。

「トニー・ガンドルフィーニが、心臓発作によりこの世を去ったのです。ミツコにとっては、音楽だけにとどまらず、人生の指導者《メンター》であり、父のような存在だったガンドルフィーニの死は、単なるショックという言葉では言い表せないほどのものでした。ミツコは、まるで糸の切れた凧《たこ》のような状態になってしまったのです」

大西は、マイク・タイソンのことを思い出していた。すさんだ生活を送っていた少年の頃、タイソンはボクシングの名トレーナーだったカス・ダマトと出会い、徹底的に鍛え上げられて史上最強のボクサーと呼ばれるまでになった。ところが、ダマトが急逝してからは、すべてが下降線を辿《たど》り、キャリアの晩年には東京ドームでKO負けを喫《きっ》し、レイプで逮捕されたりしたあげく、リング上で相手の耳を噛《か》みちぎるという愚行にまで及んだのだ。

そういえば、たしか、カス・ダマトもイタリア系だったはずだ。

「……このように、ミツコはコンプレックスの塊でした。母親には可愛がってもらいましたが、父親に捨てられたという思いからか、自分が愛されるに足る存在であるという確信が持てず、病的なまでに引っ込み思案だったのです。アメリカの社会では、当時も今も、自分の居場所は徹底的な自己主張によって闘い取らなければなりません。それができない人間は、どこまでも追いやられていくのです」

大西の思考が逸《そ》れていた間も、ロスの話は続いていた。

「彼女のコンプレックスの一因は、容姿にありました。もともと大柄で身長は一八〇センチを超えていましたが、水泳と深呼吸を駆使したガンドルフィーニの指導によって胸郭が膨らみ、相撲レスラーのような体格になっていたのです。マリア・カラスが、ダイエットで一〇五キロから五五キロまで減量したため、歌のパワーを失ってしまったのとは好対照ですが、ミツコは、自分には恋愛は一生無理だと悲観していました」

「カストラートは、ボーイソプラノの高音を維持するために、去勢されたくらいですからな。頂点を極めるためには代償は必要でしょう」

今では美しい音を聴くことだけが生きがいの嵯峨は、至極あたりまえだという口調だった。歌手の色恋沙汰になど、はなからまったく興味がないのだろう。

「ですが、そんなミツコの前に、突然、白馬の王子様が現れたのです」

ロスは、嵯峨の非情さに抗議するように咳払いをすると、続けた。

「アダム・アルバゲッティというテノール歌手です。彼は寛容で博愛主義的な性格だったので、ミツコの才能を認め、温かく接してくれました。それは恋愛感情にはほど遠いものでしたが、彼女はすっかり舞い上がってしまいました」

ロスは、大西が持っている報告書を指し示した。まるで宣材写真のようなポートレイトが、一枚添付されている。同じイタリア系でも、ガンドルフィーニとは違い、なかなかの男前だ。

……残念ながら、ミツコの恋が成就したとはとても思えなかった。

大西は、アダムに恋い焦がれていたミツコの行動を想像してみる。

大きな胸の奥には、さぞかし、切ない恋の炎が燃えさかっていたに違いない。ほんの一言、アダムと会話をしただけで、その日一日は幸せな思いに包まれたことだろう。もしかしたら、彼のステージや練習風景を、こっそり見守っていたかもしれない。巨体を幕の陰に隠すようにして。

「しかし、アダムの結婚によって、ミツコは、再び失意のどん底に突き落とされました」

ロスは無情に続ける。

「ミツコは、アダムに熱を上げていた反動で、それまで以上に人目を避けるようになりました。ほとんど外出もしなくなり、歌手としての活動によって蓄えたわずかばかりの貯金に頼って、世捨て人のような暮らしを送るようになったのです」

あまりにも救いのない話に、大西は溜め息をついた。伝記を書くにしたって、もうちょっと明るい材料がなければ、どうしようもない。

いや、待てよ。まだ、逆転があるはずだろう。あの奇跡の歌声をどうやって獲得したのか。それを聞いてからでなければ、判断はできない。

「そんなときでした。ミツコは、たまたま古いSPレコードを手に入れたのです。誰かからの贈り物だったようですが、残念なことに、送り主の確認までは取れませんでした。ミツコは、レコードを聴いて、深甚な衝撃を受けたのです」

ロスは、ブリーフケースを開けて、一枚のCDのような物体を取りだした。

「そのSPは、今日では『鐘の歌』以上に入手が困難になっていますが、さいわいにも、スーパー《S》オーディオ《A》CDに落としたものを見つけることができました。まずは、お聴きいただくのが一番わかりやすいと思います」

嵯峨は、立ち上がって、ロスからSACDを受け取ると、プレイヤーにセットする。

「プッチーニ作曲『マノン・レスコー』より、『一人寂しく捨てられて』です」

ロスが、曲名を告げる。

曲が始まった。ノイズは、デジタル処理によって極力取り除いてあるようだが、それでも、針先から出る雑音や、SP特有の回転むらの音が聴き取れる。

弦のおごそかな前奏。そして流れ出した歌に、大西は衝撃を受けた。

「これは……！」

嵯峨も驚きの声を上げる。

歌っているソプラノ歌手の声質は、ミツコとはまったく異なっていた。より澄んでいるが、パワフルさには欠ける。にもかかわらず、ミツコの歌との驚くべき相似性があった。

楽譜通りなのかヴァリアンテなのかはわからないが、美しい声は超高域へと抜けていった。だが、その声は、どこまで行っても笛のような『音』ではなく『声』のままであり、まるで、人の身体から抜け出した極小サイズの妖精《ようせい》が歌っているように聞こえる。

神々しくも幽玄な響きだ。しかし、その中には、妙に悪魔じみたハチの羽音のような響きが混入している。本来の声に影のようにぴったりと寄り添っている倍音。これは、同時に一人の人物が出している声なのだろうか。

曲が終わると、嵯峨が、興奮した様子でつぶやき始めた。

「素晴らしい！　まさに、これだ！　とても、信じられん！　まさかこんなことがあるとは、想像もできなかった！　ミツコ以外に、こんな声が出せるソプラノがいたとは……！」

だが、ロスは、嵯峨の熱狂を醒《さ》めた目で見つめるばかりだった。

どうして、この男は、こんなに白けて、苦虫を嚙み潰《つぶ》したような顔をしているのだろうと、大西は不思議に思う。

「で、これは、誰なんですか?」

嵯峨は、視力が不自由なせいか、ロスの暗い表情にはまったく気づいていないようだった。勢い込んで訊ねる。

「メアリー・ケンプという、無名のソプラノ歌手です」

ミツコにせよ、メアリー・ケンプという歌手にせよ、なぜ無名のまま終わったのだろうか。これほど素晴らしい歌声を持っていたというのに。大西は、持ってきたメモに、疑問①として書き記した。

「メアリー・ケンプ? まったく聞いたことがありませんな」

嵯峨も、首を捻《ひね》っていた。

「どういうバックグラウンドの女性ですか?」

ロスは、自分用のメモに目を落とす。

「ドイツからの移民の娘ですが、記録がなく、詳しいことはわかりませんでした」

まあ、名前がドイツ系だから、そのくらいは言われなくても見当が付くが。

「アメリカにおけるドイツ系移民は、今では五千万人を超えていますが、その当時も日系とは桁がいくつも違っていました。ケンプ一家はロサンゼルスに定住したことはわかっていますが、残念ながらほとんど記録が残っていないため、ミツコと比べるとずっと謎に包まれています」

「写真もないんですか？」

「ポートレイトの類《たぐ》いは、一枚も残っていませんでした」

大西の問いに、ロスは無表情に答える。

「唯一発見できたのが、そこにある一枚です」

大西は、ファイルに目を落とした。教会だろうか。色褪《あ》せた集合写真のコピーが一枚だけ、添付されている。

男性はみな正装で、女性は全員首元まで締め付ける衣装に身を包んでいた。現代の写真とは違って、笑顔の人物は一人もいない。

「おそらく、後列の一番左の人物だと思われます」

ロスが言う。……これがそうだろうか。だが、黒いベールをすっぽりと被《かぶ》っているせいで、顔はまったくわからない。

「この、メアリー・ケンプという女性なんですが、もしかすると」

容姿に恵まれていなかったんですかとは訊きにくかったため、大西は言い淀《よど》んだ。

「写真もないし、彼女を知っている存命の証人もいませんから、たしかなことは言えません。しかし、いくつかの根拠から、私は、むしろ美しい少女だったのではと推測しています」

ロスは、大西の質問の意図を酌み取って答えたが、にこりともしなかった。

「ケンプ家は、両親がキリスト教根本主義に傾倒しており、メアリーも、純潔運動に基づいた抑圧的な教育を受けていたようです。ポートレイトが一枚も残っていないのも、黒いベールで顔を隠していたのも、そのためでしょう」

「しかし、歌手になるための訓練は受けさせてもらえたんですな？」

嵯峨が、首を傾げる。

「キリスト教根本主義は、音楽に対しては比較的寛容だったんですよ。今では、布教のための福音派ロックなんてものもあるくらいですから」

ロスは、ようやく少しだけ白い歯を見せる。

「で、彼女も、ベルカントを習得したわけですか？」

ロスは、首を振った。

「厳密に言うなら、違います。メアリー・ケンプが学んだのは、ベルカント唱法ではなくて、ドイツ唱法だったはずですから。ですが、この両者は、呼吸法や発声法に違いはあるものの、歌を聴いて区別するのはまず無理でしょう」

「それで、今聴いたような歌を歌えるようになったのは、なぜなんですか？」

大西はズバリと訊きたいことに斬り込んだが、ロスは、考え込むようなそぶりになる。

「……メアリー・ケンプが、それまでの自分の生き方をすべて否定し、両親と訣別《けつべつ》したのは、失恋がきっかけでした」

ようやく発した言葉は、やや意外なものだった。よくわからないが、メアリーとミツコは、同じ道を辿ったということだろうか。

「ケンプ家の人は、すでにロサンゼルスにはいませんでしたが、一家を知っていたという別のドイツ系アメリカ人のお宅に、さっきの写真と、古い日記が残されていたんです。おかげで、何があったのかを知ることができました」

ロスは、またコップに水を注いで飲んだ。二日酔いでなければ、緊張しているのだろうか。水を飲むという行為は命をたしかめることだと、何かで読んだことがある。

だとすると、彼は、これから、死について語ろうとしているのかもしれない。

「メアリーに対しては、秘かに恋心を抱いていた若者が複数いたようです。これが、彼女が美しい少女だったのではないかという根拠の一つです。一方、彼女が思いを寄せていたのは、教会の聖歌隊の指揮者をしていた、デイビッド・シュルツという青年でした。デイビッドは、メアリーの思いを受け容《い》れ、二人はめでたく恋人同士になりました。彼女の両親はそのことを知らなかったようですが、もし親に知られたら引き裂かれるのではないかという彼女の危惧《きぐ》は、杞憂《きゆう》に終わりました」

「では、許してもらえたんですか？」

「いいえ」

ロスは、また首を振る。

「二人の関係が親に知られる前に破局したからです。デイビッドは別の恋人に気持ちを移し、メアリーは捨てられました。それからというもの、メアリーは、音楽にのめり込むようになりました。デイビッドを奪った相手にだけは、絶対に負けたくないと思ったからです」

「すると、新しい恋人も歌手だったんですか？」と嵯峨。

「ええ。それも、デイビッドが指揮をしていた教会の聖歌隊のソリストでした」

そんな身近なところに恋敵がいるというのは、耐えられない屈辱だろうなと思う。

「メアリーは、それまでにもまして、ハイトーンに拘《こだわ》るようになりました。力強さとか豊かな感情表現を犠牲にしても、天使のように透明で、ひたすら純粋な歌声を目指す。それこそが、彼女の新しいゴールになったのです」

「ん？　意味がわかりませんが、それは、もしかして……」

嵯峨が、眉をひそめた。

「ええ、その通りです」

「えっ？　どういうことなんですか？」

大西には、何のことだかわからなかった。

「デイビッドが心を移した相手というのは、男の子だったんですよ」

ロスは、まんまと騙《だま》しおおせたとばかり、仏頂面から少し満足げな顔になる。

「トーマス・シュレクター——ドイツ語読みではシュレヒター——奇跡の歌声を持つと言われていた十二歳の少年です。あまりに全盛期が短かったため、レコード化もされていませんが、聴く者の誰もが絶賛する歌声の持ち主でした」

ロスは、軽く咳をする。

「そして、日記の記述によれば、しばしば少女と間違えられるような美少年だったようです」

恋人を男の子に奪われた女性の気持ちは、どんなだろう。大西は頭を掻いた。

女性に感情移入することは、そこそこ得意なつもりだったが、さすがにこれは、想像がつかなかった。

「しかし、それは奇妙ですな。ボーイソプラノは、たしかに純粋だが、生硬で深みに欠ける。女性のソプラノ歌手をくさすときに、あの娘の声はまるでボーイソプラノだと言うくらいだ。いくら、その子が上手《うま》かったとしても、本物のソプラノなら歯牙《しが》にもかけないはずだが」

嵯峨は、納得がいかないという顔をしていた。

「メアリーは、かなりの負けず嫌いで、完全主義者だったということです。恋人の魂を奪ったライバルが最も光輝いている部分で、上回ってやろうと思ったんじゃないでしょうか」

ロスは推測を述べたが、大西には、何となく正鵠《せいこく》を射ているように聞こえた。

「その頃、メアリーは、歌をSPレコードに吹き込みたいという申し出を受けました。曲目は、さきほど聴いた『一人寂しく捨てられて』です。メアリーは、猛練習に猛練習を重ねましたが、どうしても思うように歌えません。そして、ついに、思い切った決断をしたのです」

ロスは、また水を飲んだ。どういうわけだか、ひどく緊張しているように見える。よっぽど話したくない内容なのだろうか。きれいな卵形のカーブを描いた暗褐色の額には、うっすらと汗が滲《にじ》んでいる。

「『マノン・レスコー』のストーリーは、ご存じですか?」

ロスの質問に、嵯峨は、ふんと鼻息を立てる。

「もちろん、知ってますよ。……まあ、あのオペラは曲こそ素晴らしいが、筋立ては、およそ支離滅裂ですな」

「その通りです。四幕ものですが、幕と幕の間のストーリーが大幅に割愛されているために、原作小説を読んでいない観客は、いつの間にか状況が激変しているのに戸惑うでしょう」

ロスは、かすかに微笑んだ。

「内容をご存じでしたら、説明は不要ですね。第四幕で、マノン・レスコーとデ・グリューは、いきなり砂漠にいます。第三幕の終わりでは、二人ともまだ元気だったのに、どういうわけか、もう死にかけているんです。ここで彼女が歌うのが、『一人寂しく捨てられて』です」

『マノン・レスコー』など読んだこともない大西は、もうちょっと詳しく説明してほしいと思ったが、黙っていた。

「この頃、メアリーは、自分に一番欠けているのは、ボーイソプラノのようなハイトーンより豊かな感情表現であると、薄々気づいていたようです。それで、マノンの気持ちになりきって歌うため、作中と同じ場所に行ってみようと思い立ったんです」

なるほど。大西には大いに共感できる話だった。自分も、今まさに書いている物語の舞台を散策して、イメージを膨らませることがあった。ぼやけていた背景がくっきりと焦点を結び、曖昧《あいまい》だった登場人物の心情が具体的になって、物語にリアリティと深みを加えてくれるような気がするのだ。もっとも、自分の場合、舞台の大半は京都市内なので、あっという間に行って帰ってくることができるのだが。

「メアリーは両親に頼み込んで、第四幕の舞台であるニューオリンズへの旅を許可してもらいました。当時はすでに大陸横断鉄道が整備されつつあり、延々と馬車に揺られる必要はありませんでしたが、それでも現在では考えられないほど時間がかかり、箱入り娘のメアリーには、けっして楽な旅行ではなかったと思います」

「メアリーの両親は、彼女に危険な一人旅を許したんですか？　さっき、厳格な家庭だったと聞きましたが」

嵯峨が、首を捻りながら訊ねる。

「メアリーを、一人で行かせたわけではありません。付き添い《コンパニオン》は、ピーター・ベッカーという青年です。当時、設立されたばかりのウェルズ・ファーゴに勤める銀行員でしたが、わざわざ長期休暇を取って同行してくれたんです。失恋で元気をなくしたメアリーを心配した両親が、かねてより彼女に思いを寄せていたピーターに、白羽の矢を立てたようですね」

大西の脳裏には、そのときのイメージが浮かびつつあった。黒いベールを被っている傷心の美少女と、彼女を気遣う若い男性。ピーターは、デイビッドほどハンサムではないが、長身で、包容力がある。

十九世紀の汽車の旅は、遅い上にやたらうるさく、窓を開けると煙が客席に侵入してくる。およそ快適さとは程遠かったはずだが、それでも、若い二人にとっては、ずいぶん心躍るものだったのではないか。

ピーターは、この旅で何とか二人の間の距離を縮めたいと思ったことだろう。窓外の景色を眺めながら、しきりにメアリーに話しかけ、彼女を笑顔にしようと努力したはずだ。

しかし、メアリーの方は、『マノン・レスコー』の解釈で頭がいっぱいだったことだろう。エスコートしてくれたピーターには感謝しただろうし、きっと嫌いではなかったに違いない。デイビッドへの思いはまだ完全には断ち切れていなかったかもしれないが、すでにピーターを好ましく感じ始めていたとしてもおかしくない。生まれて初めて親元を離れて、男性と二人で旅をしているという昂揚感も相まって、ときには、かなり話も弾んだかもしれない。

しかし、それよりも、まだ見ぬニューオリンズの荒野へと意識は飛んでいたことだろう。

マノンは、どんな思いで砂漠をさすらい、『一人寂しく捨てられて』を歌ったのか。きっと、それが実感できれば、自分はソプラノ歌手として一皮剝《む》けるという予感もあったに違いない。

「そして、二人はニューオリンズに到着しました。はるばるロサンゼルスからアメリカ大陸を横断して来たんです。当時はまだジャズが勃興《ぼっこう》する前でしたが、スペイン統治時代の街並みを残しているニューオリンズは、ロサンゼルスしか知らなかった二人には、まるで外国のように映ったことでしょう」

大西の脳裏に、また一つ、色鮮やかなシーンが付け加わった。

「ですが、二人はホテルに荷物を置くと、街の雰囲気を楽しむ間もなく荒野へ向かいました。何と言っても、旅の目的はそこにあったのですから。……そして、メアリーは大いなる失望に襲われました」

「どうして、失望したんですか？」

すっかり二人に感情移入していた大西は、質問せずにはいられなかった。

「砂漠らしい砂漠など、どこにもなかったからです」

ロスは、意地の悪い口調で言った。

「ニューオリンズ周辺は自然が豊かですが、ほとんどが湿地帯で、ワニが棲息《せいそく》しています。『マノン・レスコー』の第四幕にあるような砂漠は、どこにも発見できませんでした」

「壮大な無駄足だったというわけですな？」

皮肉屋の嵯峨も、冷笑を浮かべる。大西だけが、なぜか落胆していた。

「原作者のアベ・プレヴォーは、海外を放浪した体験から『マノン・レスコー』を書いたということですが、その知見はほぼヨーロッパに限られ、ルイジアナになど行ったこともなかったようです。舞台には、アラビアを思わせる砂漠のセットが出て来ますが、100％想像の産物だったわけですね」

何なんだ、それは。大西は腹を立てていた。メアリーたちの旅も無駄なら、今までの説明もすべて無駄話だったということなのか。

「二人は、やむを得ず、ロサンゼルスに帰りました。帰路の雰囲気はけっして楽しいものではなかったようです。メアリーとピーターの仲も縮まることはなく、結局、喧嘩《けんか》別れしたような形で終わってしまいました」

それならそれで、小説にはなるかもしれない……。いや、だめだ。大西は、首を振る。今の話は、完全な袋小路だ。明るい方向へだろうが暗い方向へだろうが、発展がなければ、物語にはならない。

「しかし、この旅は、メアリーの心に重大な変化をもたらしました。あたりまえの話ですが、自分はどこでも行きたいところへ行けるのだと、ようやく気づいたのです。メアリーはまた、こう考えました。残念ながら、実際のニューオリンズはマノンが『一人寂

しく捨てられて』を歌うのにふさわしい場所ではなかった。しかし、あの物語のために
は、必ず、もっとぴったりした場所があるはずだと」
「しかし、彼女には、舞台を変えることはできないと思いますが？」
大西は、首を捻る。
「そうなんですが、メアリーが突き詰めたかったのは、砂漠で死んでいくマノンの心情
です。実際のニューオリンズとは全然違っていたとしても、真に宏大《こうだい》で荒涼とした砂漠
に行ったら、マノンにさらに感情移入して歌えると思ったのです」
ロスは、嘆息するように言った。
「そう考えてみると、はるばる東海岸にまで行かなくても、カリフォルニア州には大小
様々な砂漠があります。そこで歌ってみたら、もしかしたら、何かが変わるのではない
か。彼女は、そう期待したのです」
ロスは言葉を切り、陰鬱な表情で水を飲んだ。
大西は、嫌な予感に襲われていた。
「で、メアリーは、どこの砂漠を選んだんですか？」
嵯峨が、待ちきれなくなったように訊ねた。
「ソノラ砂漠です」
蓄音機のソーン針が採れるサボテンの産地として、ついさっき聞いたばかりの地名だ
った。それなのに、ひどく不吉な響きを感じるのはなぜだろう。

「有名ですよね。かなり大きいんですか？」と、大西は訊ねる。

「カリフォルニア州と、アリゾナ州から、メキシコのソノラ州までまたがる宏大な砂漠です。面積は……日本で言うと、本州と北海道を合わせたくらいですね」

　でかすぎて、実感が湧かなかった。そんなところで遭難したら、たぶん、発見されるまでにミイラになっていることだろう。

「ニューオリンズから帰って三ヶ月後、メアリーは、たった一人で旅立ちました」

　大西は、ロスが話しながらかすかに首を振ったのに気がついた。

「詳しい経緯はわかりませんが、メアリーは生まれて初めて両親に反抗したということです。砂漠から彼女を呼ぶ声は、それほど強かったのでしょう。ちょっと前に、メアリーの祖母が、彼女にまとまった額の財産を遺《のこ》して亡くなっていたことも、決意を後押ししました」

　それから、ロスは、ソノラ砂漠でメアリーの身に起きたことについて（想像を交えながら）語った。

3

　メアリーは、小高い丘からソノラ砂漠——そのほんの一部ではあるが——を見下ろしたとき、身震いするような感動に包まれた。

見渡すかぎり、からからに乾燥した砂漠が続いている。けっして緑がないわけではなくて、弁慶柱《サワロウ》というハシラサボテンが墓標のように林立し、草が生い茂ってサバンナのように見える場所もあったが、それでもそこは、まぎれもない砂漠――聖書にある死の谷そのものだった。実際、ソノラ砂漠の表面温度は、同じカリフォルニアのデスバレーを超えて、世界記録である摂氏八十度にも達することが知られている。

ここだ、と思う。マノンが放浪の末に死を迎えるのは、断じてニューオリンズの湿地帯なんかではない。

『一人寂しく捨てられて』は、この雄大な地で歌ってこそ、説得力を持つはずだ。

昂揚して、うっすらと笑みを浮かべながら砂漠に足を踏み入れたメアリーの姿は、もはや、厳格なキリスト教根本主義の管理下で温室植物のように育てられた少女とは別人だった。

メアリーは、ガイドを雇って、連日のように砂漠を歩き回った。自分の思いにぴったり来る光景を探し求めるうちに、ついにここだという場所を見つけた。彼女はそこに小屋を建てた。国立公園の土地の上なので違法建築だったが、大工に金さえ払えば何の問題もなかった。

メアリーは、最寄りの街であるトゥーソンと小屋を何往復もして、長期間生活できるように内部を設えた。さらには、SPのレコーディングができる設備まで調えた。当時は、まだ電気録音の技術がなかったため、蓄音機の逆――ラッパに向かって歌い、その振動をダイレクトに音溝に刻む、いわゆるアコースティック録音しかなかった。

充分な食料と水を確保すると、彼女は、小屋に泊まり込んで歌のレッスンに励んだ。昼間は暑すぎるので、日が落ちてから、毎晩、砂漠の風に向かって歌ったのである。それは、これまで声楽について学んできたことを、すべて覆すような経験だった。

歌声は、風に乗ってどこまでも拡散していった。

教会の大聖堂の中で歌っていたときには、音が天井まで高く上っていくのは快感だったが、何一つ遮るものがない砂漠では、反響音がほとんど返って来ないので、手応えがなさすぎる。しかも、砂漠は単にだだっ広いだけでなく、砂が音を吸収するために、まるで無響室で歌っているかのような音になった。

偶然だが、それは、アコースティック録音で記録される音――いっさい反響音をまとわない「裸の音」にも似ていた。

あらためて、自分の声は、大自然の前ではこんなに弱々しく、みすぼらしいのかと痛感させられた。だが、他に聴く者もない場所で、ひたすら自分自身と向き合って歌い続けるうちに、いつしか禅のような静謐《せいひつ》な境地へとたどり着く。胸郭に反響する一音一音が身体の中に満ち、そこから飛び出した音符は、どこにも反射せずに無限遠の宇宙の彼方《かなた》へと旅立っていくのだ。それは、あたかも自分が宇宙と一体化したような悦《よろこ》びだった。彼女は、生まれてこの方一度も感じたことがなかったような幸せの中にいた。

ある晩、メアリーは薪を拾いに出かけて、道に迷ってしまった。どこまでも見通せる上に、歩いてきた足跡が残る砂漠で道に迷うとは夢にも思っていなかったのだ。その日は、やや風が強かったため、帰ろうとしたときにはメアリーの足跡は吹き消されていた。

早く小屋に帰ろうと焦って、闇雲に歩いたために、ますます事態は悪化した。歌にかまけてきちんとした食事を摂《と》っていなかったので、低血糖に陥ってしまったのだ。脚がふらついて、身体に力が入らない。意識も混濁し始めた。

自分はここで死ぬのだろうか。メアリーは、不思議な諦念《ていねん》を覚えていた。自己憐憫《れんびん》に満ちた『一人寂しく捨てられて』の歌詞とは、対極にあるような心境だった。

人は誰でも、いつかは天に召される。それが今日になっただけの話だ。ソノラ砂漠にやって来たことには、まったく後悔はなかった。死ぬ前にここで過ごせた時間は、短くともかけがえのないものだったと。

そのとき、霞《かす》む彼女の目に、チラチラと揺れる光が飛び込んできた。あれは、天国への路《みち》を示す灯火《ともしび》なのだろうか。

しかし、それと同時に、彼女の耳は楽器の音を捉《とら》えていた。

それは、クラシックや教会の音楽とは、まったくかけ離れていた。力強く腹に響くドラム。マラカスのようにも聞こえる軽快な音は、ラテン音楽で使われるギロに似ていた。それから、オカリナのように澄んだ音のフルート。そして、素朴な語りのような歌声。

いつのまにか、メアリーは低血糖による疲労を忘れていた。

立ち上がると、焚《た》き火の周りに車座になって音楽を演奏しているアメリカ先住民たちの方へ歩いて行った。

それは、Tohono O'odham《トホノ・オ＝オダム》（砂漠の民）と呼ばれる、パパゴ族の人々だった。

パパゴ族の人々は、突然現れたメアリーにも驚かず、ごく自然に受け容れてくれた。彼らから与えられた食物は、みな砂漠で採れるものだったが、彼女の意識をしゃんとさせ、身体にエネルギーを注入してくれた。メアリーは、心から感謝の言葉を述べると、彼らの祭に参加した。音楽を何より愛するパパゴ族も、オペラの唱法など聴いたこともなかったろうが、メアリーの歌を、ごく自然に受け容れた。

あの力強いドラムは、バスケットを逆さまにしたような形をしたバスケット・ドラムだった。ギロに似た音は、刻み目を付けた棒を別のスティックで引っ掻く楽器が奏でていた。どちらも反響に乏しく、砂漠の大地に吸い込まれていくような音である。オカリナのように澄んだ音は、籐《とう》のフルートによるものだった。

メアリーは、かつてない昂揚を感じていた。

彼らのメロディに合わせてヴォカリーズで歌い、パパゴ族のダンサーたちと一緒に砂の上で裸足《はだし》で踊った。それによって舞い上がる土埃《つちぼこり》は、大気を目覚めさせ雨雲を生むと信じられているらしい。

メアリーは夜通し彼らと音楽に興じ、明け方小屋に帰った。パパゴ族の人々は、メアリーの小屋の場所を本人よりしっかりと記憶しており、送って行ってくれたのである。

ハンモックに入るとメアリーは死んだように眠り、気がつくと、もう日が高く昇っていた。それから、コーンブレッドや豆の缶詰と、塩辛いジャーキーなどという味気ない食事を摂り、西の地平へと没する太陽を眺めながら、歌のレッスンに励んだ。

そして、あたりがすっかり暗くなると、昨晩パパゴ族に会った場所に出かけて行った。彼らは、同じ場所にいて、同じように音楽を演奏していた。そして、あたりまえのように、メアリーを受け容れたのだった。


「その、パパゴ族との邂逅《かいこう》が、あの超絶的な歌の秘密だということですか？」

嵯峨が、いかにも眉唾《まゆつば》ものだという表情で訊ねる。

「そのきっかけになったとは言えるでしょう」

ロスは、にこりともせずに答える。


メアリーは、パパゴ族との度重なるセッションを通じ、自分の中で何かが大きく変わるのを感じていた。

その一番は、少年のか細い声を真似ることの馬鹿馬鹿しさを、ようやく悟ったことだった。もともと、ボーイソプラノは本物のソプラノに比肩できるようなものではないとわかっていた。しかし、デイビッドに対する思いはすでに消えかけていたものの、歌で見返してやろうという執着だけが残っていた。その執念自体が、今も相手に囚《とら》われているためだと気づいたために、ようやく解放されることができたのだった。

メアリーは、食料と水が尽きるまでは小屋に滞在し、いったんはトゥーソンに引き揚げた。それから、再び物資を調えると、小屋に戻ってきた。そのたびに、パパゴ族との交流を深め、いつしか大地の民とほとんど同化していた。

ぼさぼさの髪をひっつめて、日に灼《や》けた頰に穏やかな笑みを浮かべているメアリーを見て、かつての神経症めいた色白の少女を思い出せる人は、もはや、ほとんどいなかっただろう。

そして、メアリーは、彼らとの最後のシーズンを迎える。

その晩も、彼らと一晩中歌を歌った。

パパゴ族の人々は、星を見て時間を知ることができた。特にプレアデス星団は、彼らにとり時計代わりだった。夜、プレアデス星団が東の空から昇ったら、彼らの神話の時間が始まる。そして、天頂を過ぎ、日の出の少し前に西の空に没すると、宴《うたげ》はお開きになるのだ。

その晩は、彼らの神話の最も重要なキャラクターの一つ、大地の魔術師《アース・マジシャン》の歌を歌った。

パパゴ族の神話では、あらゆる病気は心の問題であり、邪悪な大地の魔術師《アース・マジシャン》に起因する。

大地の魔術師《アース・マジシャン》が打ち負かされて、地面に沈み込んで姿を消したときに、すべての病気の種を地上に遺したのだという。

メアリーは、小屋に帰って昼前に起きた。

そして、自分の声に何かが起きていることに、初めて気づいたのだった。

ロスは、喋《しゃべ》り疲れたのか、一息ついてコップの水を飲み干した。額には脂汗が浮いている。嵯峨には難しいだろうと思い、大西は水差しを取って水を注いでやった。

「どうも、話が妙な方向へ行きそうですな」

嵯峨が苦笑いする。

「パパゴ族が出て来たあたりから、どうなるのかと思てたんですわ。まさかとは思いますが、メアリー・ケンプは、先住民の悪魔に取り憑かれたとでもいうんですか？」

「お答えは、イエス&ノーです」

ロスの表情は、いっさい変わらなかった。

「どちらでもあるというのは、理解できませんね。どういう意味なんですか？」

「最後までお聞きになれば、わかります。ですが、ここでリマインドさせてください。最初に私が行った提案はまだ生きています」

ロスは身を乗り出した。

「この先を聞かずに、報告書を私に返却した場合、残りの調査費用を支払う必要はありません。これが最後の機会です。もう一度、お考え直しいただけませんか？」

嵯峨は、笑いながら首を左右に振った。

「その件については、先ほどの答えに変わりございません。それに、ここまで話を聞いてから、止められると思いますか？」

ロスは、黙ってうなずく。

「わかりました。……それでは、お話ししましょう」

メアリーは、最初は風邪を引いたのかと思った。

いつもの自分の声ではなかった。あきらかに低く、よく響くのだ。そういえば、以前にも、同じようなことがあった。風邪の引き始めには、咽頭《いんとう》や声帯が充血するせいなのか、かえって発声をしやすくなるのである。今回もそれだろうと思った。

「なるほど。目病み女に風邪引き男いうこっちゃな」

嵯峨が、大西の方を向いて日本語でそう言い、にやりとした。

「え？」

大西は、一瞬意味がわからず、ぽかんとした。

「眼病を患って目が潤んでる女や、風邪を引いて声が潤んだ男は、色っぽいいうことですわ。作家さんやったら、ご存じでしょう」

「ええと、あれ、そういう意味でしたっけ？」

江戸《えど》の風邪引き男は、喉に巻いた白布が粋だということじゃなかったっけ。

「でも、それが、メアリーに」

どう関係するんですかと言いかけて、気がついた。メアリーは、風邪を引きかけたために、声質が変わったということだろう。

「……メアリーは、蜂蜜《はちみつ》を入れた紅茶を飲み、喉に湿布をしました。砂漠は乾燥しているので、ふだんから喉のケアは欠かしていませんでしたが、この日は特に念入りに行い、夜に備えたのです」

日本語の会話が理解できないロスは、無視して先へと進める。

「夕方頃には、ちょっとましになっていました。それで、その晩も、パパゴ族の人々に会いに出かけたのです」

ロスは、沈んだ声で続けた。

「彼女にとって不幸なことに、二つの悪条件が重なっていました。まず、前日に数十キロほど離れた場所で大規模な砂嵐が発生していたのです。山火事の煙のように空を覆っていた砂粒は、半日ほどで消えましたが、埃や土の微粒子は、空中高く巻き上げられたまま、長時間浮遊していました」

細かい砂埃で扁桃腺《へんとうせん》を痛めるか、塵肺《じんぱい》でも起こしたのだろうか。大西は質問しようとしたが、嵯峨が先に訊ねる。

「しかし、おかしいですな。ロスさんはさっき、メアリー・ケンプに関してはほとんど資料が残っていないと言ったじゃないですか？　パパゴ族との邂逅にしてもそうですが、どうして、そこまで詳しいことがわかるんですか？」

ロスは、うなずいた。

「砂嵐に関しては、周辺の農地に被害をもたらしたという記録が残っていました。それから、これは言っていませんでしたが、ソノラ砂漠に来てから、メアリーは日記を付けていました。ふつうの日記というよりは、練習日誌というべきものですが、パパゴ族と出会ってからは急に記述の量が増えていました。……日記には、さらに別の事実も記されていました。メアリーは妊娠していたのです。残念ながら、それもまた悪条件の一つとなりました」

だから、悪条件《バッド・コンディション》って何なんだよ。大西は苛々《いらいら》していた。

「妊娠が事実とすると、父親は誰やったんですか？」

「その点については、はっきりと書かれてはいませんでした。おそらくは、ニューオリンズに一緒に行ったピーターだと思われますが、確証はありません」

ロスは、悲しげに首を振る。その様子は、とても、百年以上前の、一度も会ったことのない女性について話しているようではなかった。

「その晩メアリーとパパゴ族の人々の間で起こったことは、はっきりとはわかりませんでした。メアリーには大きなショックだったらしく、日記の文章も支離滅裂な感じになっていました。……しかし、想像するに、こういうことだったのでしょう」

その晩も、パパゴ族の人々は、メアリーを自然に受け容れてくれた。まるで家族の中にいるような安心感に包まれたメアリーは、バスケット・ドラムや籐のフルートに合わせて歌おうとしたのだった。

だが、彼女の声を聞いた瞬間、パパゴ族の人々の間に緊張が走る。彼らは顔を見合わせると、いっせいに楽器の演奏を止めてしまった。

何が起こったのかわからず、メアリーは当惑して立ち尽くした。それから、ここへ来てから覚えた片言のパパゴ語で、どうしたのかと彼らに訊ねた。

彼らは、悲しげにメアリーを見つめるだけだったが、一人が彼女に、もうここへ来てはいけないと言った。

どうして、とメアリーは訊ねたことだろう。パパゴ族との夜のセッションはすでに、彼女にとって何より大切な時間となっていた。突然それを奪われることは、家族と引き離されるより辛かった。特に、何が悪かったのか、自分に何の落ち度があったのかが全然わからないのでは、納得のしようもない。

パパゴ族の人々の答えは、シンプルだった。逆にシンプルすぎて、理解が難しい。

彼らは、メアリーが、邪悪な大地の魔術師《アース・マジシャン》に取り憑かれてしまったと言ったのだ。

それきり、彼らは、いっさいのコミュニケーションを絶った。楽器を演奏することはおろか、一言も発せず、彼女を見ようとすらしなくなった。

自分が完全に拒絶されていることを思い知らされたメアリーは、悄然《しょうぜん》と、その場を立ち去るしかなかった。

それ以降、メアリーは小屋に籠《こ》もり、誰とも接触せずに、自分の声とだけ向き合って日々を過ごすようになった。

幸いなことに、風邪は、しばらくすると治癒したようだった。ただし、メアリーの脚には、しこりのある紅斑《こうはん》が現れ、いつまでも消えなかった。それを見るたびに、メアリーは、自分は本当に大地の魔術師《アース・マジシャン》に取り憑かれてしまったのではないかという恐怖に似た感情に襲われたのだった。

そして、ある日突然、声が出なくなってしまった。


「何があったんですか?」

大西は、我慢できなくなって訊ねる。

「……アムドゥスキアスですよ」

ロスは、謎のような言葉を口にした。

「え?」

「音楽の悪魔やな」

嵯峨が、日本語でつぶやく。

だから、何なんだ、それは。だが、大西が嵯峨に質問する前に、ロスは話を続けた。

もう二度と声が出ないのではないかというメアリーの恐怖は、杞憂に終わった。翌日には、また声が出るようになったからだ。だが、こんどは、別の絶望のどん底に叩き落とされた。

メアリーの声は、とても自分の喉から発せられたとは思えないほど嗄《しゃが》れていたからだ。まるで、悪魔に取り憑かれたかのように。とても歌おうとする気にはなれなかった。

メアリーは、このまま声が治らなかったら、自殺しようと思った。

「でも、声は治ったんですよね？」

大西は、自分を安心させるように訊ねた。そうでないとおかしい。声が治ったのでなければ、あのSPの歌は、いったい何だと言うのだろう。

「ええ。……ですが、それは、治癒ではありませんでした。不可逆的な変化《イリバーシブル・チェンジ》です」

ロスは、ますます沈んだ様子になり、コップの水を一気に飲み干して、自分で水差しの水を注いだ。

「彼女にも、予感があったようです。自分に残されている時間は、もうあまり長くないのではという」

メアリーの小屋には、生活のための設備だけでなく、SPのレコーディングができる機材が揃っていた。蓄音機のホーンよりは口径の狭いメガホンの広い方に向かって歌い、その音声をダイレクトに原盤に刻むのである。

ようやく声が出るようになると、メアリーはすぐに歌の練習を再開した。身体に染みついたドイツ唱法だけが頼りだったが、嬉《うれ》しいことに徐々に高音が出せるようになってきた。

そして、驚いたことに、いつのまにか、以前の自分にはとうてい出せなかった超高音までを易々と発声できるようになっていたのだ。

メアリーには、この録音こそが、自分の『白鳥の歌《スワン・ソング》』になるという確信があったようだ。『一人寂しく捨てられて』は、かつておざなりな感情移入で歌っていたときとは様変わりして、鬼気迫るものになっていった。

そして、ついに、最初で最後のSPの原盤を録音したのである。


ロスは、言葉を切った。大西と嵯峨は続きを待ち受けたが、沈黙が続く。

「それから、どうなったんですか？」

たまりかねて、大西が訊ねる。

「先ほど聴かれたSPが、メアリー・ケンプの絶唱——まさに『白鳥の歌《スワン・ソング》』です」

ロスは、小さく咳払いをして沈黙を破った。

「衝撃を受けられたことと思います。ミッコ・ジョーンズもそうでした。失恋のショックから引きこもっていたミッコは、繰り返しこのSPを聴いて、すっかり虜《とりこ》になりました。そして、心の底から願ったのです。生涯ただ一度でいい。こんな声で歌ってみたいと」

ちょっと待ってくれと、大西は思う。そもそもメアリー・ケンプの身に起こったこととは、いったい何だったんだ。まさか、本当に音楽の悪魔に取り憑かれたとでも言うつもりじゃないだろうな。

ふと、メアリーが歌を吹き込む映像が頭に浮かんできて、思わずぞっとする。

電気的な処理をいっさい経ず、じかに自分の声をレコードの溝に刻むという作業に、どこか呪術的《じゅじゅつ》――神秘的なものを感じたのだ。彼女の息づかいも、その場の空気も、レコードには、そっくりすべてが封じ込められる。行き場のない思い――怨念《おんねん》も、きっとまた。

やがて時を経て、ソノラ砂漠で生き抜いてきたサボテンのとげが彼女の歌を再生するとき、封印されていた呪いは、再びこの世に解き放たれるのではないか……。

だが、大西の妄想にはかまわず、ロスは話を進める。

「ミツコはメアリー・ケンプについて知りたくなり、限られた音楽業界のコネをフルに使って調べました。だが、それほど時がたっていなかったのに、ほとんど何もわかりませんでした。わかったのは、メアリーが『一人寂しく捨てられて』を録音した後、死体となって発見されたということ。遺族が、遺された原盤をSPにプレスしたということです。しかし、少なくとも二百枚はプレスされたSPのうち、現在まで残っているのはたった一枚で、それも所有者とは連絡が付きません。彼女の歌声の片鱗を聴くには、コピーされた音源に頼るしか方法がなく、先ほどのSACDは、中で最も状態が良かったものの、十年以上前の孫コピーです」

「なぜ、メアリー・ケンプのSPは、ほとんど残っていないのですか?」

嵯峨が訊ねた。大西は、ミッコのSPがほとんど割られてしまったという話を思い出した。まさか、こっちも先住民の呪いとかいう話で抹消されてしまったのか。

「メアリーの遺族は当初、彼女の歌を一人でも多くの人に聴いてもらいたいという意向でした。ところが、突然態度を変え、SPを回収し焼却しようとしました。このとき難を逃れたのは、わずか四、五枚にとどまったようです」

そのうちの一枚が、たまたま、お節介な人物の手に入り、ミッコに送られてきたらしい。

それにしても、メアリーの遺族は、なぜ、彼女の遺作であるSPをこの世から抹殺しようとしたのだろうか。あの歌には、何か、世間の人には知られたくない秘密が隠されていたのか。メアリーや一族にとって、末代までの恥になるような。

あるいは、ケンプ家はキリスト教根本主義に傾倒していたため、何か反キリスト的なものを感じた可能性もあるかも。……たとえば、あれが悪魔の憑依《ひょうい》により歌われたものだとか。

ロスは、大西の想像を読み取ったようにうなずいた。

「メアリーの遺族は、すでにロサンゼルスを引き払っていましたが、ミツコは、懸命の努力で引っ越し先を探し当て、手紙も書いたようです。ですが、その返事はにべもないものでした。メアリーのことは話したくないので、そっとしておいてくれという」

「しかし、ミツコはあきらめなかった」

嵯峨が、確信したように言う。

「そのとおりです。すでにメアリーはミツコにとって偶像、というより神と化していました。どうしても、あの歌の秘密を知りたい。その一心で、ミツコは何十通という手紙をメアリーの遺族に送り、必死に懇願しました。そうして、とうとう遺族から、メアリー・ケンプが最後のレコーディングをした場所を聞き出したのです。遺族らは、ミツコの熱意に根負けしたのか、あるいは……」

ロスは言葉を切ったが、大西は背筋がぞくりとするのを覚えた。自らそう望むのであれば、勝手に同じ末路を辿ればいいという、冷酷な悪意を感じたからである。

「ミツコは、メアリーとは違って、自由になる金は、ほとんどありませんでした。それでも、めぼしい家財道具を売り払って、貯金の残りを掻き集めると、荷物一つを持ってソノラ砂漠に向かって旅立ちました」

ロスは、天を仰ぐようにして瞑目した。

「何しろ、ソノラ砂漠は宏大です。ミツコがメアリーの遺族から聞き出した情報がどのくらい詳細なものだったのかはわかりませんが、メアリーが遺したちっぽけな小屋を見つけるのは、干し草の山の中から一本の針を見つけ出すようなものだったでしょう。それに、彼女が勝手に国立公園の土地に建てた小屋なので、とっくに取り壊されていてもおかしくありませんでした。家具や録音装置などは放置されていたようですが、略奪されていた可能性も高かったでしょう。だが、現実は、どちらでもなかった。彼女のためには、見つからなければ良かったと思います。でも、ミツコは、何かに導かれるようにして、小屋に辿り着きました」

天使か、あるいは、悪魔に導かれたのか。

「メアリー・ケンプの小屋を見つけたときには、ミツコの全身に震えが走ったことでしょう。とうとう、来た。あの素晴らしい歌を歌ったディーバの住んでいた小屋に」

だが、そこは、呪われた場所だったのだ。

ミツコは小屋に入って驚いた。まるで誰かが昨日まで生活していたような状態だったからだ。窓ガラスも割れておらず、壁もだいじょうぶだ。ベッドも、ドアの隙間から侵入した砂埃さえはたけば、眠れる状態である。

ミツコが用意した食料では、メアリーのように長期間滞在をすることはできないにしても、節約すれば五日くらいは保《も》つかもしれない。

到着したときにすでに日が高くなっていたが、ミツコは、夜までの時間を丸々掃除にあてた。さいわい、小屋には箒《ほうき》やちりとり、襤褸《ぼろ》布なども残っており、また、二百メートルほど離れた場所に井戸もあったので、水の心配もなかった。

掃除を終えると、ミツコはベッドに倒れ込むようにして目を閉じた。そして、ほんの数秒後に目を開けたと思ったら、すでに日が落ち、あたりは真っ暗になっていた。

ミツコは、持ってきたランタンに火をともすと、小屋の外に出た。

満天の星が、ミツコを出迎えた。その美しさに、しばし陶然となった。同じ星空とはいえ、ロサンゼルスとは何という違いだろう。生まれて初めて、自然に包まれ空と大地に抱擁されるような感覚に、うっすらと涙が浮かんできた。

それから、メアリーと同じように、砂漠に向かって歌ってみた。

曲はここへ来る前に決めていた。歌劇『ラクメ』から『鐘の歌』である。『ラクメ』では、昔から『花の二重唱』が一番好きだったが、メアリー・ケンプの『一人寂しく捨てられて』を聴いてしまった後では、ここで歌うのは、『鐘の歌』（若いインド娘はどこへ）以外に考えられなかった。

Où va la jeune Indoue, Fille des Parias,
Quand la lune se joue Dans les grands mimosas?
Quand la lune se joue.

若いインド娘はどこへ行くの？　パリアの娘よ。

ミモザの大木の間に月光の戯れるとき。

月光の戯れるとき。


それは、不思議な感覚だった。

『ラクメ』は、インドの僧侶《そうりょ》の娘ラクメと、イギリス人将校ジェラルドの悲恋の物語だが、父に命じられたラクメが、愛するジェラルドを呼ぶために歌う美しいアリアである。

砂漠では音が木霊するのではないかと漠然と思っていたが、ほとんど残響がないため声が吸い込まれていくような不思議な感じがするのだ。

ミツコは、二時間ほど一心不乱に歌い続けた。

自分の声は、大自然の前ではあまりにもか細く無力だったが、これほど楽しい時間はかつてなかったと思う。反響はなくても、自分の声が風に乗って、何キロも先まで届いているような感覚があるのだ。

歌い終わったとき、ミツコは、自分の身体の中に砂漠の精霊が宿ったような不思議な思いにとらわれていた。

「ミツコは、メアリーとは違って、妊娠こそしていませんでした」

ロスは、重々しい声で宣《のたま》う。

「ですが、偶然にも、メアリーのときと似た悪条件がありました。前々日にカリフォルニアを震源とする強い地震があり、ソノラ砂漠でも、砂礫《されき》層の斜面に深い地割れや崩落が発生して、かなりの量の粉塵が風に巻き上げられ、空中を漂っていたのです」

だから、それがいったい何だというのだ。

「しかも、彼女には、まったく別の、より決定的な悪条件が備わっていました」

サングラスをかけていても、嵯峨が眉をひそめたのがわかった。

「それは、ミツコが黒人の血を引いていたという事実です」

ロスは、呻《うめ》くような声で言った。

どういう意味なんだろう。大西は当惑したが、下手な訊ね方をして人種問題に踏み込みたくなかったので、黙っていた。ミツコが、日本人と黒人の血を引いていたことはわかっているが、それが、どうして――そもそも何に対する――悪条件になるのだろうか。

「ミツコは、不幸にして、わずか一日で取り憑かれてしまいました」

ロスは、かすかに首を横に振る。

「夜寝付くときに、彼女は体調に違和感を覚えていました。そして、翌朝目覚めたときには、メアリーと同様に、声が出なくなっていたのです」

「いったい何に、ミツコは取り憑かれたというんですか？」

嵯峨が、痰《たん》の絡んだ声で訊ねる。

「アムドゥスキアスです」

　ロスは、無表情に答えた。

「さっきもそうおっしゃっておられたが、それは、地獄の公爵とも呼ばれている音楽の悪魔の名前ですな？　悪魔に取り憑かれた……それが、あなたの調査の結論なんですか？」

　嵯峨は、厳しい顔つきになる。ロスは、また、かぶりを振った。

「ミツコに取り憑いたのは、地獄から来た超自然の存在ではありません。地下から現れたのは事実ですが、我々と同様、現実にこの世に存在している生き物《クリーチャー》です」

「怪物《クリーチャー》ですか？」

　大西は、思わず鸚鵡《おうむ》返ししてしまう。

「正式には、コクシジオイデス《coccidioides》・イミチス《immitis》・アムドゥスキアス《amduscias》と言います。現在のところは、コクシジオイデス・イミチスの亜種という位置付けなのですが、まったくの別種という見方も有力になってきています」

「その、コクシジオイデス・イミチスというのは、そもそも何ですか？」

　嵯峨が、とうとう我慢しきれなくなったように、大声を出した。

「コクシジオイデス・イミチスは、真菌《ファンガス》の一種です。カリフォルニア、アリゾナ、ネバダ、ニューメキシコ、ユタ、テキサスからメキシコにかけての半乾燥地域の土壌中に広く棲息しています」

『fungus』という単語は、ふつうキノコ類を意味するが、病原性を持っているのであれば、カビの一種だろうか。

「この真菌の胞子を吸い込むことによって発症するのがコクシジオイデス症で、別名、渓谷熱《バレー・フィーバー》や、サンホアキンバレー熱、砂漠リウマチ、ポサダス病などとも呼ばれています。強風や土木工事などで、土埃とともに舞い上がった分節型分生子を吸い込んで、感染します。その後、コクシジオイデス症は四種類の経過を辿ります。

　第一が、原発性肺コクシジオイデス症です。ほとんど無症状なのですが、約40％において、軽い風邪に似た症状を示します。汚染地域の住民の大半は短期間に自然治癒するようですね。また、特徴的なこととして、約10％の患者の下腿《かたい》には、紅斑を伴う結節が見られます。

　第二が、原発性皮膚コクシジオイデス症です。ごく稀《まれ》に皮膚に初発病巣が生じるようです。刺傷または外傷で感染し、発症しますが、潰瘍《かいよう》を形成し、花キャベツ状の腫瘤《しゅりゅう》となります。

　第三が、良性残留性コクシジオイデス症です。症状がみられた原発性コクシジオイデス症の2～8％の患者の肺に、結核に似た空洞が形成されるのです。空洞壁は薄く、嚢《のう》腫《しゅ》状を呈し、しばしば液を貯留しています。炎症反応はほとんどなく、病巣はそれ以上は進行せず、感染の恐れもありません。自覚症状もほとんどないため、X線撮影によってしか見いだされません。別名、コクシジオイドーマ（コクシジオイデス腫）と呼ばれることもあります。

最後が、最も恐ろしい播種《はしゅ》性コクシジオイデス症です。別名はコクシジオイデス肉芽腫で、進行性あるいは二次性コクシジオイデス症ともいわれています。肺の初感染病巣が進行して、血行により全身に散布するのです。原発性肺コクシジオイデス症の患者の約0.5%に発生して、そのうち約半数が死亡するのですが、免疫不全症の患者は、特に予後が悪いようです。皮膚、皮下組織、骨、関節、肝、腎《じん》、およびリンパ組織が侵され、急性の場合は、髄膜炎を併発することが多いということです。

ちなみに、この真菌の胞子は、わずか一個を吸い込んだだけでも感染の可能性があるため、各国の研究所で取り扱う際のバイオセーフティーレベルは、ペスト菌と同じレベル3にランクされています」

ロスは、メモを見ながら淡々と説明する。

「私が悪条件と言ったのは、すべて感染リスクの話です。土を掘り返す職業――建設業や農業、遺跡の発掘などに従事する人々は感染リスクが高くなるのですが、妊娠やHIV感染によって免疫力が低下した人々や、人種別では、黒人やフィリピン人などはより感染しやすく、重症化する傾向があるのです」

「それでは、ミツコは――メアリーも、砂漠の危険な風土病にかかったということですか？　亡くなったのも、それが原因だと？」

「その通りです」

ロスは、うなずいた。

「それはたいへんお気の毒な話だが、私が知りたいのは、彼女たちの死因ではない」

嵯峨は、黄ばんだ歯を剝《む》き出した。

「彼女たちが、いかにして、あの素晴らしい高音を手に入れたのかということです」

「その二つは、実際のところ、表裏一体の関係にあるのです」

ロスは、咳払いした。

「アムドゥスキアスが、通常のコクシジオイデス・イミチスと異なっている最大の特徴とは、感染力が桁違いに強く、重症化率、致死率もほぼ100％近いということの他に、呼吸器の中でも特に声帯《ヴォーカルコーズ》を好むという点なのです」

ひどく嫌な予感がした。ロスの話は、突然思わぬ方向に急ハンドルを切ったように展開し、大西が聞きたいと思っていたのとは正反対の方向へ進んでいる。

嵯峨にしても、それは同じらしい。いや、全身を強張《こわば》らせている様子を見るかぎり、さらに強いショックを受けているようだ。

「最初は、風邪を引いたような声になりますが、それが治癒したと思った頃、身体のどこかにしこりのある紅斑が現れます。そして、突然、声が出なくなってしまう」

「……メアリー・ケンプの辿った症状が、そうだったのか」

嵯峨が、独り言のようにつぶやいた。

「その通りです。その後、感染者をさらに絶望の淵に陥れる症状が現れます。まるで悪魔憑きを思わせるような、異様な嗄れ声になるのです。そのため、感染者はしばしば、本当に悪魔に憑依されたと信じられたようです」

大西は、パパゴ族の神話について思い出していた。

彼らは間違いなく、古くからこの疾患の存在については知っていたのだろう。そして、大地の魔術師《アース・マジシャン》の伝承を残した。奇怪な魔術師は、地面に沈み込んで姿を消すときに、あらゆる病気の種を地上に残したのだという。

待てよ。ひょっとすると、舞い上がる土埃は大気を目覚めさせ、雨雲を生むというのも、コクシジオイデス症に関係があるのではないか。

「このとき、感染者の声帯には無数の水疱《すいほう》ができているのですが、それがすべて破れた後は、薄皮がハチの羽音のようなハム音を響かせるようになります。さらに、声帯全体にいくつもの振動しにくい筋が入りますが、それぞれのパートが分割振動することにより、超高音が出せるようになります」

まさか、それが、あの奇跡の歌声の正体だというのか。大西は、衝撃を受けていた。

しかし、だとしたら、筋は通る。ふつうならばとうてい発声できない超高音が易々と出せたことも、一度に二声を発することができたことも。

「そんな話は、とても信じられませんな！　もしそうだったとしたら、昔から感染者は全員、同じような超高音が出せたということなんですか？」

嵯峨は、怒りで蒼白《そうはく》になり、唇を震わせて訊ねる。

「もちろん、そうではありません。声帯がそうした状態になったとしても、あの声を出すには、もう一つの条件が必要です。振動しにくくなった声帯を、並外れたエネルギーとテクニックによって駆動させること——すなわち、ベルカントなどのオペラ唱法を習得していないかぎり、とうてい不可能なのです」

ロスは、答えながら、嵯峨から目をそらした。

「話を元に戻しましょう。ミツコは、声が出なくなったことにショックを受け、ソノラ砂漠を後にしました。傷心のミツコは、何とか家に帰り着きましたが、彼女の声は、あたかも悪魔が取り憑いたかのような、異様な嗄れ声に変わっていました」

これ以上、ロスの話を聞くことに、何の意味があるのだろう。大西は、メモを取ろうとしていたペンをじっと見つめた。

そもそも、嵯峨は、こんな話を本当に出版したいのだろうか。

「さいわいというべきか、ミツコは、メアリー・ケンプのような信心深いコミュニティに属していたわけではなかったので、強制的に悪魔祓い《エクソシズム》を受けさせられることもありませんでした。数日後、ミツコは、声を取り戻したことに気づきました。おそらくは、随喜の涙を流して神に感謝したことでしょう。そして、さっそく、レコーディングを開始したのです」

ロスは、『鐘の歌』のSPをちらりと見た。

「これは想像なんですが、彼女は、薄々自分の死期が近いことを悟っていたのかもしれません。そのために、自らの『白鳥の歌《スワン・ソング》』を残そうとしたんでしょう。ちょうど、メアリー・ケンプがそうだったように」

沈黙が訪れた。

嵯峨は座ったままで身じろぎ一つしなかった。サングラスの奥の目は固く閉じられていた。皮膚は土気色で、わずかな時間の間にすっかり生気を失ってしまったようだった。

「お気持ちは、お察しします」

ロスが、嵯峨の方へ向き直った。

「お察し？　あなたに、いったい何がわかるというんですか？」

嵯峨は、目を閉じたまま、掠れ声で言った。

「私は、もうすぐ完全に光を失う。音の世界は、私にとって、唯一残された聖域やったんや。音さえあったら、私は生きていける。そして、あらゆる音の中で最も輝かしく美しいものが、女性ヴォーカル――歌姫のソプラノや。私は、あらゆる歌手の残した音源を渉猟したが、ついに宝石を見つけたと思った。これこそは、奇跡の歌声――神に祝福された特別な声に違いない。そう確信した。……したんやが」

嵯峨は、上を向くと、かすかに嗚咽《おえつ》するような声を漏らした。

「あれはすべて、しょせん悪魔の贈り物だったというわけですか。こんな忌まわしいものは、二度と聴く気にはなれません」

ロスは、深くうなずいた。

「だからこそ、ランドーさんは、あなたにこの報告を聞かせたくないと思ったんです。

私も、何度も警告しました。しかし、あなたは、ご自身で、聞くことを選ばれた」

それはひどい、と大西は思う。あそこで、真相を聞かずにすませられる人間がいるだろうか。人は、どんなときも真実を知りたいものなのだ。たとえそれが、どれほど醜く恐ろしいものであっても。

「私は、たぶん、あなたに同情すべきなのでしょう」

ロスは、つぶやく。

「だが、私にも、そうはできない事情があります」

「いったい、どんな事情があるとおっしゃるんですか？」

大西は、口を挟んだ。ロスの話はひどくショッキングだったが、彼の態度にも、どことなく、うなずけないものがある。

「私は、メアリー・ケンプとミツコ・ジョーンズの足跡を辿って、ソノラ砂漠へ行きました」

ロスは、唐突に言葉を切ると、水を飲んだ。飲み終わってからも、一言も発しない。どういうことだろう。大西は、ぽかんとしてロスの顔を見た。

それから、はっと気がついた。まさか。

「さっき、あなたがおっしゃったのは、黒人は……」

ロスは、じろりと大西を見た。

「どうも、不注意から風邪を引いてしまったようです。あれ以来、ずっと微熱が続いていて、喉にも違和感があるんですよ」

ロスの額には、小さな玉の汗が浮いていた。

「安心してください。私から二次感染することはないようです。……しかし」

嵯峨が、何かを言おうとするように唇を震わせたが、なかなか言葉が出て来ない。

「そうだったんですか。それは、たいへん申し訳ない」

ようやく絞り出した声は、苦渋に満ちていた。

「あなたのせいではありません」

「私が、こんな依頼をしなければ」

「コクシジオイデス症については、日本人のあなたより、私の方が詳しくてしかるべきです。私自身が万全の注意を払うべきでした」

ロスは、白い歯を見せて微笑んだ。

「それでは、報告も終わりましたので、これでお暇《いとま》しようと思います」

ロスは、ブリーフケースを持って腰を上げる。嵯峨は、ただ曖昧にうなずいただけだった。すっかり自分の世界に閉じこもってしまったようだ。

「私が、お見送りしましょう」

大西は、立ち上がってリスニングルームの分厚いドアを開けてやる。ホームエレベーターに乗って一階に上がると、梅田が顔を出す。

「あら？　もうお帰りですか？」

「とりあえず、ロスさんだけですが」

大西は、ためらってから続ける。

「嵯峨さんは、少し具合がよくないようです。ちょっと見てきていただけますか？」

梅田は、慌てたように地下のリスニングルームへ向かった。

ロスは、ベージュのトラベルコートを着て、靴を履くと、大西の方へ向き直った。

「それでは、これで」

日本人の慣習は知っているらしく、あえて握手の手は差し出さない。

「さようなら」

大西がお辞儀をすると、ロスもそれに倣った。

「……どうか、お大事になさってください」

ロスは、黙ってうなずき、両開きのドアの一方を開けた。

外は、大西が来たときと変わらず、しとしとと秋雨が降り続いていた。一瞬、冷たい湿気を頬に感じる。

それから、ぱたんとドアは閉じられた。

大西は、これから書こうとしている小説のことを思った。たまたま京都で出会った男女の、古典的な恋物語を。

ミツコの話は、自分には書けない。

ソノラ砂漠の暗い夜空は、想像することもできない景色だと思った。

この世界は、あまりにも巨大で、複雑で、不可解で……残酷なことが多すぎる。
地下へと引き返しながら、大西は、ほんの束の間、空想に浸った。
古都のしっとりした空気に包まれた、王朝絵巻のようにきらびやかな物語世界に。

こっくりさん

1

2003年11月28日　金曜日

階段は、児童が勝手に上がれないように古い机や椅子で塞《ふさ》がれ、その上に空の段ボール箱が積まれていたが、近藤拓矢《こんどうたくや》は、狭い隙間を擦り抜けて、小学校の屋上へのドアに手を掛けた。

思った通りだ。施錠されている。

職員室のキーボックスからくすねてきた鍵《かぎ》を差し込むと、音がしないようにそっと捻《ひね》って、鉄製のドアを開けた。

そのとたん、視界に光が溢《あふ》れた。息もできないくらい強い風が押し寄せてくる。

屋上に出てドアを閉じると、行き場を失った風はおさまった。

拓矢は、がらんとした空間を見渡す。ゆうにバスケットボールのコートくらいありそうだ。両側を高いフェンスに囲まれているので、乗り越えるのには苦労しそうだが、やってやれないことはないだろう。

拓矢は、ゆっくりとフェンスに近づいた。誰かに下から目撃されると、まずいことになる。身を低くして、そっとフェンスに顔を近づける。

校庭には、低学年の児童がちらほらいたが、大半はもう下校してしまっているようだった。

こちらに視線を向けている子はいない。……今が、チャンスなのかもしれない。

拓矢は、フェンスを見上げた。真ん中で継ぎ足された部分はオーバーハングになっていて、よじ登るのは難しそうだが、何とか乗り越えて、飛び降りさえしたら、すべてが終わる。

ここ数日間の苦しみ——際限のない後悔と恐怖の時間も、たった十二年の人生も。

目を閉じると、否応《いやおう》なく、あの光景が浮かんできた。

激しく炎を噴き出すテント。激しく揺れ、断末魔のように身をよじっている。獣のような恐ろしい叫び声。それを、なすすべもなく、ただ茫然《ぼうぜん》と見守るしかない。だが、一番怖かったのは、もうもうと異臭のする煙を上げるテントが、動かなくなった後の静寂だった。

拓矢は、身震いした。もう嫌だ。こんなの、耐えられない。無理……絶対、無理だ。

立ち上がって、両手で金網をぎゅっと握りしめる。とはいえ、結局は何もできないだろうとわかっていたが。

そのとき、背後で、鉄のドアが開く音がした。ぎょっとして振り返ると、新島遼人《にいじまはると》が屋上に出てくるところだった。

うっかりしていた。鍵を掛けるのを忘れていたのだ。遼人だからよかったが、先生ならば、困った事態になっていた。どうやって鍵を開けたのかと訊《き》かれたら、答えようがない。

「今、飛び降りたいなって、思ってただろう?」

遼人が、大儀そうに歩み寄りながら、軽い口調で訊く。

「何言ってんだよ。そんなわけないじゃん」

拓矢はとぼけたが、遼人の目をごまかせないことはわかっていた。

「こんな日に死ねたら、最高だよな」

遼人は、屋上から秋の日差しに照らされた街を見渡して、ぽつりと言う。

「おまえは、別に、あわてて死ななくてもいいだろう?」

拓矢がそう訊《たず》ねると、遼人は、鋭い目を向けて反問する。

「この先、俺が、どうなるか知ってるのか?」

「……いや」

「今はまだ、いいんだよ。ときどき頭痛がして、頭がボーッとするくらいだからな。だけど、そのうち、手足が麻痺《まひ》してきて、視界が狭くなって、言葉も話しにくくなる。もっと脳腫瘍《しゅよう》が大きくなると、もっともっと悲惨なことになる。詳しく教えてやろうか?」

「いや。ごめん」

拓矢が謝ると、遼人は、顔をしかめた。

「こっちこそ、ごめん。当たるつもりはなかった」

遼人は、立っているのも億劫《おっくう》らしく、屋上の床に腰を下ろした。

「一人じゃ、なかなか、勇気が出ないよな」

「うん」

そのことは、身に沁《し》みていた。こんな状況になっても、自分はまだ心のどこかで生きたいと思っているらしい。

「こうなったらさ、四人で、いっせーのせで死のうか？」

遼人は、不穏なことを言い出す。

「四人って？　楓《かえで》はわかるけど、あと一人は？」

「進一《しんいち》だよ」

遼人は、口元に小学生らしからぬ皮肉な笑みを浮かべる。

「お父さんが死んで、人生が真っ暗になったらしい。給食費も払えないから、大学進学なんか絶対無理だって。将来はどうせ、使い捨ての派遣社員になるかブラック企業で過労死するだけだし、何の希望もないから、今のうちに死にたいって言ってる」

何なんだよ、それは。負け犬根性にもほどがあると拓矢は思った。ほかの三人と比べたら、まるっきり説得力がない。

「まあ、俺からしたら、ふざけんなって感じだがな。でも、本人が本気で絶望して死にたいと思ってるなら、他人が批判することじゃない」

　遼人の話を聞いていると、とうてい同い年とは思えなくなってくる。そういえば、遼人は、ＩＱテストのスコアが２００を超えていたという噂があった。ＩＱとは、精神年齢を実年齢で割った百分比のことらしいから、精神年齢は二十二歳くらいなのだろうか。

「四人で死ぬって、どうやるんだ？」

　そんなの、うまくいくはずがないという気はしたが、一応訊いてみる。

「手をつないで飛び降りるのは、全員のタイミングが合わなければ、うまくいかないもんな。引っ張られて落ちるんじゃ、怖すぎだし」

　遼人は、すべてを考え抜いているようだった。

「一列に並んで首を吊《つ》るのも、ビビって自分だけ生き残ったら最悪だしな。うまくいっても、見つけた人のトラウマは半端ないから、テロみたいなもんだよ。もっと最悪なのは硫化水素で、関係ない人まで巻き添えで殺しかねないしな」

「だったら、どうしろっていうんだ？」

「まあ、現実的に考えた場合は、やっぱり練炭だろうな。めちゃくちゃ頭痛がするらしいのが難点だけど」

　それだけは、勘弁してほしい。昔から車酔いがひどくてバスに乗る遠足は大嫌いだったが、人生の最後に、どうして、気持ち悪さの集大成を味わわなきゃならないんだ。

「それ、何？」

拓矢は、遼人が持っている、宿題のプリントみたいな紙の束を指さした。

「これな」

遼人は、うなずいた。

「たまたまだけど、ネットで、めちゃくちゃ面白そうな都市伝説を見つけたんだよ。それで、ちょっと調べてみた」

「都市伝説？　何それ？」

拓矢は、呆《あき》れて訊ねたが、返答に、さらに啞然《あぜん》とさせられる。

「『こっくりさん』」

遼人は、大真面目に言う。

「はあ？」

まさか、遼人の口から出てくるとは、夢にも思わなかった言葉だった。

「マジで言ってんの？　おまえ、そういうの、一番嫌いだったじゃん？」

「うん。馬鹿な女子が十円玉で集団ヒステリーごっこをする、サイコなお遊戯だと思ってた。でも、こいつは、ちょっと違うんだ」

遼人は、プリントアウトの束を拓矢に差し出した。読めということらしかったが、目を通す気になれず、押し戻す。

「いいよ」

「まあ、そう言わずに、見てよ。がんばって調べたんだからさ」

遼人が、身体のつらさを我慢しながら、パソコンに向かっている様子が目に浮かんできた。拓矢は、しかたなく、プリントアウトを受け取って、パラパラとめくりながら眺める。

それから、もう一度最初に戻り、今度は、もう少しちゃんと読んだ。

それは、**『干し草の山で針を探す』**というタイトルのホームページからの抜粋らしかった。都市伝説の99パーセントは、ただのホラ話だが、UFOの目撃情報と同じく、1パーセントの真実が紛れ込んでいると主張しているようだ。それから統計の解釈についての話があったが、そのあたりは退屈なので読み飛ばす。

問題は、『こっくりさん』の部分だ。通常の『こっくりさん』とはまったく異なっている、いわば闇バージョンが存在するのだという。

そもそも、『こっくりさん』は、口伝えや見よう見まね、アドリブで行われてきたために、バリエーションが多い。学校で『こっくりさん』禁止令が出るなり、『エンジェルさん』や、『キューピッドさん』などの名前で呼ばれるようになり、さらに、十円玉は止めて手近にある鉛筆を使うように変化した。

もちろん、その大半では、何一つ起こらない。だが、ごく稀《まれ》に近くを徘徊《はいかい》していた低級霊や動物霊を呼び寄せてしまうことがあって、そうした成功例（どこの馬の骨だかわからない霊が出ただけだが）のために、『こっくりさん』は廃れないらしい。

そして、さらに稀なことらしいが、とてつもない悪霊を召喚してしまうケースがあるという。その場合、『こっくりさん』は、誰かを生け贄《にえ》にしないかぎりは帰ってくれないそうなので、地獄絵図になるのだとか。

もしも、現実にそんなホラー映画みたいなことがあったなら、とんでもない大事件だから、世間の注目を集めていたはずだと思うが、意外と、そうはならないのだという。実際に事件を処理する警察は、オカルト的な解釈はいっさい排除した上、精神的錯乱や薬物の影響といった適当な理由を付け、無理くり現実的なストーリーに落とし込んでしまうからだとか。

本当かよと、拓矢は、読みながら思っていた。だとしても、『こっくりさん』をやってて、おかしくなった参加者の間で殺人事件が起きたなんて話、一度も聞いたことないぞ。

そうした中、あり得ないような偶然がいくつも重なり、闇バージョンが誕生したらしい。

この後は、「あり得ないような偶然」というのは、統計的にはふつうに起こりうるのだというわけのわからない話が続くが、ここもスキップする。

闇バージョンは、別名ロシアン・ルーレット・バージョンといって、四人一組で行われる。第一に、全員が命を懸けなければならないくらいの窮地にあることが必須《ひっす》条件で、そのうちの三人は人生を逆転できる貴重なアドバイスを得られるが、その代償として、残りの一人は命を落とすと信じられているとか。

拓矢は、顔を上げた。

「何これ？　B級ホラー？」

「いいから、最後まで読んでみろって。……実例のところまで」

遼人は、ぐったりとフェンスにもたれ、目を閉じたまま言う。

しかたなく、拓矢はプリントアウトに戻った。

闇バージョンで降臨するのは、一般的な『こっくりさん』でよく出現するような低級霊とは根本的に霊格が違う存在で、儀式を行う際には、厳格に定められた条件を満たす必要があるということだった。その詳細は、ここには記すことができないが……。

これだよ、と拓矢は思う。結局、やり方がわからないんじゃ、試してみることもできない。嘘八百書き放題じゃん。突っ込もうかと遼人の方を見やったが、相変わらず目を閉じている。実例のところまで読めって言ってたなと思い、もう少し我慢して読み進めることにした。

筆者は、闇バージョンが実際に行われたというケースを徹底的にリサーチしたらしかったが、ほとんどがガセネタで頓挫《とんざ》しかけたという。だが、2000年の11月に行われたケースでは、実際に召喚が成功して、その後、四人のうち一人が本当に亡くなったという確証を得ることができた。

マジか。拓矢は、ゴクリと唾《つば》を飲み込んだ。今から三年前の話だ。

このときの参加者は、以下の四人だった。本名は確認済みだが、プライバシーを守るため、イニシャルにしてあるという。

Aさんは、二十代前半の男性。バイク便のアルバイトをしていて、たまたま訪れた会社で、金庫の暗証番号を書いた紙をデスクマットの下に貼り付けてあるのに気付いて、深夜侵入して金を盗み出そうとしたが、警備員に見つかり、揉《も》み合いの末、殴り殺してしまったという。

うわっ。何だよ、こいつ。最悪じゃん。拓矢は眉《まゆ》をひそめたものの、翻って考えてみると、自分の立場はAさんと似たり寄ったりか、もっと悪いかもしれない。

Bさんは、二十代後半の女性だ。信じていた恋人から裏切られ、ゴミみたいに捨てられて、生きる望みを失ったらしかった。小学生の拓矢には、その気持ちは漠然としかわからなかった。だけど、世間では多くの人が失恋で自殺しているところを見ると、きっと、どうしようもないくらい辛《つら》いのだろう。

Cさんは、七十代の男性。身寄りもなく、経済的に困窮して、ひたすら死を願っていたが、自殺する勇気も湧かなかったという。これも、年代が離れすぎていて想像が追いつかなかった。そうなるまでには、何十年という時間があったわけだから、何とかできたのではとも思うが、現実の人生は、そんなに簡単なものじゃないのかも。

Dさんは、三十代の男性である。しだいに身体が動かなくなる難病、筋萎縮性側索硬化症《ALS》の患者だったという。

何となく遼人と境遇が似ているなと、拓矢は思った。どう考えても本人の責任じゃないし、誰にもどうすることもできなかったんだろう。この人にだけは、深く同情したくなる。

そして、このうち三人は、『こっくりさん』のおかげで新しい人生を手に入れた。

Aさんに与えられたのは八桁《けた》の数字だった。電話番号っぽいと思ったので、ためしに電話してみると、病院に繫《つな》がった。行ってみると、死んだとばかり思っていた警備員は生きており、しかも快方へと向かっていた。さらに、事件の晩の記憶をすっかり失っていたため、Aさんが犯人であることも覚えていなかった。

Aさんは、盗んだ金を全額ナースステーションに託し、病院を後にしたという。

はあ？　警備員を殺したと思ったのに、その後、しっかり泥棒してたのか？

拓矢は啞然としていた。それは、返さなきゃいけない金じゃないか。盗んだ金で殺人未遂をチャラにするって、ふざけんなよと思う。少しでも償うつもりがあるなら、せめて自分の金でやれって。

『こっくりさん』も、頭おかしいと思う。どうして、こんなやつを助けるんだ？

Bさんに対するお告げも、八桁の電話番号のようだった。かけてみると、子ども食堂などを運営するボランティア団体だった。話の行きがかりで、Bさんはボランティアとして参加することになり、そして、そこで新しい恋に出会ったとか。

恋が生まれてハッピーエンドって、おとぎ話の結末じゃん。それはまだ、幸せになるためのスタートラインにすぎないんじゃないの？　拓矢は首を捻った。だけど、まあ、絶望の淵《ふち》から生還できたんだから、とりあえずはラッキーだったとは言えるかも。

Cさんに示されたのは、まったく意味がわからない十二桁の数字だった。

お告げが全部数字って、クールすぎるな。闇バージョンの『こっくりさん』は、もしかしてAIか何かなのだろうか。

Cさんは、キツネにつままれたような思いで『こっくりさん』をした廃病院を後にしたが、たまたま、この年から始まったロト6の宝くじ売り場の前を通りかかった。ふと思いついて、十二桁の数字を六つの二桁の数字に分けて購入したところ、すべて的中し、豊かな老後を送れるだけの大金を手に入れたという。

嘘くせえと、拓矢は鼻で嗤《わら》った。そんなうまい話があってたまるか。

ところが、Dさんの部分が目に入ったときに、はっとした。

Dさんに与えられたのは、352962813956460という十五桁の数字だった。

ここにだけ、奇妙なリアリティがある。ていうか、それもあたりまえだ。具体的な数字まで書かれてるんだし。

この数字が何を意味しているのかは、しばらくわからなかったが、ヨットが趣味だという、Dさんの友人に見せると、緯度と経度ではないかと言う。この頃には、まだグーグルマップがなかったため、図書館まで行って調べてもらう。すると、十五桁の数字が示している場所は、逗子《ずし》市にある披露山《ひろやま》公園とわかる。Dさんには、大切な思い出のある公園らしい。

Dさんは、ボランティアの人の助けを借りて、秋の披露山公園を訪れた。数字がぴったりと示していたのは展望台のある位置で、残念ながら車椅子では上れなかったが、そこからでも、充分素晴らしい眺望を楽しむことができた。

Dさんは、しばらくの間一人にしてほしいと頼み、秋の夕暮れの景色を眺めていたという。そして、通行人に発見されたときには、ひっそりと息を引き取っていたらしい。まったく苦しまなかったらしく、遺体の口元には、うっすらと笑みが浮かんでいたとか。

Dさんは、ボランティアに公園まで連れてきてもらっていたので、嘱託殺人の疑いにより、司法解剖に附されたものの、外傷も薬物反応もなく、事件性はないという結論だった。

「どう思う？」

読み終えた頃を見計らって、遼人が声をかけてきた。

「どうって……」

拓矢は、口ごもった。遼人の期待に満ちた表情を見ると、夢を壊すようなことは言いたくなかった。

「話としては面白いけど、これを信じろって言われても、ちょっとなあ」

遼人は、うなずいた。

「俺も、そう思った。それで、たしかめてみたんだ」

「どうやって？」

「他の三人は確認しようがないけど、Ｄさんは、２０００年の秋に披露山公園で亡くなってるわけだろう？　だから、三年前のニュースを調べてみた」

「で？」

　拓矢は、思わず、身を乗り出していた。

「見つかったよ。そこに、コピーがあるだろう？」

　拓矢は、プリントアウトをめくった。たしかに、まだ数枚残っている。

　まず目に入ったのは、ネットではなく新聞記事のコピーのようだ。披露山公園で、車椅子に乗った三十代の男性の遺体が発見されたという。さらに、次の記事を見て、名前がわかった。坂本卓《さかもとすぐる》。三十六歳。ＡＬＳの患者であることも書かれていた。

　次は、ホームページのプリントアウトで、最後の更新は２０００年11月28日だ。奇《く》しくも、三年前の今日ということになる。そして、作成者の名前も、坂本卓だった。

「Ｄさんは、坂本卓という実在の人間だった。そして、『こっくりさん』の闇バージョンで、死のカードを引いたんだ」

　思わずゾッとする。遼人は、この荒唐無《む》稽《けい》な話を、すっかり確信しているようだった。

「でもさあ、たまたま誰かがこの記事を見て、利用しただけかも」

　水をさす気はなかったが、そんな疑問が湧いてくる。

「そう疑いたくなるのはわかるけどさ、そのホームページを見ると、少なくとも坂本さんが『こっくりさん』に参加したことまではわかるんだよ」

拓矢は、あわててホームページのプリントアウトに目を落とした。

たしかに、それっぽいことが書かれている。ふつうの『こっくりさん』とは違って、厳格な条件と手順があるとか、四人一組だが、三人まで人生を逆転できるお告げを得られるとか。残りの一人がどうなるかは濁してあったが、何だかヤバい雰囲気が漂っていた。

「坂本さんは、偶然、ネットで『こっくりさん』の闇バージョンのことを知ったんだろうな。問題は、どうやって、やり方まで知ったのかということだけど」

頭痛に襲われているらしく、遼人は顔をしかめながら言う。

「そこにさ、牛窪《うしくぼ》っていう人のことが書かれてるだろう?」

『牛窪博樹《ひろき》先生』というキャプション付きの肖像写真と、坂本さんらしい車椅子の男性との2ショット写真がある。

「それさ、けっこう有名なオカルト研究家らしいよ。『干し草の山……』にも、何度か名前が出て来る」

「へえー」

そういえば、どこかで見たことがあるような気がする。バサバサの長髪は頭頂がハゲてて、げっそりと頰がこけており、落ち窪んだ目は死んだ魚みたく生気がない。いかにも昭和っぽいメタルフレームの眼鏡をかけてなければ、戦国時代の落ち武者みたいだ。

「それで、牛窪にメールしてみたら、何だかあわてた感じで、すぐに返事が来た」

遼人は突然、呼び捨てにする。

「最初はわけわかんないこと言ってごまかそうとしてたけど、何度も問い詰めたら、最後は、闇バージョンのやり方を坂本さんに教えたって認めたよ」

拓矢は、二人の間で交わされた数通のメールの文章を走り読みした。

牛窪の文章は言い訳ばかりで煮え切らなかったが、遼人の追及に、最後は白旗を揚げている。どうやら、自分の行動が原因で死者が出たことを世間に知られたくないようだ。

牛窪は、『こっくりさん』に闇バージョンがあるという噂を聞いて、興味を惹《ひ》かれ、独自に調べていたらしい。そして、最初に発生したと思われる場所を特定したのだという。

「最初の場所ってどこ？」

拓矢は、遼人の方を見る。メールには、そこまでは書かれていなかった。

「病院……坂本さんたちが儀式をした『廃病院』だよ」

遼人が、少し掠《かす》れた声で言う。

「明日《あした》さ、そこで、『こっくりさん』のロシアン・ルーレット・バージョンを再現することになってる。おまえも参加するだろう？」

2

2003年11月29日　土曜日

昨日の快晴とは打って変わって、早朝から冷たい秋雨が降り続いており、雨粒がパラパラと傘に当たる音が止まない。ペラペラのウィンドブレーカー一枚を羽織って来たことを後悔するくらい肌寒かった。

拓矢は、風雨にさらされて文字が消えかけた『バクティ調布《ちょうふ》』という看板を見上げた。

「病院にしては、変な名前だな」

拓矢は、独り言のようにつぶやいた。スタジャンのポケットに左手を突っ込んで佇《たたず》んでいる遼人が、ビニール傘の下から振り返る。

「バクティって、ヒンズー教で『信愛』を意味する言葉らしいな。この病院は、ヒンズー教と何の関係もないと思うけど、ホスピス感を出したかったんだろう」

「ホスピスって何？」

今度は、小川《おがわ》楓が訊く。暖かそうなカウチンセーターを着込んでいるが、パステルピンクの傘の柄を握った手に、寒そうに息を吹きかけている。

「俺みたいな、もうどうやっても助からない患者が、死ぬまでの暇を潰《つぶ》す場所だよ」

遼人の答えに、楓は表情を曇らせた。

「でも、こんなに立派な病院が、どうして潰れたんだろう？」

グレイのパーカーのフードを目深にかぶった後藤《ごとう》進一が、小さな折りたたみ傘を掲げながら、ぼそりと言った。たしかに、建物の造りはなかなか立派である。

「どうしてだったんですか？」

遼人は、進一の疑問を中継して、牛窪さんに投げかける。

「……まあ、もともと、あんまり評判がよくない病院だったんだ」

牛窪さんは、黒い蝙蝠《こうもり》傘を傾けて遼人を見やると、不気味な風貌《ふうぼう》に似合わぬ深みのある声で答えた。

「経営者は、儲《もう》けることだけしか頭になくて、患者のことはどうでもよかったらしい。薬物を横流ししてるっていう噂まであったしね」

「集団自殺があったっていう記事も見たんですが」

遼人は、ネットで下調べをしてきたらしい。

「うん。それで警察の強制捜査が入ったんだ」

牛窪さんは、フェンスの扉を施錠している南京《ナンキン》錠をつまんで見ると、傘を窄《すぼ》めてフェンスに立てかけた。楓が気を利かせて自分の傘を差しかける。

「ありがとう」

牛窪さんは、ショルダーバッグからケース入りのスパナのセットを取り出す。二個の小さなスパナを選んで南京錠のツルに嵌《は》め込んで、ハの字になったスパナの柄をグイッと閉じると、南京錠のツルは異音を発して弾《はじ》け飛んだ。

どう見ても、これは犯罪行為だった。いよいよ後戻りできないところへ踏み込んだという緊張感を、ひしひしと感じずにはいられない。それにしても、こんなに簡単に壊されるんじゃ、南京錠なんて意味ないような気がする。

「行こうか」

牛窪さんは、ジャラジャラと鎖を外すと、フェンスの扉を開いて私有地に侵入する。すぐ後から、ためらわずに遼人も入っていった。

拓矢と楓、進一は、一瞬顔を見合わせたが、しかたなく後に続く。

建物の影に入ったとたん、拓矢は、全身に鳥肌が立つような悪寒に襲われた。楓と進一も、異常を感じたらしく、怯《おび》えたような顔になっている。

だが、牛窪さんは、何も感じていないように進んでいく。遼人も無表情で後に従った。

建物の外壁はピンクっぽいレンガ調だったが、ところどころで偽のレンガが剝離《はくり》していて、無機質なコンクリートの下地が覗《のぞ》いている。あちこちに、赤や黒のスプレーで『人殺し』、『怨』などの下手くそな文字や、Hな絵の落書きがあった。

「ここ、閉院してから、五年くらいしかたってないんですよね？」

遼人が、眉根を寄せながら牛窪さんに訊ねる。まだそんなものなのかと、拓矢は驚いた。

「建物は、人に見捨てられた瞬間から急速に劣化が始まり、まるで坂道を転がり落ちるように廃墟《はいきょ》化していくものなんだよ」

牛窪さんは、振り返らずに答える。

「しかも、ここは心霊スポットとして有名になったから、肝試しにやって来ては、落書きして帰る若者が後を絶たなくてね。それで、厳重に施錠されるようになったんだ」

病院の正面玄関が見えてきた。自動ドアには木目調のパネルが貼られていて中が見えない。前に立っても反応しないが、鍵穴も見当たらなかった。牛窪さんは、正面玄関には目もくれず、ずんずん歩いて行く。さらに建物を半周して裏手に廻《まわ》ると、駐車場があった。地下へと通じているらしい階段が見える。ゴミ出し用の勝手口かなと、漠然と思った。

すると、遼人が牛窪さんに小声で訊ねるのが聞こえた。

「ここの入り口って、やっぱり、あれですよね」

牛窪さんは黙ってうなずく。

「あれって、何のこと？」

楓の耳にも入ったらしく、怖がっている顔で訊ねる。

「何でもないよ。ただのバックヤード」

遼人は、意味ありげな含み笑いをする。

スロープ階段を下りていくと、ベンガラ色の鉄の扉があり、横には番号錠らしいテンキーが見えた。電気を必要としないタイプらしく、牛窪さんは、無造作にテンキーをプッシュする。無事に解錠されたらしく、デッドボルトが引っ込む音がした。

牛窪さんが錆《さ》びたハンドルを引くと、鉄の扉は、女の人の悲鳴のような音を立てて開いた。進一が身震いして、救いを求めるように拓矢を見る。入りたくないと顔に書いてあった。

拓矢には、進一を臆病《おくびよう》者と笑うことはできなかった。気持ちはまったく同じだったからだ。ここから先へ進んではいけない。今なら、まだ引き返せる。この先で待っているのは、何だかわからないが、人が触れてはならないものに違いない。

……だからといって、ここから回れ右をしても、元の地獄へ逆戻りするしかないのだ。

拓矢は、牛窪さん、遼人に続いて、鉄の扉の向こうへ足を踏み入れる。

牛窪さんが、懐中電灯を点《つ》けた。見るからに殺風景なスペースが浮かび上がる。天井も床も壁も柱も、灰色のコンクリートが、黒ずんだ染みにより蚕食されているのだ。空気は冷たくて湿っぽい。鼻孔には、埃《ほこり》や黴《かび》だけでなく、正体のわからない嫌な臭いも感じられた。

大地を打つ雨音が、いっそう激しく地下まで聞こえてきた。

遼人の言うとおりで、ここは荷物の搬入や搬出をするバックヤードだったのかもしれない。だが、病院――それもホスピスだったことを考えると、それだけじゃなかったのかも。

拓矢が気づいたことを察したらしく、遼人が、こちらを見ながらにやっと笑った。持参した懐中電灯を奥の方に向ける。つられてそちらに目をやり、拓矢はぞっとした。柱の陰に白い鉄の扉が見えるのだ。表面には小さなプレートを剝《は》がしたような跡があった。その周囲には、ドライバーか何かで擦《こす》ったような傷がたくさん付いている。

もしかしたら、ここへ侵入したバチ当たりなヤツが戦利品として持ち去ったのだろうか。『霊安室』と書かれたプレートを。もしそうだったなら、そんな屑《くず》みたいなヤツは呪われればいいと思う。

楓と進一は、何も気がついていないようだ。よけいなことは言わない方がいいだろう。

牛窪さんは、『非常階段』と書かれた重そうな防火扉を開けた。続いて、遼人、拓矢、楓、進一の順で真っ暗な階段室に入っていく。怖くないと言えば嘘になるが、この場所にとどまるのは、もっと恐ろしかった。

「四階だ」

牛窪さんの声音には、かすかな緊張が感じられる。

「エレベーターって、使えないんすか？」

遼人が、うんざりした顔で言った。病身では、四階まで階段を上るのは辛いのだろう。

「もしかしたら、どこかにあるブレーカーを上げれば、動くかもしれないな。しかし、万一、閉じ込められでもしたら困るだろう？」

我慢して上れということらしい。しかたがない。拓矢は遼人に肩を貸す。

「……悪い」

遼人に気を遣わせたことで、かえって心が痛かった。

「何だよ。このくらい気にすんなよ」

それでも、上るにつれて遼人の息づかいは激しくなった。残された命の火を燃やし尽くしているような気がして、拓矢は気が気ではなかった。

「なあ、この病院、ちょっと変じゃねえか？」

遼人が、拓矢の耳元で囁《ささや》く。

「変って？」

たしかに違和感はあるが、具体的にどう変なのかわからない。

「ホスピスってさ、ふつう、もっと開放的なんだよ。ここは……まるで刑務所みたいだ」

「そう言われれば、そうかもな」

牛窪さんが、四階と書かれた防火扉を開けると、右側に病室が並んでいる廊下が目に入った。雨天でも、カーテンのない窓から光が差しており、照明なしでも突き当たりまで見通すことができる。

だが、遼人に肩を貸している拓矢は、一歩を踏み出すことができなかった。

いったいなぜなんだろう。自分でもよくわからなかったが、本能的な畏怖《いふ》で金縛りに遭ったように動くことができないのだ。

牛窪さんは、何のためらいもなく、スタスタと歩いて行く。

「拓矢。頼むよ」

遼人が、低い声で言う。

「行こう」

「うん」

拓矢は大きく息をついた。遼人に言われなくても、行くしかない。ここにいる四人とも、『こっくりさん』の助けを得ることができなければ、明日はないのだから。

震える脚で、四階の廊下に歩を刻んだ。妙にふわふわして、まるで自分の脚ではないような感じだった。

牛窪さんは、また重そうな引き戸を開け、『402号室』に入る。遼人と拓矢、楓、進一も誘い込まれるように続いた。これが何かの罠《わな》だったとしても、今さらしかたがない。

そこは、よくある病院の大部屋だった。部屋の四隅には、四つのベッドが設《しつら》えられている。シーツ類も、そのままになっていた。

牛窪さんは、左側の手前のベッドの前で、半ば瞑目《めいもく》して佇《たたず》んでいた。

「ここなんですか?」

遼人が訊ねると、こっくりとうなずく。

「ああ。ここが、『こっくりさん』の闇バージョンが、最初に誕生した場所だ」

何の変哲もないホスピスの病室のベッドの上。ここで、奇跡が起こったというのか。

「君たち、このベッドの周りに集まってくれ」

　牛窪さんの指示通りに、四人は、ベッドの両側に二人ずつ並んだ。戸口側には拓矢と遼人、反対側には楓と進一が。

「最後に、一応確認させてくれ」

　牛窪さんが、誰とも目を合わすことなく言う。

「『こっくりさん』の闇バージョンは、おふざけでやっていいレベルの儀式ではない」

　四人の小学生は、しんとして続きを待った。

「これまでに、私は数多くの降霊会に立ち会った。大半は洒落《しゃれ》ですませられる程度のもので、参加者たちは笑って帰途につくことができた。しかし、これは根本的に違う」

　雨粒が窓ガラスを打つ音が響いている。

「過去に、この闇バージョンは、三度行われている。うち一回は失敗で、何も起きなかった。だが、残りの二回では必ず人が死んでいる」

　ロシアン・ルーレット。死のカードを引いた……。遼人から聞いていたものの、あらためて大人の口から聞くと、膝《ひざ》が震えるような緊張が湧き上がる。

「本来は、君たちのような子供に、これほどまでに危険な儀式をさせるべきではないだろう。しかし、新島遼人くんから、君たちには、それぞれ、命をかけてでも闇バージョンをやりたい理由があると聞いている。だから、ここで、その事情について自分の口で話してほしいんだ。納得がいけば、予定通り、『こっくりさん』の闇バージョンを執り行う」

「納得がいかなかったら？」と遼人。

「中止する」

牛窪さんは、きっぱりと言う。

「ちょっと待ってください。ここまで来てですか？」

拓矢が抗議したが、牛窪さんは厳しい顔で腕組みをする。

「ここまで来てだ。君たちの命の重さを考えたら、当然だろう」

遼人が、それ以上文句を言うなというように、拓矢の肘《ひじ》に手をかけた。

「みんな、とにかく事情を話そう。そうしたら、たぶん納得してくれるよ」

楓と進一は、顔を見合わせたが、うなずく。

「俺から話します」

遼人がまず、口火を切る。

「俺は、脳腫瘍で、余命半年と宣告されています。以上」

病気のことは知っていたが、余命半年とは初耳だった。楓と進一も、衝撃を受けたらしく、顔色を失っていた。

待てよ、と拓矢は思った。『こっくりさん』がどんなアドバイスをくれるかわからないが、脳腫瘍が何とかなるものだろうか？

「次、頼む」

遼人は、拓矢の逡巡《しゅんじゅん》を読み取ったのか、指名する。

「ええと……俺は」

拓矢は、絶句しかけたが、何とか言葉を絞り出す。

「先週の日曜日、取り返しのつかないことをしてしまいました。ホームレスの人のテントに、ネズミ花火を投げ込んだんです」

「どうして、そんなことしたの？」

楓が眉をひそめた。

「中学生の先輩にそそのかされたんだよ。肝試しとか言われて。こいつ、バカだからな」

遼人が辛辣《しんらつ》な口調で言った。事実なので、一言も言い返せなかった。

「でも、それだけだったら、謝ればいいいんじゃない？」

「あ。それって、もしかしたら」

進一が、思い当たったらしい。

「あの、ホームレスの人が焼け死んだ事件のこと？」

その場の空気が一気に凍り付いた。拓矢は、目を閉じて説明する。

「そのとき、ホームレスの人は、テントの中でシンナーを吸ってたんだ」

「だったらさ、どうして警察に自首しないわけ？」

進一は、拓矢を詰問する。

「もう、その話はいいだろ。次は、小川楓さん」

遼人が、強引に進一を黙らせた。

「わたし……わたしは」

楓は、泣きそうな声になった。

「いいよ。俺が説明する」

遼人が、また話を引き取る。

「楓のお父さんが亡くなり、お母さんは再婚しました。ところが、新しく親父になったヤツがクソで、楓を虐待してるんだ」

……虐待って、たぶん、そういうことなんだろうな。

「そんなの、警察に言えばいいじゃん！」

進一が、憤然として口を挟んだ。バカか、おまえは。牛窪さんに納得してもらわないと、『こっくりさん』ができないんだぞ。

「あいつは、誰もわたしの言うことなんか信じないって言ってた。あいつはお医者さんだし、チクったら、わたしを一生精神病院に閉じ込めるって」

拓矢の中でも激しい怒りが湧いてきた。

「そんなこと、あるわけないよ。ちゃんとした大人に相談してみたら？」

遼人が、バカかおまえはという目で、拓矢を見た。

「もう、いいの」

楓は、悲しげに言う。

「お母さんは、薄々気がついてるはずなのに……。わたしより、あいつのほうが大切なのよ。あいつは、金持ちだから」

「でも、だったらさ……」

　楓は、いったい、どんなアドバイスを期待しているのだろう。

「だいじょうぶ。これが、ロシアン・ルーレットだっていうことなら、よくわかってるから。わたしが死んでも、あとの三人が幸せになるんだったら、それでもいいって思ってる」

　ますます空気が重たくなった。

「じゃあ、最後は、後藤進一」

　遼人が指名する。一番納得してもらうのが難しいのは進一だろうなと、拓矢は思う。

「うちも、お父さんが死んで、家の中が真っ暗になっちゃって……」

　進一は、暗い調子で訥々《とつとつ》と話し始めたが、話が要領を得ないため、グダグダ愚痴を言ってるようにしか聞こえない。

　ああ、これで牛窪さんに却下されてしまうだろうなと、拓矢は覚悟した。

　牛窪さんは、腕組みをしたまま目を閉じ、進一が話し終えるのを待っていた。

「どうですか？」

　遼人が訊ねると、ようやく目を開ける。

「なるほど。よくわかった」

牛窪さんは、嘆息するように言う。

「それでは、予定通り、『こっくりさん』を執り行おう」

え、と拓矢は拍子抜けした。あんな説得力のない理由なのに、進一はＯＫなのか。

「最後に、もう一度だけ、念を押しておきたい。この儀式に参加すれば、君たちの抱えている問題を解決できる貴重な助言を得られるかもしれない。一方で、一人以上が命を失う可能性がある。本当に、それでいいんだね？」

拓矢は、ギョッとした。ちょっと待って。話が違う。一言だが、とうてい無視できない。

「一人以上？」

遼人が、眉根に皺《しわ》を寄せて訊ねる。

「可能性があるということだよ」

牛窪さんは、表情を動かさない。

「前回、亡くなったのは一人――坂本くんだけだ。つまり、最低でも、一人は犠牲になるかもしれないということだ。しかし、一人だけという保証もない」

そんな……。チラリと見ると、楓と進一も動揺しているようだった。

「もう一回は、どうだったんですか？　そのときも、人が死んでいるって言いましたよね？　犠牲者は一人じゃなかったんですか？」

遼人は、なおも追及する。

「それが、よくわからないんだ」

牛窪さんは、溜《た》め息をついた。

「わかっているのは、すべては、この病室から始まったということと、そのときも、犠牲者が出たということだけだ。人数も含めて、詳しい状況は謎のままなんだよ」

「そんな、いいかげんな……。僕らは、命がかかってるのに！」

進一が、気色ばんだ。

「だったら、止めるか？　私は別にそれでもかまわない。むしろ、賢明な判断だと思うよ」

牛窪さんの顔が、急に悪魔に見えてきた。ここまで連れてきて断れない状況を作ってから、本当の条件を突きつけて死のゲームに誘い込む。最初から、そういう狙いだったのか。

「……いいじゃないか。やろうよ」

遼人が、妙に大人びた態度で言う。

「立ち止まっても、未来はない。俺たちは、前に進むしかないんだ」

本当に、それでいいのだろうか。拓矢は楓と進一の顔を見やる。楓は、ためらいがちにだが、うなずいた。進一は、かすかに首を振ったようだが、何も言わない。

その様子を肯定ととらえたらしく、牛窪さんは、ショルダーバッグをベッドの上に置いて、ジッパーを開ける。取り出したのは、大判の和紙の束と、古ぼけた硯《すずり》と墨、大きな安全ピン、それに水の入ったペットボトルだった。

「これは、高知県の物部村《ものべそん》で、いざなぎ流の御幣を作るために漉《す》かれた土佐《とさ》和紙だ」

全懐紙——書道で使う半紙の倍の大きさらしい。牛窪さんは、ベッドの上に和紙を広げると、ペットボトルから硯に水を注いで、墨を磨り始めた。四人は、すっかり気を呑《の》まれたように、その様子を見守っていた。

「今からここに、『こっくりさん』に使う図を描く。そのために、君たちの血が必要になる」

牛窪さんは、遼人に、やけに大きく古びた安全ピンを手渡した。

「全員、これで指を刺して、墨の中に血を垂らしてくれ」

うっかり刺してしまうんならともかく、わざと刺すなんてできるだろうか。痛みを想像し、拓矢は顔をしかめた。楓と進一もすっかり引いている。

ところが、遼人は、何のためらいもなく、安全ピンの針を出して左手の親指に突き刺した。硯の上にかざした親指を揉《も》んで血の玉を落とす。一滴、二滴……。

それから、黙って安全ピンを拓矢に手渡した。本当は消毒しなくてはならないんだろうが、拓矢は、遼人に倣って左手の親指を刺した。痛い。血を絞るときには、またズキズキした。

安全ピンを手渡すと、楓はティッシュで針を念入りに拭《ぬぐ》った。あたりまえの行動だろうが、何となく自分を否定されたような気持ちになる。

楓もまた、思ったより気丈だった。すばやく指の腹を刺して血を墨に垂らすと、安全ピンとポケットティッシュを進一に渡す。

進一は、針を拭おうとはしなかった。ひょっとしたら楓のことが好きなのかもしれないと、拓矢は思った。ところが、進一は、肝心の指を刺す段になって固まってしまう。

「怖いのか？　何だったら、俺が刺してやろうか？」

遼人が、からかうように言った。

進一は、唇を嚙《か》むと、泣きそうに歪《ゆが》んだ顔で針を突き立て、血を硯に滴らせた。

四人は、牛窪さんの指示通り指に墨を付けると、カタカナの五十音と○から九までの数字を和紙に書いた。稚拙な文字はかえって生々しい。墨に垂らした血は微量だが、文字はかすかに褐色がかって見えた。鳥居のマークは、指から滲《にじ》み出す四人の血だけで描いたが、こちらは、乾くと血痕《けっこん》そのものの色になった。

牛窪さんは、ショルダーバッグから白い布の包みを取り出した。布を広げると、ピカピカの五円玉が出て来る。

「昨日、銭洗弁天《ぜにあらいべんてん》で清めてきたばかりだ」

牛窪さんは、五円玉を鳥居のマークの上に置いた。

「硬貨は、人の手から手へと渡るうちに、どうしても、欲望や怨念《おんねん》などのネガティブな感情に汚染されてしまう。悪因縁の糸を引いている硬貨は、悪霊を呼んでしまうんだ」

「『こっくりさん』では、十円玉を使うんじゃないんですか？」

楓が、おずおずと質問する。

「呼び出した霊に取り憑かれる危険を軽くするためには、ふつうは『遠縁《とおえん》』を用いるんだよ。だが、今はそれでは弱い。命がけで救済を求めようと思えば、どうしても『御《ご》縁《えん》』でなければならないんだ」

何なんだ、そのくだらない語呂《ごろ》合わせは。鼻で嗤っている遼人の表情が目に入る。

こんなので本当に効果があるのかと、拓矢も不安になってきた。

次に、牛窪さんがあみだくじを作って、順番を決めた。最初は楓、次に拓矢、進一、遼人の順番になった牛窪さんは、言われたとおり、ベッドの両側に二人ずつひざまずく。。

牛窪さんは、祈りの言葉を口述すると、ショルダーバッグを肩にかけた。

「後のやり方はわかるね？　私は部屋の外で待っているから」

「立ち会ってくれないんですか？」

遼人が、さすがに不安な顔をした。

「第三者がいると、『こっくりさん』は降りてきてくれない。幸運を祈る」

牛窪さんは、病室を出ていった。重々しい音を立てて、やけに分厚い引き戸を閉める。

「よし、やろう」

遼人が決然と言った。

四人は、五円玉に人差し指を載せた。

動かない。五円玉は、ピクリともしなかった。

「忘れてた。祈りの言葉だ」

四人は、牛窪さんから聞いた文句を唱和する。

「こっくりさん、こっくりさん、我ら無力な者どもの切なる願いを、何卒《なにとぞ》、何卒お聞き届けください」

それぞれに、現在置かれている苦境について思いを馳《は》せ、救済を願った。

そのまま、しばらく待つ。さっきより雨音が強くなったような気がした。

「だめ……全然反応しない」

楓が、落胆して顔を伏せる。進一も、がっかりした表情になっている。

「もっと、強く祈るんだ」

遼人だけは、諦《あきら》めていないようだった。

「絶対に、来る。そう信じて」

「でも、やっぱり、こんなこと」

「俺たちが召喚するのは、マジですごい、慈悲深い存在なんだぜ。ここまでやったんだから、俺たちを見捨てるようなことはしない」

拓矢は、遼人の言葉に違和感を覚えていた。こいつは、今から呼び出そうとしているものの正体を知っているのだろうか。

進一が、五円玉から手を引っ込めようとする。

「おい！　指を離すな！」

遼人が、怒鳴った。進一は、不承不承指を戻す。

「遼人。気持ちはわかるけどさ」

拓矢が、そう言いかけた瞬間だった。ふいに地震の縦揺れのような強い衝撃に見舞われる。さらに、鉄筋コンクリートの建物が、木造家屋のように鳴動した。ビーンという音を立てて、窓ガラスが長々と共鳴する。

四人は、驚愕《きょうがく》のあまり固まってしまった。

「今のって、地震？」

「わからない……風かも」

「何か、ぶつかったみたいな」

そのとき、五円玉がすっと動いた。

「みんな、絶対に指を離すな。力を入れずに、載せてればいい」

遼人の指示で、全員、脱力しながら、五円玉の動きに合わせる。

五円玉は、滑るように動いて、『ヨ』の上で止まった。あれ？　今回は数字じゃないのかと拓矢は思う。

それから、再び五円玉は動き出す。次に示したのは『ヒ』だった。

『ヨヒ』？　そんな言葉があるだろうか。

五円玉は、十一文字のメッセージを残して、それきりまた動かなくなった。

「『ヨ、ヒ、ト、ヨ、ミ、ア、カ、シ、ト、モ、セ』……」

忘れないようにと学習帳にメモした楓が、読み上げて溜め息をつく。

「全然、意味わかんない。これって、やっぱり、デタラメなんじゃない？」

「いや、そうでもないかも」

遼人は、親指をすごい勢いで動かして、携帯電話を操作している。家から持ち出してきたムーバのSO505iという機種で、インターネットに接続できるため、お告げの文字を打ち込んで、読み方を調べているようだ。

「……ふうん。こうじゃないかな」

遼人は、逆輸入したジェットストリームというボールペンのキャップを外し、楓の学習帳に文字を書き付ける。

拓矢は、遼人の手元を覗き込んだ。そこには、こう走り書きされていた。

夜一夜御灯点せ

「漢字にしても、まだよくわかんないんだけど。どういう意味？」

ノートを見せられた楓は、キツネにつままれたような顔だった。

「楓の家って、仏壇はある？」

遼人は反問する。

「うん、曾《ひい》お祖父《じい》ちゃんのが。今は、お父さんの位牌《いはい》も入ってるけど」

「ロウソクか何か、立ってるだろう？　御灯《みあかし》っていうのは、灯明のことらしい。夜一夜《よひとよ》は、夜通しっていう意味だ」

楓は、しばらくポカンと口を開けていたが、かすれた声で言った。

「そっか。お灯明を上げていれば、お父さんが……」

「きっと、楓を守ってくれるんじゃないかな？」と、遼人。

楓は、涙目になって何度もうなずく。表情に生気がよみがえってきたようだった。

四人は、顔を見合わせた。さっきまでとは、雰囲気が一変しているのがわかる。

灯明を上げていれば楓が助かるというのは、よくわからない話だった。しかし、どうやら、これはインチキではないのかもしれない。

「よし、次、拓矢」

拓矢は、うなずいた。全員が、再び五円玉に指を載せると、今度は、待っていたかのようにスムーズに動き出した。『ミ』、『ヅ』、『カ』……。

学習帳に『ミヅカラサバキツミツグナヘ』と書いて、拓矢ははっとした。さっきとは違い、今度はすぐに意味がわかる。遼人が、カタカナの横に漢字で書き直した。

自ら裁き罪償へ

そうか。やっぱり、それしかないんだ。当然と言えば当然すぎるアドバイスかもしれないが、拓矢は深く胸を突かれたような気がした。

……自首しよう。罪を償うんだ。

「納得したか？」

見ると、遼人が笑っていた。拓矢は、ゆっくりとうなずいた。

「ああ。そうだな」

そう言ってから、拓矢は、はっとした。携帯電話を見つめていた遼人の表情が変わったのだ。何かに気づいたかのように、かすかに眉をひそめている。

そうか、と拓矢は考える。楓と俺は、無事に貴重なアドバイスがもらえたわけだ。しかし、ということは、残りの二人のうち一人か、ひょっとすると二人ともが、命を失うことになるのかもしれない。

「じゃあ、次は、進一だな」

遼人がつぶやく。見ると、進一は蒼白《そうはく》な顔になって固まっていた。

「どうした？　早くしろよ」

「あのさあ、もう、二人はお告げをもらったわけじゃん？　……だったらさ」

「ダメだ！」

遼人が、語気鋭く遮った。

「全員がやりきるのがルールだ！　途中でリタイアしたら、どんな祟《たた》りがあるかわからんぞ。もしかしたら、全員、この場で死ぬかもな」

叱咤《しった》されて、進一は震える指先を五円玉に載せた。

四人の指が揃うと、和紙の上を滑らかに五円玉が動く。

進一の目が驚愕に見開かれた。全員が、息を呑む。

数字だ……。

いや、だからといって、犠牲者になるとは限らない。前回だって、電話番号とか、ロト6の当たりナンバーなんかもあったし。

五円玉は、十桁の数字を次々に指し示していく。

「四八七二三三一二六五……何だろう、これ?」

進一は、メモした数字を読んで、頭を抱える。

「少なくとも、電話番号じゃないね」と楓。

遼人は、また忙しく親指を動かしてから、携帯電話の画面を凝視している。

「……これは」

「あったのか?」

「漢数字じゃヒットしなかったが、アラビア数字にしたら、すぐに出て来た」

「何?　何だった?　早く教えろよ!」

進一が、遼人の腕をつかむ。気が気じゃないのだろう。

「ISBNコード。本の後ろに付いてるIDみたいなもんだよ」

「本って?　何の本?」

遼人は、少しためらってから、携帯電話の画面を進一に見せる。

「『完全自殺マニュアル』？」

場の雰囲気が、一気に凍りついた。

「まさか、自殺しろってこと？」

楓は、息を呑んでいる。

ところが、進一は、答えを見て、なぜか、かえって落ち着いた様子だった。

「いや、そうじゃないかもしれない」

「どういうことだよ？」

拓矢が訊ねると、進一は、真顔で答える。

「……言ってなかったけど、僕のお父さんは、自殺したんだ」

「そうか」

何と言っていいのかわからない。

「とにかく、この本を買って、読んでみるよ」

進一には、何か思うところがあるようだった。

「じゃあ、最後は、俺だな」

遼人は、落ち着いて五円玉に指を載せる。残りの三人も、それに倣った。

まだ確実ではないが、遼人は、死のカードを引く可能性が高い。それなのになぜ、こんなに平静でいられるのだろうか。

穴あき銅貨が和紙の上を滑る音が響いている。もはや誰一人、五円玉がひとりでに動くのを不思議とは感じなくなっていた。

お告げは、今度もまた数字だった。しかも十五桁もある。

遼人は、黙々と携帯電話に数字を打ち込んでいた。

「それ、何の数字かわかる？」

拓矢が訊くと、遼人はうなずく。

「ああ。前例があるからな。緯度と経度だろう」

嫌な予感がした。前回は、逗子市にある披露山公園の位置を示された坂本卓さんが、犠牲になっているのだ。

「場所は、どこかわかるか？」

「……俺の家だ」

検索していた携帯電話の画面を見ながら、遼人は、深い溜め息をつく。

家に帰れってことか？　拓矢は顔をしかめた。それってつまり、そこで最期の時を迎えろということじゃないのか。

「まあいい。解釈は後でやろう。とにかく、四人とも、お告げを受けることができたんだ。『こっくりさん』にお礼を言って、お帰りいただこう」

遼人は、ポーカーフェイスで言う。

「こっくりさん、こっくりさん。おいでいただき、ありがとうございました。お言葉は、深く深く肝に銘じます。どうか、お帰りください」

四人が声を合わせ、牛窪さんに教えられた文句を唱えると、再び建物が激しく鳴動した。

そして、深い静寂が訪れる。

やった。終わった。拓矢は大きく伸びをした。まだ誰が犠牲になるのかわからなかったが、少なくとも、やるべきことは決まった。憑き物が落ちたようにすっきりした気分だった。

辛いことはたくさんあるかもしれないが、今日から生まれ変わろう。

もう二度と、こんなおぞましい儀式に関わる気はなかった。

3

2021年11月22日　月曜日　午後一時二十五分

「失礼ですが、弁護士の近藤拓矢先生ですか？」

拓矢は、声の主を見上げた。トム・フォードもどきの黒縁眼鏡をかけた、小柄な男がいた。マスクのせいで年齢はわからないが、上下八千円前後のファストスーツに高校の制服のようなレジメンタルタイを締め、ペラペラのナイロン製のバックパックを背負っている。

「そうですが」

どう見ても、大金をもたらしてくれるような依頼人には見えない。拓矢は素っ気なく答え、山崎《やまざき》シングルモルトのグラスを口に運ぶ。

「私、こういう者です」

男が差し出した名刺には、『週刊秋霜《しゅうそう》　記者　野口俊平《のぐちしゅんぺい》』とあった。勘弁してくれと思う。勝訴の祝杯だというのに、奮発した高価な酒がまずくなりそうだった。

「ちょっと、お話を伺いたいんですが。よろしいでしょうか？」

野口は、拓矢の返事を待たず、一つおいて隣の席に腰を下ろす。

「何の話ですか？」

「今から十八年前の出来事についてです。……あ、私はけっこうです。すぐ出ますから」

拓矢は、喉《のど》が焼けそうなオンザロックをゆっくりと飲みつつ、動揺を押し隠した。ここは、取材拒否をするよりは、適当に相手をして相手の取材意図を探りながら、疑惑の火消しを図るべきだろう。

「十八年前だと、私はまだ子供でしたが」

「そうですね。私も先生と同い年で、小学六年生でした。塾にも行かないでPS2のゲームに夢中でしたよ。ファイナルファンタジーX－2とか、真・三國無双3とかです。今考えると、人生で一番平和な時代でした。……ですが、どういうわけか、先生の周囲にだけは死が溢れていたようですね」

今度は、しっかり心の準備ができていた。

「死というと、新島遼人のことですか？」

「新島くんは、先生の親友だったとか？」

「ええ。年齢の割には大人でしたし、天才的に頭がいいヤツでした。生きていたら、今頃は、私なんか足下にも及ばないくらい活躍していたはずです。……彼の死に、何か疑念があるんでしょうか？」

「新島遼人くんが亡くなったのは、2003年の12月1日ですね。夕方、自宅で急逝されたということでしたが」

野口は、メモを見ながら言う。

「脳腫瘍に冒されていましたから、ある意味、時間の問題でした」

「ええ。そのことは裏が取れています。病状が深刻化する前の突然死でしたから、病理解剖が行われ、急性心不全という結論になったようですね」

「でしたら、何が問題なんですか？」

「ちょっと出ませんか？　この先は、少し繊細な話題になると思いますから」

拓矢は立ち上がって、カードで勘定を払う。野口の後に続いて、半地下にあるバーを出た。昼すぎから秋雨が降り続いていたが、パラパラと傘に当たる雨粒の音は、十八年前に廃病院に侵入したときの記憶をよみがえらせた。

「さっきも言いましたが、先生の周囲で起こった死は、一つじゃありませんでした。単独では気づかれなくても、重なれば、また別の意味を持つようになります」

野口は、並んで歩きながら言う。いったい、こいつは、何をどこまで知っているのだろう。拓矢は探るように野口を見た。

「誰のことを、おっしゃってるんですか？」

「小川楓さんも、近藤先生の同級生でしたね？」

ああ、そっちの話か。拓矢は、黙ってうなずいた。

「火事が発生したのは、２００３年の12月2日未明でした。新島遼人くんが亡くなってから、わずか半日後の出来事です」

「その二つの出来事に、何か関連があるとおっしゃるんですか？」

拓矢は、野口の方に身体を向ける。

「わかりません。しかし、事件性が疑われる状況だったことは、たしかです」

「事件性？　仏壇のロウソクが倒れた事故だったと聞いていますが？」

「そのロウソクを立てて火を点けたのは、小川楓さんでした」

「そのことの、いったい何が問題なんでしょう？　亡くなったお父さんを偲《しの》び、灯明を上げることの」

「問題は、ふだんは誰一人、お灯明を上げたりしていなかったことです。仏壇の引き出しにはお線香もロウソクも入っておらず、楓さんは、物置から古いテーパーキャンドルを持ち出してきて、火を点けました」

拓矢は、黙って続きを待った。

「テーパーキャンドルの底には穴が開いていましたが、ロウソク立ての針が太すぎたために、無理に差し込んでロウに亀裂《きれつ》が入ってしまったんです。楓さんは、お父さんに手を合わせて、そのまま就寝しました。不可解なのは、火を消し忘れたことです」

夜一夜、御灯を点すためだよと、拓矢は心の中でつぶやく。

「底が割れたロウソクは徐々に傾いていき、割れ目はさらに大きく広がりました。その結果、真夜中頃に座布団の上に落ちたようです。火の廻りは驚くほど速かったので、家は跡形もなく全焼しました」

野口は、かすかに首を振った。

「楓さんは、きな臭さと煙に目を覚まして、二階の窓から逃げられましたが、継父《けいふ》と母親は、泥酔していたために焼死したということは、ご存じですよね？」

「それを、小学六年生の女の子が、意図的にやったと言うんですか？」

拓矢は、信じられないという表情を作って、野口を見た。

「だいたい、楓には両親を殺す動機がないでしょう？　火事が起こったせいで、彼女は結局、児童養護施設に行くことになったんですよ？」

「たしかに、どれほど充分なケアが与えられようと、家庭のぬくもりには代えられませんね。楓さんはとても寂しい思いをしたでしょうし、以降の人生も順風満帆ではありませんでした。……ですが、それでもなお、私は、楓さんが自宅に放火する動機はあったと思います」

黒縁眼鏡の奥の野口の目は、瞬《まばた》きもしなかった。

「私は、楓さんが、継父の小川勇介《ゆうすけ》さんから性的虐待を受けていたという情報を得ています。しかも、お母さんの美弥子《みやこ》さんは、それを黙認していたふしがあると」

「信じがたいですね。いったい、どこからの情報ですか？」

「ソースは、申し上げられません。しかし、信頼できる証言がありました」

ネタ元は、だいたい見当がついた。親戚《しんせき》のおばさんが、虐待に気づいたのに、何もしてくれなかったと楓は言っていた。虐待を止めようともせず、楓を引き取ることさえ断ったくせに、週刊誌の記者には情報を売って、今さら正義の味方面をしたいのだろう。

「万が一、その話が本当だったとしても、楓には絶対に、そんなことはできませんよ。彼女は、とても優しい子でした」

「そうですね。私も、楓さん一人の考えによるものとは考えていません」

野口は、含みを持たせた言い方をする。

「それで？　結局何が言いたいんですか？　その二つの出来事の間にどんなつながりがあるというのか、見当もつかないんですが」

首都高の高架下にさしかかった。草ぼうぼうの植え込みの間には、不法投棄されたらしい、粗大ゴミが見え隠れしている。

「ここなら、誰にも聞かれずにすむでしょう。雨宿りをしましょうか」

野口は、ビニール傘をゆっくりと窄めた。拓矢も、ワンタッチで傘を閉じる。

「二つの出来事の間につながりを見つけるのには、私もたいへん苦労しました」

野口は、にやりと笑う。

「ところが、ある偶然から、別の小さな事件の記録が目に留まったんですよ。新島くんの死と、小川楓さんの家の火事の少し前、11月29日に起こった、ごくつまらない建造物侵入事件です。『バクティ調布』という廃病院なんですが、何か、お心当たりはないでしょうか？」

「さあ」

「ここは、曰《いわ》く付きのホスピスでね。少し前に、突っ込んで調査したことがあったんですよ。患者の虐待から保険の不正請求、薬物の横流しと、まあ、ちょっと掘ったら、スキャンダルがザクザク出てきて驚きました」

たしかに、そういう噂はあったようだが、当時、表だって、そんな報道はされていなかったはずだが。

「理事長らが雲隠れして廃業し、それで一件落着かと思ったんですが、今度は心霊スポットとして有名になり、不法侵入する若者と近隣住民の軋轢《あつれき》が騒動に発展しました。数人が逮捕され、建物が厳重に施錠されるようになってからは、それも沈静化していたんですがね」

野口は、意味ありげに拓矢を見た。

「2003年は、多くの自治体が、犯罪防止のために監視カメラの設置を推進した年でした。侵入騒ぎがあった『バクティ調布』の近隣でも、何軒かの家が監視カメラを新設したんです。当時、ご苦労なことに、監視カメラのある家を一軒一軒訪ねた記者がいましてね」

野口は、バックパックから封筒を取り出して、入っていた写真を拓矢に手渡した。拓矢は、ちらりと見て目をそらした。傘を差して道を歩く、一人の男と四人の子供の姿が写っていた。画質は悪いが、見る人が見れば、誰だか判別できるだろう。

「そのときは特定に至らなかったんですが、小学校の卒業アルバムを参照してわかりました。写っているのは、近藤先生と新島遼人くん、小川楓さん、後藤進一くんです。驚きましたが、引率しているのはオカルト研究家の牛窪博樹さんですね」

拓矢は、答えなかった。

「もちろん、近所を歩いていただけでは、先生たちが『バクティ調布』に不法侵入した証拠になりません。ですが、ここは正直に答えていただけないでしょうか？　みなさんは、廃病院の敷地内——あるいは建物の中に立ち入ったんじゃありませんか？」

「いいえ、そんな事実はありませんし、牛窪という人も知りません」

拓矢は、とりあえず全否定する。

「ですが、かりに立ち入っていたとして、先ほどの話とどう結びつくんですか？」

「詳しいことは、まだわかりません。しかし、とうてい偶然とは思えないんですよ」

野口は、身を乗り出した。

「ここに写っている子供のうち、一人は二日後の夕方に突然死して、さらにその半日後には、もう一人の子の家で火事が発生して両親が亡くなっているわけですから」

拓矢は、腕組みをした。

「たまたま、同級生二人の家で不幸が続いた。それだけのことでしょう?」

「それだけではないんです。すべての始まりは、さらに六日前の23日、勤労感謝の日でした。近所の河原で、ホームレスの焼死事件が起きているんですよ。私の調査で、ここに写っているもう一人の小学生が、その事件に深く関わっていたことが判明しました」

拓矢は深甚な衝撃を受け、視線をそらした。その様子を、野口は冷徹な目で観察している。

「先生だったんですね? ホームレスがいるテントに、ネズミ花火を投げ込んだのは?」

あり得ない、ただカマをかけているだけだ。拓矢は冷静さを取り戻そうとした。少年事件だ。裁判所は、徹底して個人情報を秘匿したはずなのだ。

「いいえ、私ではありません」

そう言って、拓矢は野口を静かに見つめた。

『こっくりさん』の後、拓矢はすべてを両親に告白し、翌日、弁護士に付き添われて警察に自首した。家庭裁判所の審判では、悪質なイタズラではあるものの、シンナーに引火することまでは予見できなかったと認められ、自首したことも評価されたため、保護観察処分が下った。毎週保護司の家に行き、近況を報告するだけだったが、態度がきわめて良好だったことから、わずか一年あまりで処分は解除されている。

……まさか、保護司の先生が漏らしたとも思えないが。

「ネタ元は、犯行時に先生と行動を共にした中学生たちですよ。皆さん金にお困りの様子で、薄謝を渡したら、一部始終をペラペラとうたってくれました」

屑は、何歳になっても、屑のままらしい。拓矢は一瞬、怒りの表情を隠せなくなった。

「やはり、そうでしたか」

野口は、満足げにうなずいた。

「ひとり合点は、やめていただけますか？　あなたが、そんな不確かな情報に基づいて記事をでっち上げるつもりなら、こちらも法的措置を執りますよ」

拓矢は、野口を睨《にら》みつけた。

「なるほど。私の側にもリスクが生じるということですか。それは困りましたね」

言葉とは裏腹に、蛙の面に小便という態《てい》だった。

「ぶっちゃけますとね、私はひどい金欠なんです。息子が難病なんですが、高額療養費制度は保険外治療には適用されないんでね。とても裁判費用までは払えません」

話の持って行き方が手慣れている。こいつは、恐喝の常習犯かもしれない。

「先生も、せっかく築かれた名声が泥にまみれることは本意ではないでしょう？　できれば、ウィンウィンの関係が望ましいですね。そうは思われませんか？」

拓矢は、態度を決める前に、もう少し探りを入れてみることにした。

「さっき、野口さんは、『バクティ調布』について調べられたとおっしゃいましたね」

「徹底的に調べ上げましたよ。院長は、ギャンブルの借金で首が回らなくなった医者でした。実質的な経営者は、巧みに法の網をくぐり抜けて悪事を働き、巨万の富を築いた人物ですが、一度として名前が報道されたことはありません」

「薬の横流しがあったというのも、事実だったんですか？」

「はい」

野口は、あっさり認めた。

「医療用麻薬は、品質がいいために高額で売れるんです。特に、医療用モルヒネは人気でね。経営破綻《はたん》した精神科病院の建物を買い取ってホスピスを始めたのも、ひょっとすると、それが主目的だったんじゃないかと疑いたくなるくらいです」

「そうですか。それで、その取材の成果は記事になったんですか？」

「いやあ、これは痛いところを突かれました」

その実、全然痛そうな表情をしていない。

「いろいろありましてね。結局は、大人の事情で、記事にするのは見送りました」

やはり、初めから金目当てだったということか。

「薬の横流しにより不正に得た金が、回り回って難病の息子さんのお役に立ったわけですか。世の中うまくできていますね」

　拓矢は、皮肉った。

「私のことは、今さら、何と言われようとかまいません」

　野口は無表情を崩さなかったが、語気には憤怒《ふんぬ》が混じっていた。

「ですが、今この瞬間も難病と闘っている息子のことを揶揄《やゆ》されるのだけは我慢できません。そういう態度を取られると、交渉の余地はなくなりますよ」

　ここで一言でも謝罪したら、一気に相手のペースに嵌《は》まってしまうだろう。拓矢は沈黙するしかなかった。

「一応、私の筋読みをお話ししておきましょうか。十八年前の一連の事件は、個人カルト――それも、かなり珍しいオカルト系のカルトによるものだと考えています」

　野口は、一転して静かな口調に戻って続ける。

「不遇なオカルト研究家だった牛窪博樹は、唯一の武器であるマニアックな知識を悪用して、カルト集団を作ろうとしたんじゃないでしょうか？　アメリカの中堅SF作家でしかなかった男が、＊＊＊＊＊＊教会を設立して巨万の富を得たのにあやかろうとして」

　野口は、某ハリウッドスターが入信して有名になった、カルト教団を引き合いに出す。

「牛窪は、まだ小学生だったみなさんをターゲットにしました。信者にする目的だったのか、実験のつもりだったのかはわかりませんが、有名な心霊スポットである廃病院に連れ込んで、オカルト的な儀式によって洗脳を図ったのです。遼人くんの自殺も、楓さんが自宅に放火し、両親を焼き殺したのも、牛窪の指示によるものとしか思えません」

「自殺？ 遼人の死は、自然死という結論だったはずですが」

拓矢の反論にも、野口は動じなかった。

「新島遼人くんの遺体は、病理解剖されただけで、司法解剖までは行われていないんですよ。フグ毒のように検出が難しい毒物を与えられれば、見落としてもおかしくないはずです」

人殺しの濡《ぬ》れ衣《ぎぬ》を着せられた牛窪さんは、泉下で苦笑していることだろう。

「ですが、おっしゃっているようなカルト集団は、現実に誕生していないじゃないですか？ 牛窪さんも十年以上前に亡くなっていますし」

「先ほど、牛窪博樹のことは知らないとおっしゃってましたが、亡くなったことはご存じなんですね」

野口は、薄笑いを浮かべた。しまったと思うが、拓矢は表情には出さない。

「私は、牛窪が死んだ後、その遺志を継いだ者がいたんじゃないかと思っています」

「いったい、誰のことですか？」

拓矢は、眉をひそめた。本当に、何のことを言っているのかわからない。

「『バクティ調布』に侵入した四人の小学生の最後の一人、後藤進一くんです。進一くんは、お父さんが自殺した辛い経験から、自殺防止を標榜《ひょうぼう》するＮＰＯ『ワンスモア』を設立しました。今年、市会議員に当選しましたが、今も『ワンスモア』とは密接な関係にあるようですね」

「全部、妄想ですよ。『ワンスモア』は、カルトなんかじゃありません」

進一が、『こっくりさん』のお告げを受けた後で、まるで人が変わったように勉強し出し、大学では、熱心に自殺防止運動に取り組んでいるのを、拓矢はつぶさに見ていた。

進一の意見によれば、『完全自殺マニュアル』は、「いつでも死ねる」をキーワードとして、逆説的に自殺を思いとどまらせようとしている本らしい。

「まあ、先生のお立場としては、そうおっしゃるよりないでしょうが」

野口には、邪推かもしれないという迷いは微塵《みじん》もないようだった。しかし、これで向こうのカードはわかった。

「お話は、それだけですか？　だとしたら、あてが外れましたね。記事にしたいのであれば、どうぞ、ご自由に」

「本当に、いいんですか？」

野口の目に、猜疑《さいぎ》の光が宿る。

「『ワンスモア』がカルトというのは、ひどい言いがかりです。活動実態を知っている方々が証言すれば、誤解は解けるでしょう。ホームレスの焼死事件については、たいへん申し訳ないことをしました。ですが、あれは子供の頃の過ちですし、自首してすでに罪は償っています。厳しいご批判や炎上も覚悟の上で、世間に真実を話すつもりです」

拓矢は、反撃に出る。

「だが、あなたの方は、ただではすみませんよ。私は、あなたを恐喝で刑事告訴しますので。ブラック・ジャーナリストとしての過去の余罪も、それこそザクザクと出てくるんじゃないですか？」

野口は、悲しげに目を伏せると、首を横に振った。てっきり意気消沈したのかと思ったが、そうでないことはすぐにわかった。

「子供の頃の過ちですか。残念ながら、その言い訳は、もう通用しないと思いますよ」

「どういう意味ですか？」

表面上は強気を装いながら、拓矢はヒヤリとするものを感じていた。

「あれは、事故ではなかった。牛窪博樹の教唆による、最初のカルト殺人だったんです」

「何を言ってるんですか？　何の根拠があって、そんな馬鹿げた」

拓矢は、絶句した。こいつは、いったい何を言い出すつもりなのか。

「私は、別の、きわめて重要な証言も得ているんです」

続いて野口が放った言葉に、拓矢は愕然とした。足下の大地が崩壊するような衝撃を受け、頭が真っ白になってしまう。

「おわかりでしょうか？　少年審判の下した結論には、重大な錯誤があったということです。私の記事は、そのことを暴き、告発するのが主眼です。もしも、世間がその事実を知ったら、はたして謝罪会見くらいで許してもらえ」

野口は顔を上げたが、最後まで喋《しゃべ》りきることはできなかった。

数分後、拓矢はようやく我に返った。野口は、頭が不自然にねじ曲がった姿勢で横たわっている。すぐそばに落ちているコンクリート片には、べっとりと血が付着していた。

「野口さん、だいじょうぶですか？」

慌ててかがみ込んで、首筋に触れてみたが、脈はない。絶命しているのはあきらかだった。

……殺してしまった。まさか、こんなことになるなんて。

拓矢は、茫然とその場に立ち尽くしていたが、ややあって、キョロキョロと周囲を見渡す。さいわいというべきか、人通りはまったくなく、監視カメラも見当たらなかった。

拓矢は野口の遺体を引きずって、植え込みの奥に隠した。さらに、周囲にあった段ボールや波板などを被《かぶ》せて覆い隠した。今の気温ならば、異臭がするまでに二、三日はかかるだろう。だが、多少は発見を遅らせられても、見つかるのは時間の問題だ。

さっきのバーで、カードを使ったことを思い出す。バーテンダーには会話の一部を聞かれていたはずだ。もはや、猶予はほとんどないと考えるべきだろう。

どうしよう。どうすればいい。

とにかく、誰かに目撃されないうちに、ここから立ち去らないと。

拓矢は、早足で犯行現場を後にした。

……わからない。いったい、どうすればいいのか。

弁護士としての知識と過去の経験を総動員したところで、現在の苦境を抜け出す方策など、湧いてこようはずもない。

もはや頼るべき方法は、たった一つしか思いつかなかった。

4

2021年11月22日　月曜日　午後十時十一分

402号室。二度と入ることはなかったはずの、薄暗い病室。建物の劣化はあのときよりも進み、廃墟感が増しているが、こもったように反響する雨音だけは、十八年前とそっくりだ。拓矢は一足先に入ると、左手前にあるベッドの上にランタンを置いた。

「みなさん。どうぞ、ここに集まってください」

うっそりと暗い廊下に佇んでいる三人に向かって、声をかける。

「本当に、やる気なのか？」

進一が溜め息交じりに言った。スタジャンのポケットに両手を突っ込んで、寒そうに長身をすくめている。長髪にあごひげを蓄えた風貌は、小学生の時分とは別人のようにアクティブに見えたが、抑えようもなく声音に滲む不安はあのときと少しも変わらなかった。

「そのつもりで来たんだろう？」

拓矢は、素っ気なく答えた。三人はゾロゾロ入ってきて、ベッドの両側に二人ずつ並ぶ。

「まさか、またこれをやることになるなんて……」

楓がつぶやいた。子供の頃から、何となく幸薄そうな雰囲気があったが、生活苦のせいか、かなり面窶《おもやつ》れしており、とても二十九歳には見えなかった。

三人目は水木沙織《みずきさおり》という女性で、無言のまま部屋の中を見回した。二十五歳ということで、モンクレールのダウンコートを羽織った姿はモデルのように垢抜《あかぬ》けていたが、対照的に表情はひどく暗い。

「十八年前、俺たち四人は、ここで、『こっくりさん』の闇バージョンに参加した」

拓矢は、開会を宣言するように言う。

「俺と進一、楓は、そのときのメンバーだ。だから、やるべきことはわかっている。しかし、水木さんは初めてだから、簡単に説明しておこう」

「それは、やりながらでいいです」

沙織は、ツンとした顔で言う。

「でも、一つだけ教えてください。前回参加した四人目は、どうなったんですか？」

「聞いているとは思うが、この闇バージョンは、別名ロシアン・ルーレット・バージョンだ。四人全員に、今の窮地から脱するためには命を懸けてもかまわないという覚悟が必要になる。三人は、人生を逆転できる貴重なアドバイスを得られるかもしれないが、その代償に、残りの一人は必ず命を落とすと言われている」

「それは聞きました。それで、四人目はどうなったんですか？」

沙織は、早口で遮る。

「四人目――遼人に与えられたのは、自宅を示す座標だった。そして、自宅に帰った二日後に、突然死した」

「苦しまなかったんですね？」

「ああ」

「それだけ聞けば、けっこうです。さっさと始めてください」

拓矢は、年下の女性から高飛車に出られるのは、我慢ならないたちだった。ふだんだったら一悶着《ひともんちゃく》あるところだったが、我慢して寛容にうなずく。

「その前に、全員が、どうしてこの儀式に参加したのかという、理由を話す必要があるんだ。俺から時計回りに……」

「それは、どうしても必要なことなんですか？」

また、沙織が口を挟む。

「ほとんど見ず知らずだし、お互いの事情は、別に知らなくてもいいと思うんですけど」

「もちろん、できれば、俺もそうしたい。だが、一つ大きな問題がある」

拓矢は、辛抱強く沙織を諭す。

「前回は、この儀式について知っている牛窪博樹さんが指導してくれたんだが、すでに故人だ。だから、何が必須で、何は省略していいのかがわからない。とりあえず成功させるためには、すべてにおいて前回のやり方を踏襲した方がいいと思う」

ここでへそを曲げられて、参加するのは嫌だと言い出されては困る。進一と楓も思いは同じらしく、三人は沙織を注視したが、彼女も、それ以上文句を言うつもりはないようだった。

「言い出しっぺの俺から、みなさんに声をかけた事情を説明しよう。……今日の話だ」

拓矢は、野口を殺してしまった経緯について正直に説明した。ただ一つ、野口が得たという『きわめて重要な証言』についてはオミットして、あくまでも偶発的な事故だったかのような印象操作をしておく。

「そんなことがあったなんて」

楓が、絶句した。

「待ってくれ。それだったら、おまえが前回受けたアドバイスは、結局、無駄だったっていうことにならないか？」

進一が、鋭く突っ込む。

「いや、そうとは言えないな。今回のことは、俺が頭に血が上って馬鹿な行動を取ったせいだ。脅迫には、返答を保留すればよかった。結局は、闇バージョンをやることになったとしても、ここまでは追い詰められなかっただろう」

反駁《はんばく》しながらも、拓矢は、進一の指摘にヒヤリとするものを感じていた。

前回の参加者のうち三人は、『こっくりさん』のアドバイスによって人生を救えたとばかり思っていた。ところが、こんなことになったため、急遽《きゅうきょ》連絡を取ってみると、三人が三人とも、前回にも増して苦境にあることがわかったのだ。

あれらのアドバイスが正しいものだったなら、なぜ、こんなことになったのだろう。

拓矢は、秘かに『こっくりさん』に潜む悪意のようなものの存在を疑い始めていた。

「わたしも、近藤くんと変わらない。この手で、人の命を奪ったの」

楓が、半ば放心したようにつぶやく。

「ううん、もっとずっと悪い。……何より大切だったはずの命なのに」

拓矢は、何があったのか聞いていたが、あとの二人は、ギョッとしたようだった。

「二人は、わたしが一人ぼっちになった理由は知ってるよね。義父は医者だったけど、開業のために相当な借金をしていたから、遺産はなかった。わたしは児童養護施設に入り、奨学金で何とか地元の公立大学を卒業し、小さな建設会社の事務員になった」

楓は、無感動に続けた。

「薄給で仕事は忙しく、パワハラ・セクハラはあたりまえの会社。そんな中、恋人ができた。ナンパされたんだけど、わたしの方が一目惚《ひとめぼ》れだったみたい。今では、どこが良かったのか、全然思い出せないけど、金髪で、小太りで、空っぽな男だった。避妊してくれなかったから、すぐに妊娠し、執拗《しつよう》に堕《お》ろせと言われたけど、赤ちゃんを出産した。

男の子だったわ」

　楓は言葉を切ったが、誰も何も言わなかった。

「彼は、すぐに姿をくらました。わたしは、本当に孤立無援だったわ。妊娠していたときは、あんなに愛《いと》おしいと思っていたのに、日を追うごとに育児ノイローゼがひどくなっていって、ここから逃げ出したいという思いだけがつのっていくの。そして、はっと気がついたときは、赤ちゃんを浴槽に沈めてしまっていた。……遺体は、今も冷蔵庫に入れたまま」

　楓は、一気にそう言うと、嗚咽《おえつ》した。

　拓矢は、どう言って慰めたらいいのかわからなかった。月並みな慰めは、今さら何の役にも立たないだろう。進一も、かける言葉が見つからない様子だったし、同じ女性である沙織も、無言のままだった。

「俺の番か。三人が、揃いも揃ってというのは、とても信じられないが」

　進一は、自嘲《じちょう》するように言った。

「俺も、人を殺《あや》めてしまったんだ」

　これが、本当に、偶然ではないのだろうか。

「『ワンスモア』の支援者に、前から市会議員になることを勧められていたんだ。ライフワークの自殺防止運動のために出馬を決意したんだが、慣れない挨拶《あいさつ》回りで、くたくたになっていた。それで、深夜、帰宅する途中、路上に寝ていた酔っ払いを轢《ひ》いてしまった。運転は正常にできていたが、現場は街灯がなくて真っ暗だったから、避《よ》けられなかった。酒を飲んでいたことと、選挙を控えていたことが頭にあって、つい、そのまま逃げてしまった」

進一は、がっくりと肩を落とし、慚愧《ざんき》する。

「被害者は、出血多量で亡くなった。後でわかったんだが、事故後すぐに救急車を呼んだら、被害者は助かっていたかもしれない」

まるで、呪いの連鎖だ。そもそも、十八年前に、こんな儀式をしなければよかったのかもしれない。拓矢は、腕組みをした。……いや、あのときは、他に選択肢はなかった。

進一はともかくとして、俺や遼人、楓は、どうしようもない難題に直面していたんだから。

「呆れた。小学生の手には余る……いや、大人でも、とうてい対処できないくらいの。わたし以外、全員人殺しなわけ？　こんな人たちの集まりだってこと知ってたら、絶対来なかった」

沙織が、鼻息荒く吐き捨てる。

「君は、違うんだよね？　病気だって聞いてるけど」

拓矢が水を向けると、沙織は、うなずいた。

「幼い頃から死ぬほど努力して、バレリーナになったのよ。それなのに、アルツハイマー病を発症して、引退しなきゃならなかった。つくづく運命を呪ったわ。なぜ、わたしがこんな目に遭わなきゃならないのかが、どうしても理解できなかった。ところが、精密検査をした結果、もっとひどいことがわかったの。本当は、クロイツフェルト・ヤコブ病だった……」

沙織の目から、一筋の涙が流れ落ちた。

「神経の難病なんだよ。残念ながら、今のところ治療法は皆無だ。彼女は自殺しようとして、友達から『ワンスモア』に相談があったんだ」

進一が補足する。ここへ沙織を誘ったのは、進一から聞いてだった。

「そんな病気があったなんて」

楓が、つぶやいた。

「ヤコブ病って、ふつうは知らないと思うけど、プリオンっていう異常なタンパク質が脳内に増殖する病気。狂牛病は知ってるでしょう？　あれと同じよ」

沙織は、楓に目を向ける。

「これから起きることは、正確にわかってるの。電気ショックみたいに筋肉が痙攣《けいれん》しながら、徐々に痴呆《ちほう》が進行していくのね。一、二年で、全身の衰弱と、呼吸の麻痺《まひ》、肺炎なんかで死ぬ運命なわけ。わかった？　別に、あんたたちの運命が最悪なんじゃない。代われるもんなら、代わってもらいたいわよ。警察に逮捕されたって、殺したのが一人なら、死刑にはならないでしょう？　あんたたちは、生きられるんだから！　生きる気さえあれば」

三人は衝撃を受けて、黙り込んだ。

「こんな茶番に付き合ってること自体、まだ信じらんない。……だけど、何もしないでじっとしてると、本当に頭が変になってくるのよ。だから、さっさと始めましょう！」

「わかった。そうしよう」

拓矢は、愛用のダレスバッグを開いた。必要な道具を取り出して並べていく。

その間、自分の表情が沙織に見えないように、うつむいていた。ほくそ笑んでいることを、気づかれたくなかったのだ。

拓矢がベッドの上に並べたのは、十八年前とほとんど同じ品々だった。大判の和紙の束と、古ぼけた硯と墨、大きな安全ピンだ。いざなぎ流の御幣を作る土佐和紙も、都内にある和紙の専門店で入手できた。硯と墨は、牛窪さんの遺族と連絡が付かなかったので、都内の骨董《こっとう》店で「御縁が繋がる」という円硯と、『天趣』という消えかけた金文字入りの古い墨を購入したが、これで用が足りるかどうかは一抹の不安が残っていた。

進一が、ビジネスリュックから御神水入りのペットボトルと御浄銭の紙包みを取り出した。どちらも、彼が今日、鎌倉《かまくら》の銭洗弁財天《べんざいてん》宇賀福《うがふく》神社から持ち帰ったものだ。

「最後に、念を押しておきたい」

拓矢は、思い出しながら書いたメモを見る。

「参加者は、それぞれが抱えている問題を解決できる、貴重な助言を得られるかもしれない。一方で、最低でも一人が命を失う可能性がある。そのことは、みなさん了解済みですね？」

十八年前と同じ意思確認だった。牛窪さんは、儀式に必須とは言っていなかったと思うが、すべてを同じ条件にしておかなければならない。

「ちょっと待ってください。最低でも一人って、どういうこと？　一人じゃないこともあるんですか？」

案の定、沙織が鋭く突っ込んだ。

「その可能性があると、牛窪さんは言っていた」

拓矢は、慎重に答える。

「十八年前に俺たちがやった儀式と、その前に牛窪さんが立ち会った儀式では、死んだ人間は一人ずつだった。だが、常に一人だけだという保証はないそうだ。そもそも、闇バージョンはこの病院で生まれたらしいが、詳しい経緯や状況は今も謎のままだし」

それを聞いて二の足を踏まれても困ると思っていたが、沙織は、あっさりうなずいた。

「わたしは、別にどっちでもいい。安楽死させてくれるなら、その方が楽かも」

なるほど。彼女にしてみれば、そう思うのも当然だろう。だったら、気が変わらないうちに、先に進んだ方がいいだろう。

ふと、本当に生け贄が一人じゃなかったらどうなるのかという考えが頭をもたげかけたが、あえて考えないようにする。遼人の言葉が頭に浮かんだ。

「立ち止まっても、未来はない。俺たちは、前に進むしかないんだ」

拓矢は、大判の和紙をベッドの上に広げると、ペットボトルから硯に水を注ぎ墨を磨った。指を刺して血を垂らす作業も、小学生のときとは一変して、全員が粛々と終える。

全員の指から滴る血で、土佐和紙の中央に鳥居のマークを描くと、今度は指に血の混じった墨を付けて、カタカナの五十音と〇から九の数字を書いた。部屋が暗いために、微妙な墨色の違いはよくわからなかった。

それから、拓矢は、十八年前に牛窪さんが作ったのを思い出しつつ、あみだくじを作った。四人が血の指紋を押し、沙織、進一、楓、拓矢という順番が決まった。

いよいよだ。四人は、五円玉の御浄銭に、そっと人差し指を載せる。

「それでは、祈りの言葉です。全員で唱和してください」

拓矢は、全員にメモのコピーを手渡した。部屋は前回より暗かったが、ランタンの明かりに近づけると、かろうじて読むことができた。

「こっくりさん、こっくりさん、我ら無力な者どもの切なる願いを、何卒、何卒お聞き届けください」

しばらくは、何事も起こらなかった。ただ雨音だけが単調に響いている。

全員が御浄銭を注視している。沙織は半信半疑な様子で、視線を宙にさまよわせていたが、残る三人は、じっとそのときを待ち受けた。

「……何も起きないじゃないですか？」

焦《じ》れたらしく、沙織が誰にともなくつぶやいたが、答える者はいなかった。みな、家鳴りのようなしるしを予期しているのだ。

「馬鹿馬鹿しい。わたしたち、いつまで、こんなこと」

その瞬間だった。廃病院全体が、直下型地震のように激しく揺れた。

来た。拓矢は内心で快哉《かいさい》を叫ぶ。『こっくりさん』だ。今回も召喚に応じてくれた。

再び、激しい衝撃。老朽化した建物が崩壊するのではないかと心配になるくらいだった。

さらに、もう一度。モルタルか石膏《せっこう》ボードの粉が天井から降り注ぐ。

「何、これ？　爆発？」

沙織が、怯えた表情を見せた。

最後に、もう一度、爆撃を受けたような轟音《ごうおん》と震動が襲来する。

並んだ窓ガラスが、いっせいに、共鳴する音叉《おんさ》のような異音を発し始めた。鼓膜がおかしくなりそうだった。減衰することのない定常波が空間を満たし、空気を揺り動かし続ける。

「……●★※▲？」

誰かが何かを叫んでいたが、もはや何一つ聴き取れなかった。天井から落ちてくる粉塵は、さらにあちこちで勢いを増し、砂嵐のように部屋の中を舞う。

まさか、ここで、このまま死ぬのか？　拓矢は、恐怖に竦《すく》んだ。ひょっとして、俺たちは、何かをミスって、『こっくりさん』の逆鱗《げきりん》に触れてしまったのだろうか？

すさまじい鳴動は、始まったときと同じく何の前触れもなしに、ピタリと止んだ。

四人は、身動きすることもできずに、硬直していた。御浄銭に載せた四つの指は、接着剤で貼り付けたように、最初と同じ位置にある。

すると、御浄銭が動いた。まるで氷の上を滑っているように抵抗がない。

「指を離すな！」

拓矢は、全員を叱咤する。しかし、言われるまでもなく、誰もが指先に全神経を集中して、御浄銭の動きに合わせている。

拓矢は、目を見開いた。全員が、はっとしているようだ。

三、五、六、八、二……。

お告げは、数字だった。

よし、やった！　拓矢は、左拳《ひだりこぶし》を握りしめた。

これは、緯度と経度に違いない。それも、ここから遠くない。東京のどこかだ。あらかじめ下調べしていたので、拓矢には見当がついた。

楓が、左手だけを使って、丹念に数字をノートに書き取っていった。驚いたことに、全部で三十二桁もあった。

「さっきの話だと、これは、どこかの場所を示しているということよね。つまり、わたしは、ここで死ぬってこと？」

沙織がつぶやくと、楓が、「そうとは限らないよ」とフォローする。

だが、拓矢には、確信があった。すべては、読み通りだったからだ。

たしかに、お告げが数字であったとしても、死のカードを引いたとは限らない。都市伝説の例で言うと、電話番号やロト6の当たりナンバーもあったし、前回、進一は、書籍のISBNコードを与えられている。

しかし、緯度と経度が示された場合には、遼人も含めて二回連続で、その場所で亡くなっているのだ。

……やはり、水木沙織を四人目のメンバーに迎えたのは、正解だったようだ。

ヒントになったのは、遼人のケースだ。あのとき、いったいどんなアドバイスがあったら、脳腫瘍の遼人を救うことができるのだろうと、不思議だった。『こっくりさん』が、どんなに超越した存在だったとしても、落としどころは安楽死以外にないはずだと考えたのだ。

そして、結果は、予想通りだった。

要するに、こういうことになる。『こっくりさん』のロシアン・ルーレット・バージョンの必勝法は、言葉は悪いが生け贄にするため、救いようのない難病の患者をメンバーに入れるということなのだ。

彼女には気の毒だが、これで助かった。何とか命が繋がったのだ。残りの三人には、現在の苦境を乗り切るための秘策が授けられるに違いない。

「おい、何ボーッとしてるんだ？」

進一が、厳しい声で言う。

「ああ、悪かった。次は、進一だよな」

今度は、御浄銭は、最初からスムーズに動いた。

だが、指し示されたのは、予想外のお告げだった。

「え？　また数字？」

楓が、息を呑む。
三、三、四、七、四……。
緯度と経度だ。今度は都内ではないようだが、間違いない。

いったい、どういうことだ？　進一もまた、死のカードを引いてしまったというのか？

拓矢は、混乱した。だが、ここでようやく、牛窪さんの警告が真実味を帯びてきたことを、認めざるを得なかった。

死のカードは、一枚とは限らない。今回、犠牲になるのは二人なのかもしれないのだ。

もちろん、場所が指定されても、それが即、死刑宣告とは言えないだろう。そこへ行けば、何か人生を変えられるような出来事に出くわすのかもしれない。

だが、今までの例から考えると、悲観的にならざるを得なかった。小学生のときは、内心、進一を何の取り柄もないと馬鹿にしていた。しかし、前回のお告げを受けてから、全身全霊で自殺の防止に取り組む様を見て、徐々に尊敬の念を抱くようになっていたのに。

遼人に続いて、惜しいやつを亡くすことになるのか。

「やっぱり、ここへ行けってことだよなー」

本人のショックは、やはり計り知れないようだ。

「もしも行かなかったら、どうなる？　いや、それじゃ何の解決にもならない。わかってる。わかってはいるが、でも、もし」

無限ループに入ったように思い悩んでいる姿は、一気に内気な小学生に戻ってしまったかのようだった。

「二人とも、そこへ行けば、きっと、何かいいことがあるんだよ」

楓が、必死に笑顔を作って、沙織と進一を慰めた。

「楓の番だよ」

拓矢が促すと、とたんに緊張した表情に変わり、御浄銭の上に震える指を載せた。拓矢も、そっと指を添える。沙織と進一も倣ったが、すでに心ここにあらずという様子だった。

待っていたように、御浄銭が滑り出す。

「嘘」

楓が、喘《あえ》いだ。またもや、数字が指し示される。
四、一、三、二、七、七……。
これも、やはり、緯度と経度だろう。今までとは違って最初が『四』なので、さらに離れた場所のようだが。
拓矢は、次々に示される数字を凝視していた。いったい、何が起きているのだろうか。
第一に考えられるのは、今回は、死のカードが三枚もある、大当たりの回だというこ
とだ。もしそうだったら、考えられないような不運だが、自分のことだけ考えれば、四
分の三という鬼のような確率をくぐり抜けたことになり、逆にラッキーだったと言える
かもしれない。
あるいは、それぞれの場所には、何か幸運の鍵のようなものが眠っている可能性もあ
る。
さらに考えれば、同じように緯度と経度を示されても、それぞれ吉凶が分かれている
のかもしれない。ある者は眠るように亡くなるが、別の者は生きる希望を取り戻せると
いうことも。その場合、自分がどちらなのかは、最後のぎりぎりまでわからないだろう。
「とにかく、ここへ行ってみるよ」
お告げが終わると、楓は、吹っ切れたように明るく言った。
「どっちにしても、今のままより、ずっとマシだから」
三人は、ようやく硬直から解けて、うなずき合った。憶測で一喜一憂してもしょうが
ないと思ったのか、それとも、安楽死であってもかまわないと開き直ったのか。
「最後は、言い出しっぺの拓矢ね」
楓が、御浄銭を鳥居のマークの上に置き直して、拓矢が人差し指を載せた。三人が三

方から指を添える。耐え難い緊張に苛《さいな》まれているのは、拓矢一人だけだった。

さっき、安全ピンで指を深く刺しすぎたらしく、まだズキズキと疼《うず》いている。

さあ、頼むぞ。せめて最後くらい、まともなお告げをくれよ。

拓矢は、心の中で強く念じた。

御浄銭は、まっしぐらに進んでいく。

だが、拓矢が願ったのとは、微妙にずれた方向に。

「ええ？　これって、どういうこと？」

楓が、素《す》っ頓狂《とんきよう》な声を上げた。

……数字だ。

拓矢は、がっくりと肩を落とした。心はすでに、半分折れかかっている。

前回数字を与えられたのは、遼人と進一の二人だった。あとの二人には、難解な古語だが、日本語でお告げがあり、遼人を除き、抱えていた問題を見事に解決してくれた。

今回も、てっきりそうなるとばかり思っていたのだが、まさか、予想を裏切り皆殺しにするつもりなのか？

もしかしたらだが、この闇バージョンを二度行うのは、禁忌《タブー》だということはないだろうか。牛窪さんが生きていたら、絶対によせと止めていたのかもしれない。
四、〇、六、〇、〇、〇……。
楓のときと同じように、『四』から始まっている。やたらと『〇』が多いために、御浄銭が同じ場所をぐるぐる廻っているように見えるのも、眩暈《めまい》がするような不条理な感覚に、さらに拍車をかけていた。

「……全員、行くべき場所がわかったわ」

最後のお告げが終わると、右手の人差し指を御浄銭に載せて、左手でスマホを操作していた沙織が言う。彼女の言葉を聴き取って、楓がメモしていた。

十八年前とは違って、今では、グーグルマップに数字を打ち込むだけで四人に割り振られた目的地が瞬時にわかるのだ。

沙織は、渋谷《しぶや》の新国立劇場。

進一は、四国カルストの天狗《てんぐ》高原《こうげん》。

楓は、恐山《おそれざん》の賽《さい》の河原。

拓矢は、青森県十和田《とわだ》市の蔦七沼《つたななぬま》だった。

5

2021年11月23日　火曜日　午後二時〇二分

新幹線を降りたときは、小糠雨《こぬかあめ》が降っていたものの、ほとんど気にならないレベルだった。ところが、新青森《しんあおもり》駅で借りたマツダ・ロードスターを運転していると、ミストのような雨滴で顔が冷たくなってきた。オープンカーのルーフを閉じたかったが、停車するのも面倒なので、拓矢はそのまま走り続ける。

「まだ着かないんですか？」

沙織は、すっかり飽き飽きしたという声だった。

あれから話し合った結果、四人同時に指定された地点に入ることになった。沙織は、朝から新国立劇場にほど近い喫茶店で待機していた。拓矢と楓が東北新幹線に乗っているときには、四人はラインのメッセージでやり取りをしていたが、拓矢がレンタカーを借りると、イヤホンマイクを使ったグループ通話に切り替えてもらっていた。

「こっちは、もう少しだ。予想通り、進一が一番時間がかかりそうだな」

「これでも、始発で出たんだ。どうやったって、これ以上急ぎようがない」

高知県で同じくレンタカーを運転している進一が、ぼやいた。

「それより、そろそろ思い当たった？　今向かってる場所へ行く理由」

拓矢と別れてタクシーに乗っている楓が、問いかける。

「さっぱり、わからない」

拓矢は、正直に言う。

「まあ、絶景で有名な場所だし、一度行ってみたいとは思ってたけど、紅葉の見頃も終わってるしな」

「俺も、正直、全然見当がつかないな」と、進一。

「わたしは、最初から、見当がついてるんだけど」

暇を持て余している沙織が、割り込んできた。

「バレエの公演に、かつての、わたしのライバルだった娘《こ》が出るのよ。まあ、技術も人気も、わたしの方がずっとあったけど。今ではもう、彼女がプリマと認めざるを得ないわね」

抑えようもなく、悔しげな声になる。

「でも、どうして、そんな」

楓が、口ごもる。あえて傷口に塩を塗るようなことをさせるのかと言いたいのだろう。

「たぶん、今の状態を見て、現実を受け入れろってことじゃないの？」

沙織は、投げやりに言った。

「沙織さんのバレエ、一度、見てみたかったな」と楓。

「楓さんも、恐山へ行く理由はわかってるのよね？」

沙織に問われて、楓は、またぐっと詰まった。

「わたしは……賽の河原だから。やっぱり、あの子に会いに行くためだと思う」

あんまり追及してやるなよと、拓矢は思った。

「拓矢に、訊きたいことがあるんだけど」

進一が、妙に神妙な声で訊ねる。こんなときには、よく答えに困るような質問が来るので、拓矢は少し警戒する。

「何だ？」

「遼人から、手紙を受け取ったって言ってただろう？　前回の『こっくりさん』のあと」

「ああ。死んだ日の昼前に投函したみたいだ」

「気になることが書いてあったって言ってたよな？　何だったんだ？」

「そうだな……」

　十八年ぶりにクローゼットの奥から取り出して、読み返してみたばかりだった。今さら特に秘密にすることもないだろう。

「手紙には、主に、『こっくりさん』の闇バージョンについての遼人の考察が書かれていた。あきらかに、ふつうの『こっくりさん』とは違っていただろう？　遼人は、あれからずっと、その違いがどこにあるのか考えていたみたいだ」

　三人は、静かに耳を傾けていた。

「だったら、そもそも、ふつうの『こっくりさん』というのは何だっていうことになるけど、トリックだとか、不随意筋の動きによるものだとか、科学的な説明はどうでもいい。問題は、何を呼び出そうとしているのかということなんだよ」

「……だって、キツネじゃないの？」

　楓が訊ねる。

「神社に行ったら、よくキツネの像が置いてあるじゃない」

「お稲荷《いなり》さんのお使いだしな」と進一。

「漢字では、『狐狗狸さん』——キツネと、犬と、タヌキと書かれることが多いよな。だから、動物霊を呼んでいるように思われがちだが、あんまり関係ないみたいだ」

初期には、コインではなく、お櫃《ひつ》を三本の竹で支えたものを用いていたらしいが、お櫃が「こっくり、こっくりと傾く」様子から『こっくり』や『こっくりさん』と呼ぶようになったのだという。

「つまり、『狐狗狸さん』っていう漢字は、ただの当て字だ。ふつうの『こっくりさん』は、お手軽な儀式ありきで、何を呼び出すかさえあやふやなんだよ」

「だけどさ、ふつうの『こっくりさん』でさえ、何を呼び出しているのかわからないんなら、特別な『こっくりさん』がどうとか言ったって、意味なくないか？」

画面を見なくても、進一が唇を尖《とが》らせている様子が目に見えるようだった。

「いや、遼人の意見では、それは逆なんだよ」

いい年をした大人たちが、小学生の分析を有り難がって議論している様子は滑稽だろうが、自分の頭脳は未《いま》だに遼人のレベルには達していないと、拓矢は信じていた。

「闇バージョンの『こっくりさん』では、初めから、何を呼び出すのかはっきりとした狙いがあったんじゃないかな？　そして、その謎を解く鍵は『こっくりさん』という呼び名にある。遼人は、そう考えていたみたいなんだ」

しかし、その先が、いくら考えてもわからなかった。一部が変化した可能性も考え、遼人は手紙の中で実に様々な可能性を示していた。『高句麗《こうくり》さん』に始まって、『哭霊《こくりょう》さん』(死者を悼む泣女)、『骨栗《こっくり》さん』(栗は慄と同じで、恐れるという意味らしい)、『骨喰《こっくい》霊《れい》さん』、『酷吏《こくり》さん』など。しかし、どれも、いまいち嵌まらないようだ。

「わたしも、意見を言っていい?」

沙織が、退屈しのぎのように入ってくる。

「どうぞ」

「ふつうの『こっくりさん』と一番違うのは、ロシアン・ルーレット・バージョンというところから、考えてみるべきじゃないのかな?」

「なぜ?」

楓が、当惑したように訊き返す。

「だって、わたしたちは困ってて助けを求めてるんだから、ふつうにお告げをくれたらいいと思わない? どうして、誰かに犠牲を求めなきゃならないのかってこと」

「たしかに、ちょっと、悪意があるよな」

進一が唸《うな》る。

「それなんだけど、俺は、そもそも、ロシアン・ルーレット・バージョンという別名に疑問を持っている」

マツダ・ロードスターは、美しい木々に囲まれた国道103号を駆け抜けていった。まるで軽井沢《かるいざわ》のような景色で、冷たいミストを含んだ空気は肺に爽《さわ》やかだった。こんなに気分がいいのは、いつ以来だろう。

「……ロシアン・ルーレットみたいだっていうのは、坂本さんたちがやったときに立ち会った牛窪さんの感想にすぎない。実際のところ、何がどうなっているのかは誰も知らないんだよ。俺たちは、ルールすらわからずに、命がけのゲームをしているわけだ」

「死ぬのが一人とは限らないっていう話？」

沙織が鋭い声になる。

「それもある。しかし、そもそもの前提が間違っていたとしたら、どうだろう？　たとえば、お告げを得るのが目的じゃなかったとしたら？」

「ちょっと、何言ってるのかわからない」

進一が、お笑い芸人のように突っ込んだ。

「俺にもわからないよ。……かなり近づいてきたな」

それまではずっと一本道だったが、温泉旅館の看板と脇道が見えたので、拓矢は右折して、車を駐車場に停めた。

スマホ画面で全員の顔を確認する。全員が、大きな不安とかすかな期待がない交ぜになった表情だった。

「ここからは、歩きだ」

後は、GPSで確認しながら、告げられた場所に向かうだけだった。

「じゃあ、わたしも、そろそろ行こうかな」

沙織が、立ち上がった。

「直前になったら、いったん止まってね？　みんなで、足並みを揃えないと」

楓が、思い詰めたように言う。彼女のバックを見ると、すでに恐山に来ているようだ。

「幸運を祈るよ。俺は、まだ少しかかるけど」

進一は、素っ気ない口調で言ったが、心からそう願っているような気がした。

こいつは、やっぱり、いいやつなんだ。拓矢は、小学生のときの自分の上から目線の評価を取り消したいような気分になっていた。

拓矢は、『蔦野鳥《つたやちょう》の森《もり》案内図』という案内板を眺めて、散策路を歩き出した。キャラバンのトレッキングシューズを履いてきたので、快適なハイキングになりそうだ。

あいかわらず薄曇りで、はっきりしない天気だったが、森の中を延びる木道は真新しくて、歩いているだけで心が洗われるようだった。

腕時計を見ると、三時を回ったところだった。冬至に近づき日の落ちるのが早まっており、十和田市の日の入りは午後四時十二分である。一応アウトドア用のヘッドライトも持ってきているが、できれば暗くなる前に決着を付けたい。

沼めぐりの小道は、蔦七沼のうち、赤沼《あかぬま》を除く六つの沼を結んでいる。拓矢は、まっすぐに目的地である蔦沼《つたぬま》を目指した。

紅葉シーズンが終わって中途半端な時間だし、新型コロナウイルスの影響もあるだろうが、ほかに誰一人観光客が歩いておらず、小道を独占できるのは、この上なく贅沢《ぜいたく》な時間だった。拓矢は、枯れ葉に覆われたブナの林の中で、静かに深呼吸する。

いったい自分は、何をくよくよしていたのだろうか。もうすぐ、生きるか死ぬかの瀬戸際に立つことになるが、もはや、それすらどうでもいいと思えてきた。

小川に沿って歩いていると、ついに木立の切れ目が見えた。あの先が蔦沼だ。

GPSで、目的地付近であることを確認する。

「着いたよ」

スマホに向かってそう告げると、興奮した声で進一が応じる。

「俺も、石灰岩が見えてきた。そろそろ、天狗高原だ」

楓の方は、落ち着いていた。

「わたしは、もう着いてるよ。沙織さんは、今頃もう、バレエを見てるはず」

「よし、じゃあ、行こうか」

拓矢は、慎重に歩を進めていく。ぱっと目の前が開けて、蔦沼が現れた。木製の遊歩道は、一周が約1キロメートルある岸辺にも続いている。

ブナ林はすでに落葉しているために、湖畔から見る景色も紅葉のシーズンと比べると寂しいものだろうが、森を映す水面《みなも》は、吸い込まれそうに深い色を湛《たた》えている。

拓矢は、遊歩道の上で立ち止まった。

どうして、もっと早く来なかったのだろう。

世界は、こんなに美しかったんだ。

人生とは、この宇宙に生まれた一つの奇跡であり、真の意味でかけがえのないものなんだ。そのことを、もっと早く知りたかった。

「ここへ来なきゃならなかった理由が、やっとわかったよ」

イヤホンに、進一の声が響く。それ以上、説明する必要はなかった。

「わたしも、そう。来てよかった」

楓が、涙声で嘆息する。

「ああ、来てよかったな」と、拓矢も応じた。

その後は三人とも無言だった。そのまま、どのくらいの時間が経過しただろうか。拓矢は、まだ陶酔の中で水辺に佇んでいた。

「みんな、聞いてる?」

今度は、沙織の声が響く。

「バレエ、素晴らしかった。本当に。心の底から感動したの。涙が止まらなかった」

「よかったね」と楓。

「その後で、楽屋に行って、かつてのライバルに会ったの」

沙織は、言葉を切った。

「彼女も、泣きながらハグしてくれたよ。わたしのことを、ずっと心配してくれてたみたい。わたし一人が心を閉ざして、勝手に絶望してたんだって、ようやくわかった」

「行ってよかったね」

楓も、また泣いていた。

「うん。行ってよかった。みんな、本当にありがとう。もしも、『こっくりさん』に参加してなかったら、絶対、こんな気持ちになれなかった」

「でも、俺は、君に謝らなきゃならないことがある」

拓矢は、深い溜め息をついた。どうしても、真実を告白せずにはいられなかった。

「俺は、君が、助かる見込みのない難病だって聞いたんだ。……それで」

「もう、いいの」

沙織は、笑った。

「別に、病気は近藤さんのせいじゃないし、そのおかげで、わたしは救われたんだから」

「ありがとう。そう言ってくれると、気持ちが楽になる」

「俺もさ、本当に救われたよ」

進一も、感極まった声になっていた。

「俺、さっき、死んだ親父に会ったんだ」

三人とも、もはや、何を聞いても驚かなくなっていた。

「よかったな」

拓矢は、心から言う。

「よかったね」

「そう。そのためだったのね」

「うん。親父は、自分だけ勝手に死んでしまってすまなかったって、謝ってくれた」

「そうなんだ」

「それで、俺がやってきたことは、無駄じゃなかったって。俺を心から誇りに思うって言ってくれたよ」

進一は、声を上げて泣き始めた。

拓矢は、天を仰いだ。何だかもう、思い残すことはないような気がする。

目を閉じると、空気の色が変わったような気がした。

再び目を開けたとき、世界は一変していた。

そこには、真っ赤な夕日に照り映えた蔦沼があった。水面は赤く染まった森と山を映し出し、キラキラと燦《きら》めいていた。

もう、四時を回っている。日没の時刻に近づいているのだ。

そして、ブナの林は……。

すでに葉はすべて散っていたはずなのに、あたり一面、燃えるような紅葉だった。

これは、いったい何なんだ。

拓矢は、恍惚《こうこつ》としていた。

この奇跡を眼前させているのは、神なのだろうか、それとも。

そして、溶暗するように赤光は退《しりぞ》き、あたりは闇に包まれていく。

拓矢は、木道の上にゆっくりと腰を下ろした。どうしても、この場を立ち去りがたかった。周囲が真っ暗になっても、恐怖は微塵も感じない。ただ、この静謐《せいひつ》な時間が終わってほしくなかったのだ。

ぼんやりと闇の奥を見つめていると、今まで見えなかった自分の心の底が、しだいに浮かび上がってくるような気がしていた。

小雨の降る音。冷たいものが、ポツポツと首筋に落ちてくる。

拓矢は立ち上がって、木の下で雨宿りをした。暗い森の中で、雨音が響いている。

イヤホンから、声が聞こえてきた。

「どう？　来てよかっただろう？」

「うん。そうだな」

答えた後で、拓矢は、その声が、進一のものでも、楓や沙織の声でもないことに気がついた。

声変わりする前の男の子の声。大人の男の声ではないが、女性の声でもない。

「このままにしてもいいとは思ったんだけどさ、拓矢の性格だったら、謎が残ったままじゃ、安心して逝けないと思ったから」

遼人は、世間話のように、のんびりとした調子で続ける。

「謎か……」

拓矢は、うっすらと笑った。

「もう、どうでもいいような気がしてたけどな。だけどたしかに、何もわからないままじゃ、心残りかもしれない」

「そうだろう？」

遼人は、笑った。

「じゃあ、教えてくれよ。『こっくりさん』の闇バージョンっていうのは、いったい何だったんだ？」

「そうだな。少なくとも、ロシアン・ルーレットみたく悪趣味なデスゲームじゃなかったよ。おまえが言ってたとおり、そもそもお告げを得るのが目的じゃなかったしな」

「やっぱり、そうだったのか」

残念ながら、推理で正解にたどり着くことはできなかったが、少なくとも何かが違うという直感はまちがっていなかったようだ。

「すべては、『バクティ調布』から始まったんだ。あの、暗ーくて陰気なホスピスだよ」

「いったい、何があったんだ？」

「ひどいことさ」

遼人は、悲しげに首を振った。

そう。たしかに首を振ったのだ。イヤホンの中に響く声だけではなくて、まるで、遼人が、忽然《こつぜん》とそばに現れたかのようだった。

本当に見えているのかと言われれば、自信はなかった。だが、遼人の表情、たたずまいは、手を伸ばせば触れられそうなくらい、ありありと感じることができた。

「あれは、実態はホスピスなんかじゃなくて、金儲けのための装置で、ただの牢獄《ろうごく》だった」

遼人の声は、いつのまにか、イヤホンを通してではなく、じかに聞こえているかのように、生々しく響いていた。

「理事長だったのは、マルチ商法や霊感商法で一財産築いた男だった。巧みに甘言を弄《ろう》して、まずは、身寄りのない孤立無援の患者たちを集めたんだよ。うるさいことを言ってくる家族や親戚はいないが、老後のことを考えて一生懸命に働いて、きちんと貯蓄もしてきた人たちを。そして、契約を交わすと、毎月銀行口座から金を吸い上げながら、飼い殺しにした」

「充分なケアは、与えていなかったってことか？」

「それだけじゃないよ。もっと、ずっとタチが悪い」

遼人の亡霊は、溜め息をついた。

「あそこは、末期癌の患者を大勢受け入れてたんだ。苦痛は耐えられないほど強くなるのに、依存症になるからという名目で、誰一人として充分なモルヒネを投与してもらえず、みんな、ひどく苦しんでた」

「どうして……そんなことを？」

「昨日、野口って記者と話しただろう？」

「ああ」

今さらだったが、揉み合いの挙げ句に死なせてしまったことに、後悔の念が湧き上がった。そういえば、難病の子供がいると言っていたな。恐喝をしていたことは褒められないものの、きっと無念だったことだろう。

「そのときに、聞いてるはずだよ。薬物を横流ししてた件」

「医療用麻薬は、高く売れるとか言ってたな」

「要するに、末期癌の患者らのために投与すべきモルヒネを売って、金にしてたわけ」

拓矢は啞然とした。弁護士として、あくどい手口は数多く見聞きしてきたが、こんなひどい話は聞いたことがない。

「あの建物って、前近代的な精神病院のステレオタイプだっただろう？　泣こうが喚《わめ》こうが、外からは聞こえない。入院患者を監禁するには、まさにうってつけだったんだ」

そのときの402号室の様子が、目の前に浮かんだ。暗い夜空がスクリーンになった映画を見るような鮮明さで。

苦しみ、疲弊し、憔悴《しょうすい》しきった四人の老人がいる。ドアは内からは開かず、自殺を予防するためにガウンの紐《ひも》さえ与えられていないので、首を吊ることもできない。

ベッドに横たわり、いつ果てるともない苦痛に耐えるだけの、無意味で地獄のような時間。その中で一人が気力を振り絞り、懸命の努力で身を起こした。

「凶器になりそうな物はすべて取り上げられてたんだけど、洗濯物に付いていた安全ピンが、引き出しの中に残されてた。大きな安全ピンだったけど、さすがに、これで自殺はできない。すると、昔一度だけやった『こっくりさん』をしようと言い出した人がいたんだ」

死の淵に面し、昔やった記憶がよみがえったらしかった。三人はベッドから這《は》い出したが、残る一人は、どうしても動けなかった。それで、三人はその老人のベッドの周りに集まって、安全ピンで指を突き刺し、シーツに血文字で、鳥居のマークと、カタカナの五十音、それに、〇から九までの数字を書いた。

「ちょっと待ってくれ。どうして、そこで『こっくりさん』になるんだよ？　いくら何でも、唐突すぎるだろう？」

女子中学生ならともかく、死を間近にした老人たちがやるものじゃない。

「そう思うのは、わかるよ。でも、最初にこれをやろうと言い出した老人が、苦しみの中で、ともすれば意識が飛びそうになりながらも、念仏のように一心に唱え続けていたのは、たった一つの言葉だったんだよ」

「何だよ、それ」

拓矢の口調もまた、十八年前に戻ったようだった。

「『こっくり往生』。走馬灯のような記憶の中で、その言葉が、『こっくりさん』と結びついたんだよ」

拓矢は、ポカンと口を開けた。

「彼らの祈りは、あまりにも必死で切実だった。そこに、『こっくりさん』という言霊の力が作用したことで、およそあり得ないような奇跡が起きたんだ」

「奇跡って？　だいたい、『こっくり往生』って何のことなんだ？」

「これだけ時間があって、一度も辞書を引こうとは思わなかったのか？　『こっくり』という単語は、おおまかに四つの意味がある。①うなずくさま。②頭を前に垂れたり上げたりを繰り返して居眠りをするさま。また、その居眠り。『つい——する』。これが、ふつうの『こっくりさん』の由来だよな」

　遼人の声は、闇の中でふわふわと浮遊しているようだった。

「あと、③色などが、じみに落ち着いて上品なさま。食物にうまみがあって味わいが深いさま。④急に状態の変ずるさま。ぽっくり。——往生【こっくり往生】長わずらいもなく、突然死ぬこと。急死。頓死」

「いったい何の冗談だよ、それ？　いくら、そういう意味があったからって……」

「一人の財布の中に、たまたま、福銭の五円玉があった。四人は、痩《や》せ細った指をその福銭に載せて、全身全霊を傾けながら祈った。『こっくりさん、こっくりさん、我ら無力な者どもの切なる願いを、何卒、何卒お聞き届けください』って。悲痛な願いは聞き届けられた」

「何に？　キツネの霊か？」

「ふつうのこっくりさんで現れるような、低級霊じゃない。この国を統べる八百万《やおよろず》の神の、その一柱が呼応したんだよ」

八百万の神？　一柱？　あまりにも荒唐無稽で大時代すぎて、とても付いていけない。

「四人の願いが聞き届けられたしるしは、四度の槌音《つちおと》だった」

四度？　拓矢は、はっとした。十八年前は、建物が揺れるような轟音は一度しかなかった。だが、昨日は数回——たしかに、四度揺れたような気がする。

あれは、『こっくり往生』させてもらえる人数ということだったのか？

「神託は、一人に三文字で、合計で十二文字しかなかったが、それを聞くだけでも、彼らには難行苦行で、体力の限界だった」

「どんなメッセージだったんだ？」

遼人は、低い声で朗唱するように言う。

「コヨヒ、ナガキ、クゲン、ハテン」

……今宵《こよい》長き苦患《くげん》果てん。今晩、長い苦しみは終わるだろう。

「その晩、四人は眠るように亡くなった」

四人もが同日に死亡したために、通報があって、警察の捜査が入ったものの、検視の結果、事件性は認められなかったという。だが、その過程でモルヒネの横流し疑惑が明るみに出て、担当の医師は逮捕された。医師は、刑務所で精神に異常を来して、医療刑務所へと送られた。その後満期出所し、民間の施設に入ったが、夜ごと想像を絶する恐怖に苛まれ続けて、今では完全な廃人と化しているらしい。

理事長がどうなったのかは、遼人にもわからないらしかった。どこにも姿が見えないので、地獄に落ちて、想像を絶する責め苦を受け続けているのかもしれない。

「こうして、安らかな死を願う『こっくりさん』の闇バージョンの儀式が誕生した。俺たちがやった後も、何組かが試しているし、現在、闇から闇へと静かに増殖しつつある。日本には、死ぬことすらできずに苦しんでいる人々が、想像以上にたくさんいるようだな」

「つまり、こういうことか？」

拓矢は、掠れた声で言う。

「俺たちは、苦境から抜け出すためのアドバイスを求めたいと思ってたのに、実は、安楽死を願う儀式に参加していたのか？」

条件は、一回目から同じだ。誰一人、生き残れる保証などなかった。というより、全員が、ひたすら死を目指していたということになる。

「そのとおりだよ」

遼人は、うっすらと笑っていた。

「『こっくり』って言葉を辞書で引いて、ひょっとしたら、そうじゃないかって思ったんだ。自信はあまりなかったけどな。俺は、安楽死を求めていた。だけど、一人じゃできないから、三人に付き合ってもらったんだ」

「ふざけんなよ！　おまえは、俺たちをモルモット代わりにしたのか？　だったら、あのとき全員死んでたとしても、おかしくなかったじゃないか？」

拓矢の声音は、怒りに震えた。

「ああ。でも、もし死んだとしたら、そいつは安楽死に値する――それが一番幸せだって、『こっくりさん』が認めたことになる。ハッピーエンドじゃないか」

遼人は、当然だろうという口調だった。

「それに、おまえだって、他人のことは言えないだろう？　脳腫瘍は、アドバイスなんかじゃどうにもならない。そう疑ってたのに、何も言わなかったよな？　沙織さんを入れたことも、彼女が生け贄になれば自分は助かるっていう、冷酷な計算の上だろう？」

図星を指されて、一言も反論できない。

「……だったら、あのお告げは何だ？」

拓矢は、呻《うめ》いた。

「都市伝説の方は、願望が書かせたおとぎ話――嘘っぱちだってわかってたよ。ロト6とか、まさか、そんな都合のいい話があるわけがないもんな。だけど、俺たちに対するアドバイスは何だったんだ？　楓には、『夜一夜御灯点せ』、俺には、『自ら裁き罪償へ』って」

「『こっくりさん』は、安楽死させてやるには値しないと思ったヤツには、冷たいんだよ」

遼人は、憫笑《びんしょう》するように言う。

「そういう人間には、自分で勝手にやれと言うだけなんだ。〝Fuck-Yourself〟って言ってるのと同じだな」

「ふ……ふざけんなよ！　そんなわけないだろう？　俺は、あのアドバイスをもらったから、人生をやり直そうと決意したんだし、現にやり直したんだぞ」

「あ、それ、ただの誤解だから」

遼人は、軽く応じる。

「小学生のときだったらともかく、まだ理解してないのか？　『自ら裁き』の意味。それとも、ふだん法律用語しか見てないから、かえって盲点に入っちゃったのかな？」

「え？」

「『自裁する』って言葉があるだろう？　『自決する』とほぼ同じ意味だよ。『自ら裁き』って、自分でけりをつけろ——つまり死ねってことだから」

「そんな」

拓矢は、茫然としていた。

「進一に『完全自殺マニュアル』を薦めたのも、文字通り、参考にして死ねという意味だよ。ただし、楓だけは、ちょっと別だ。だって、あの状況で楓が死ぬんじゃ不公平すぎるもんな。どう考えたって悪いのは継父《ままちち》と母親だから、やつらの方を焼き殺すのが妥当という託宣だったんだろう」

「……俺には、安らかに逝く資格もなかったというのか？」

「当然だろう？　本当は、あのホームレスがシンナーを吸っていることは百も承知だったじゃないか？　おまえらは、ことの重大さをまったく認識しないで、燃え移って慌てふためいたら面白いぐらいに思って、笑い合ってたよな？」

嘲笑《あざわら》うような声が、拓矢の耳朶《じだ》を打つ。

「やつらは、野口に酒を飲まされて、はした金を渡されただけで、おまえの発言をペラペラと喋ったみたいだな。それをバラすと脅されたから、かっとなって野口と揉み合いになったんだろう？」

拓矢は、ぐっと詰まる。

「たしかに俺は、あのホームレスが日頃からよくシンナーを吸っていることを知っていたよ。テントの傍を通るとき、鼻につんとくる刺激臭がしたし、公園に来る人や、周辺の家の人たちから、白い目で見られていたのも知っていた。だから、先輩らに、嫌がらせをして追い出せば人助けになると言われて、そのまま信じてしまった」

その点は、ただ慚愧するしかなかった。

「でも、まさにあのとき、シンナーを吸っていたかどうかなんて、外からはわからなかった。ましてや、死ぬなんて思ってもみなかったんだ」

「そういう可能性があったことは、認識できてただろう？　それでもやったのは、おまえが、ホームレスを人間として見ていなかったからだよ」

「……そんなことは」

「そもそも、おまえ、あのホームレスの名前を覚えているのか？　今でも、人間じゃなくて、ホームレスっていう記号としか見てないじゃないか？」

少年審判では何度も名前を目にしたし、聞かされていたはずだった。だが、今となっては、まったく思い出すことができなかった。

悄然としている拓矢に、遼人は、一転して優しい声をかける。

「だけど、もうだいじょうぶだよ。おまえも充分に苦しんだから、やっと許されたみたいだ。これで、安らかに往生できるな」

待ってくれと叫ぼうとするが、もう声が出なかった。

「三人は、もう、先に行ってるよ」

真っ暗な湖畔の景色が、ライトアップしたように明るくなった。

燃えるような朝日に紅葉が照り映えて、極楽浄土のような光景が眼前する。

拓矢は、再び、陶然としていた。

恐怖は心の片隅に押しやられ、欣求《ごんぐ》浄土の思いだけが胸を満たしている。

そして、消灯するように、光が消えた。

解説

杉《すぎ》江《え》松《まつ》恋《こい》

恐怖と畏怖《いふ》の念を共にこの作家に感じる。

貴志《きし》祐介《ゆうすけ》は当代随一の物語作家である。代表作には重厚長大な長篇が挙げられることが多く、短篇作家という印象は薄い。しかし防犯探偵・榎本径《えのもとけい》を主人公に据えた『狐火の家』（二〇〇八年。現・角川文庫）など、連作として書かれたものは粒揃いであり、決して短篇を苦手とする作家ではないのだ。最も早く世に出た作品も、一九八六年に第十二回ハヤカワ・SFコンテストで佳作を受賞した短篇「凍った嘴《くちばし》」であった。推察するに、一作あたりに駆使する熱量が長篇とそう変わりないため短いものは書きづらいということがあるのではないだろうか。

『秋雨物語』は、その貴志が長篇とは異なる形式、短篇の密度で物語を書くことにもう一度挑戦する、という強い意志の下で執筆された四篇を収めた作品集である。親本である単行本の奥付は、二〇二二年十一月二十九日初版発行となっている。今回が初めての文庫化だ。

一口で言えば、密度が高い。詰まっている物語の質量がただならないのである。そして、これぞ貴志祐介、という作家の精髄を感じさせられる作品集になっている。長篇でしかこの作家を知らない読者も、収録作を読めば納得するのではないだろうか。そうそう、貴志祐介とはこういう作家だった、と。

二番目に収録された「フーグ」は「小説 野性時代」二〇一六年十二月号〜二〇一七年三月号に掲載された。視点人物は松浪弘《まつなみひろし》という文芸編集者で、彼が担当する青山黎明《あおやまれいめい》という作家が〆切《しめきり》を前に失踪《しっそう》することから話が始まる。作家のパソコンには「フーグ」という作品の書きかけファイルが残されていた。どうやら実体験を元にした物語であるらしく、それを読みながら青山に何が起きたかを松浪は探っていく。

この作品で驚かされるのは想像の多様さである。パソコン内から発見された短篇の中には青山が見たものと思《おぼ》しき悪夢の数々が挿入されているのだが、その一つひとつが鮮やかな情景を備えていること、現実感にあふれており、そのために感情を絶えず刺激されることに驚かされる。作中で描かれる青山の行動は怪談のある定型に則《のっと》ったものなのだが、恐怖が増幅する地点が途中にあり、そこから見せられる悪夢は背筋が粟立《あわだ》つほどに怖い。この、だんだん加速していく感じは貴志作品の特徴でもある。本書の後に刊行された姉妹作ともいえる短篇集『梅雨物語』（二〇二三年。ＫＡＤＯＫＡＷＡ）に「ぼくとう奇譚」という作品が収められているが、よく似た構造なので関心ある方は読み比べていただきたい。

本編を最後まで読むと、それまでの感覚が増幅された形で戻ってくる。あれはそういうことだったのか、と伏線に納得させられ、それがまた慄然《りつぜん》とする気持ちを誘《いざな》う。構造はミステリーのそれで、よくできた謎解き小説は真相を知った後にもう一度前に戻り、さりげなく明かされた手がかりの数々を探して楽しむという読み方ができる。話の核になっている着想は、実はミステリーのために貴志が温めていたものであったそうで、それをホラーに転じて書いた作品なのだ。さすが、『硝子《ガラス》のハンマー』(二〇〇四年。現・角川文庫)で第五十八回日本推理作家協会賞長編及び連作短編集部門を受賞した実力者と言いたいが、この着想の活かし方はミステリーというよりもSF作家のそれかもしれない。わからないことを科学的に突き詰めていくという合理主義精神が全篇を覆う物語なのである。

収録作中最も長い巻末の「こっくりさん」(『怪と幽』Vol.010　二〇二二年)は、少年期に行われた奇妙なルールの儀式の物語だ。その名もロシアンルーレットこっくりさんである、四人で参加して神のような存在からお告げを受けるのは同じだが、そのうちの一人かそれ以上が生贄《いけにえ》になって命を奪われるという代償が伴う。近藤拓矢《こんどうたくや》も小学六年生でこの儀式に加わり、生き残った。それから十八年が経過し、彼は再び忌まわしい行為に手を染めることになる。

貴志作品には独自ルールのゲームが描かれるものがある。たとえば『ダークゾーン』(二〇一一年。現・角川文庫)は将棋やチェスなどの盤面で対戦するゲームを下敷きにしているし、謎のサバイバルゲームに登場人物が巻き込まれる『クリムゾンの迷宮』(一九九九年。角川ホラー文庫）もそうだ。敷衍《ふえん》していえば法廷という特殊な場が主舞台となる『兎《うさぎ》は薄氷《はくひょう》に駆ける』（二〇二四年。毎日新聞出版）を仲間に加えていいかもしれない。特殊な条件下に置かれた者たちはルールを探りながら必死の努力を重ねる。

その結果が登場人物の思い描いたのとは遠く離れたものになることが多いのが貴志の恐ろしいところで、読者の想像力を常に上回ってくる。宇宙的規模で遠く隔たったところに着地する『我々は、みな孤独である』（二〇二〇年。現・ハルキ文庫）はその代表格である。卑小な人間を遥《はる》かに超える巨大なものが存在している、というのが貴志作品の世界観であり、そうした理解があるゆえに登場人物たちはしばしば裏切られることになるのだ。

ある女性の生涯を調べて解き明かしていくという構成になっているのが「白鳥の歌《スワン・ソング》」（「小説 野性時代」二〇一七年十二月号、二〇一八年一月号、三月号〜六月号）である。売れない作家の大西令文《おおにしれいぶん》が、嵯峨平太郎《さがへいたろう》という資産家の老人から、ほとんど録音を残さずに亡くなったミツコ・ジョーンズというソプラノ歌手の評伝を書くように依頼されることから話は始まる。ジョーンズの人生について調べるために嵯峨はアメリカで私立探偵を雇っており、その報告を聞くという形で話は進んでいく。

オーディオに関する蘊蓄《うんちく》を嵯峨が語る場面が導入になっている。その話題が声楽歌手についての読者の関心を高めていくのである。ある題材を掘り下げて語られる蘊蓄が読みどころにもなっているという構造は〈防犯探偵・榎本径〉シリーズなどでも見られるものだ。密室劇の『雀蜂《スズメバチ》』（二〇一三年。角川ホラー文庫）ではあの獰猛《どうもう》な昆虫に関する知識が登場人物たちの運命を左右することになるし、大長篇『新世界より』（二〇〇八年。現・講談社文庫）では作中で描かれる進化生物の数々が物語の最大の魅力でもあった。可笑《おか》しかったのは、探偵の報告を聞いていた大西が、あるところで唐突にヘヴィー級ボクサーのマイク・タイソンを連想することである。貴志はボクシング愛好者で、隙があればその話題を振ってくるのである。そうした場面は、緊張した物語の中に緩急をつける、コメディ・リリーフの役割を担っている。

コメディタッチで始まり、他の収録作とはかなり風合いが違うのが、巻頭の「餓鬼の田」（「小説すばる」二〇〇九年十一月号）である。本書の収録は雑誌の発表順になっており、この作品だけがかなり早い。餓鬼の田は富山県にある実際の景勝地で、そのパンフレットを貴志が見たことから着想した話であるという。この短篇を手始めに連作を書く構想もあったというが、実現はしなかった。どういう連作であったかは各自の想像にお任せする。

社員旅行の夜が明け、朝の散歩と洒落《しゃれ》込んだ谷口《たにぐち》美晴《みはる》は、憎からず思っている同僚の青田《あおた》好一《よしかず》がやはり一人で外に出ていることに気づき、話しかける。そこで思いがけず、青山が人生に苦しめられていることを知るのである。

最も短い話で、短篇としての切れ味も鮮やかである。谷口のちゃっかりした性格など、作者は明らかに笑いを誘うように書いているのだが、そこは『秋雨物語』というホラー短篇集に収められただけのことはある。ある地点で物語は反転し、運命の惨《むご》さが露《あら》わになる。「フーグ」についても書いたが本書の収録作は、何もわからないときよりも、すべてが明らかにされた後のほうが怖さがこみ上げてくるという構造になっている。他の三篇とは怖さの質も違うのだが、「餓鬼の田」の結末も十分に恐ろしいものだと私は思う。

わからないから怖いのではなくわかるからこそ怖い。それがSFやミステリーなどの合理的精神を宿した貴志祐介が、ホラーを書く際の最大の特徴である。すべてがわかったときに恐怖は最高潮に達する。初期作品でこの感覚を最初に味わったのは、おぞましい幕切れが待ち構えている『天使の囀《さえず》り』(一九九八年。現・角川ホラー文庫)だろうか。主人公の推理が悲劇を招き寄せる『青の炎』(一九九九年。現・角川文庫)、世界を理解した瞬間に絶望に包まれる『我々は、みな孤独である』など、合理的思考と恐怖の感覚が貴志作品では根強く結びついている。恐怖、または世界に対する畏怖の念と言ってもいいだろう。自身の存在がいかにちっぽけなものであるかを思い知らされるのである。人間という器の外側に広がっている世界の巨大さを表現しようとして、貴志は物語を綴《つづ》っているのだ。

『秋雨物語』、翌年の『梅雨物語』という姉妹篇は、原点に立ち返り、自身の出発点であった短・中篇の長さで緊密な物語を綴ろうという作家の目的意識から生まれた。モノノケという言葉があるように、モノとはもともと霊魂を指す言葉でもある。物語るという行為の本質は、人間存在の中核に言葉で接近するということなのだ。万人の、そして自分の中にもあるモノを語るためにはどうすればいいかという試みから本書の物語は生まれた。各話に、登場人物による物語り、という要素が含まれていることにお気づきになった読者も多いだろう。モノ語ること自体を要素として取り込むことにより、小説内に読者の空想に任された余白を確保し、物語を解放されたものにしていくのが狙いである。

本作で貴志が意識しているのが、江戸《えど》時代の作家・上田秋成《うえだあきなり》である。初め国学者として出発した上田は、近世における怪異小説の代表作であり近代以降の作家にも大きな影響を与えた『雨月物語』の著書がある。同作の収録作がそれ以前の伝説集と一線を画すのは、物語のバリエーションが多彩であり、意図的にプロットを変えて執筆したとしか思えない語りについての自覚があることだ。また晩年には、歴史上の逸話や伝説が主たる題材となる『春雨物語』も著わしている。語りの自由さを、書き手としての上田は追究し続けた。

近世の作家がそこまで成しえたのであれば、現代に生きる自分は作品にもっと大きな振れ幅を生み出さなければいけないのではないか、という問いかけが本作の根底にはあるのだろう。四篇がまったく違った物語であるのもそれが理由だ。貴志はインタビューなどで、小説の結末の付け方は杉本苑子《すぎもとそのこ》が理想形だと発言している。未知の場所に読者を誘い、幕を不意に下ろす。読者の空想力を上回ることが重要なのだ。

常に広がり続ける運動体として物語を書く。どこに行き着くかわからない果ての見えなさを示して、世界の広大さを表現する。そうしたものとして『秋雨物語』は書かれている。物語の可能性を信じる作者の世界に身を委ね、その奥行を存分に味わってもらいたい。

本書は、二〇二二年十一月に小社より刊行された単行本を文庫化したものです。

秋雨物語《あきさめものがたり》
貴《き》志《し》祐介《ゆうすけ》

角川ホラー文庫　24381

令和６年10月25日　初版発行

発行者――山下直久
発　行――株式会社KADOKAWA
〒102-8177　東京都千代田区富士見2-13-3
電話 0570-002-301（ナビダイヤル）
印刷所――株式会社暁印刷
製本所――本間製本株式会社
装幀者――田島照久

●お問い合わせ
https://www.kadokawa.co.jp/（「お問い合わせ」へお進みください）
※内容によっては、お答えできない場合があります。
※サポートは日本国内のみとさせていただきます。
※Japanese text only

ISBN978-4-04-114930-0　C0193

角川文庫発刊に際して

角川源義

　第二次世界大戦の敗北は、軍事力の敗北であった以上に、私たちの若い文化力の敗退であった。私たちの文化が戦争に対して如何に無力であり、単なるあだ花に過ぎなかったかを、私たちは身を以て体験し痛感した。西洋近代文化の摂取にとって、明治以後八十年の歳月は決して短かすぎたとは言えない。にもかかわらず、近代文化の伝統を確立し、自由な批判と柔軟な良識に富む文化層として自らを形成することに私たちは失敗して来た。そしてこれは、各層への文化の普及滲透を任務とする出版人の責任でもあった。

　一九四五年以来、私たちは再び振出しに戻り、第一歩から踏み出すことを余儀なくされた。これは大きな不幸ではあるが、反面、これまでの混沌・未熟・歪曲の中にあった我が国の文化に秩序と確たる基礎を齎らすためには絶好の機会でもある。角川書店は、このような祖国の文化的危機にあたり、微力をも顧みず再建の礎石たるべき抱負と決意とをもって出発したが、ここに創立以来の念願を果すべく角川文庫を発刊する。これまで刊行されたあらゆる全集叢書文庫類の長所と短所とを検討し、古今東西の不朽の典籍を、良心的編集のもとに、廉価に、そして書架にふさわしい美本として、多くのひとびとに提供しようとする。しかし私たちは徒らに百科全書的な知識のジレッタントを作ることを目的とせず、あくまで祖国の文化に秩序と再建への道を示し、この文庫を角川書店の栄ある事業として、今後永久に継続発展せしめ、学芸と教養との殿堂として大成せんことを期したい。多くの読書子の愛情ある忠言と支持とによって、この希望と抱負とを完遂せしめられんことを願う。

一九四九年五月三日